苦悩する男 上

ヘニング・マンケル

イースタ署刑事クルト・ヴァランダー59歳、数年前に町なかのアパートを出て、田舎の家に住み始めた。娘のリンダも、同じ刑事の道を歩んでいる。そのリンダに子どもが生まれた。リンダのパートナー、ハンスは投資家。父親のホーカンは退役した海軍司令官、母親のルイースは元語学教師で、気持ちのよい人たちだ。だが自らの誕生パーティーの三ヵ月後、ホーカンが失踪してしまう。ルイースもハンスも原因に心当たりはないと言うが、ヴァランダーはパーティーでのホーカンの様子にひっかかるものを感じていた。北欧ミステリの金字塔シリーズ完結。

登場人物

クルト・ヴァランダー……………イースタ警察署の刑事
マーティンソン………………………同、刑事
クリスティーナ・マグヌソン……同、刑事
スヴェン・ニーベリ…………………同、鑑識課の刑事
レナート・マッツソン………………同、署長
リンダ……………………………………マルメ警察署の刑事。クルトの娘
ハンス・フォン＝エンケ……………リンダのパートナー
モナ……………………………………ヴァランダーの別れた妻。リンダの母
ホーカン・フォン＝エンケ…………ハンスの父。退役した海軍司令官
ルイース・フォン＝エンケ…………ハンスの母。元語学教師
ステン・ノルドランダー……………ホーカンの友人
スティーヴン・アトキンス…………元アメリカ軍の潜水艦艦長
エスキル・ルンドベリ………………漁師
ファニー・クラーストルム…………元ウエイトレスの老女
ジョージ・タルボス…………………元アメリカ大使館職員
イッテルベリ…………………………ストックホルム警察の刑事

ヘルマン・エーベル……………………東ドイツからの亡命者
バイバ・リエパ……………………ヴァランダーのかつての恋人
リリャ・ブルームス……………………バイバの友人

苦悩する男 上

ヘニング・マンケル
柳 沢 由 実 子 訳

創元推理文庫

DEN OROLIGE MANNEN

by

Henning Mankell

目次

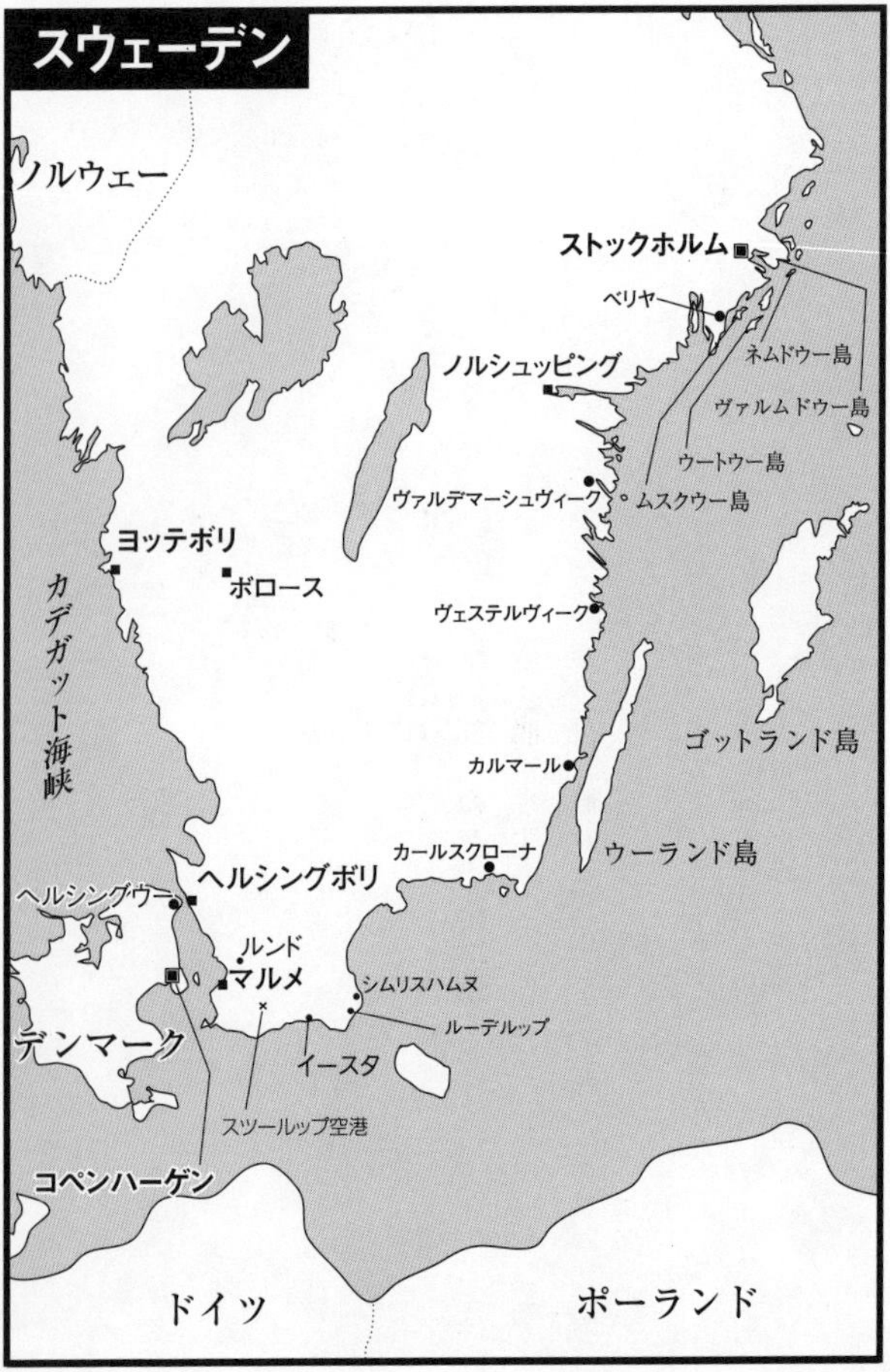
スウェーデン
ノルウェー
ストックホルム
ベリヤ
ネムドウー島
ノルシュッピング
ヴァルムドウー島
ウートウー島
ヴァルデマーシュヴィーク
ムスクウー島
ヨッテボリ
ボロース
ヴェステルヴィーク
カデガット海峡
ゴットランド島
カルマール
カールスクローナ
ウーランド島
ヘルシングボリ
ヘルシングウー
ルンド
マルメ
シムリスハムヌ
ルーデルップ
デンマーク
イースタ
スツールップ空港
コペンハーゲン
ドイツ
ポーランド

苦悩する男　上

人は誰でも足跡を残す。
影のない人間はいない。
人は憶えていたいことを忘れ、
忘れたいことを憶えている。

（ニューヨークの建物の壁にスプレイで書かれた落書き）

プロローグ

すべては突然の怒りの爆発から始まった。

その直前まで首相官邸は朝の静寂に包まれていた。怒りの爆発の理由は前の晩に届いた報告書で、それを首相が暗い執務室で読んでいたときのことだった。

一九八三年の早春、ストックホルムの街は霧か小雨か区別がつかないような湿った空気に包まれ、木の芽も生えず、まだ春とは到底呼べない情景だった。内閣府の官邸でも、他の様々なオフィスで話されるのと同様に、天気や気候のことはよく人の口にのぼる話題である。首相官邸のもっとも奥まった〝神聖な場所〟で警備員として働くオーケ・レアンダーは、天候のことなら誰もが意見を聞くエキスパートとみなされる人物だった。

数年前、レアンダーは単なる警備員というよりもっと箔のつく肩書きを与えられた。たしか〝警備総括責任者〟というようないかめしい肩書きだった。彼自身は自分をそれまでどおり警備員とみなしていたし、新しい肩書きがほしいとも思っていなかったのだが。

オーケ・レアンダーは長年首相官邸に勤務していた。官邸に出入りする各省の大臣や事務次官の近辺にいて、職務に忠実で控えめなその存在は、すでに常時そこに備わっているものと化していた。彼が亡くなったら首相官邸の守護神となってスウェーデンを運営する人々を守るだろうとうがったことを言う者までいた。

その彼が天気予報に優れているのは、じつは仕事以外に彼が唯一勤しんでいる趣味のおかげだった。レアンダーは独身で、クングスホルメンにあるアパートメントに住んでいる。その自宅から彼は世界中にいる友人たちと頻繁《ひんぱん》に無線で交信していた。アマチュア無線である。QRTは送信中断、AURORAはオーロラによる電波障害などという基礎的なものはもちろんのこと、アマチュア無線家の間で通じる仲間内のスラングにもとうの昔から通じていた。ほぼ毎晩両耳にイヤフォンをつけて「送信者はだれか？」とQRZを送り、名前を名乗った。伝えられた話によれば、一昔前、当時の首相が何のためか、十月と十一月のピトケアン諸島の天候を訊いたらしい。ピトケアン諸島とは南太平洋に位置する島で、その昔バウンティ号の船員たちがブライ船長に反乱を起こして船を奪い、島に上陸してそのままそこで暮らすようになったという物語の舞台となった島である。オーケ・レアンダーは翌日首相にピトケアン諸島の天候を伝えた。言うまでもないことだが、レアンダーはなぜ首相がそれを知りたいのかを訊きはしなかった。彼は常に控えめな人間だった。

官邸の廊下をゆっくり歩くオーケ・レアンダーに関しては、外務省といえどもその国際的なネットワークを掌握していないと言われている。

しかしそのレアンダーでさえも、その朝首相官邸の静けさを突き破るような怒りの爆発を予測することはできなかった。

首相は最後のページまで読み終わると、立ち上がって窓辺に行った。カモメが数羽上空を飛び交っていた。

報告書は潜水艦に関するものだった。もっと言えば、それは一九八二年の秋に断りなくスウェーデンの領海に侵入した忌々しい潜水艦に関するものだった。総選挙が行われたばかりで、オーロフ・パルメが国会議長によって内閣総理大臣に任命され、新たに内閣を組織したばかりのときだった。保守の政党らは数議席を失い、それまで同様劣勢に甘んじなければならなくなったときのことである。新たに政権の座に就くや否や、オーロフ・パルメ内閣は直ちに調査委員会を組織し、正体不明の潜水艦に関する調査を開始した。スヴェン・アンダーソンはその調査委員会の委員長に任命され、調査の結果がいま一九八三年の春、報告書となって提出されたのだった。オーロフ・パルメ首相はまさにその報告書を読んだところだった。彼にはまったく報告書が理解できなかった。調査結果はまったく支離滅裂なものだった。パルメは激怒した。

しかしオーロフ・パルメがスヴェン・アンダーソンに激怒したのはこれが初めてではなかったことを記しておく必要がある。そもそもパルメのアンダーソンに対する立腹は一九六三年の六月、夏至祭の直前まで遡《さかのぼ》る。場所はストックホルムの中心地、国会近くのリクスブロン橋の上で、エレガントなスーツを着こなした銀髪の五十七歳の男が逮捕されたときのことである。逮捕劇はじつにさりげなく、近くにいた人間さえ気がつかないほど穏便に行われた。逮捕された男の名前はスティーグ・ヴェンネルストルム、スウェーデン空軍の大佐で、リクスブロン橋で捕まえられたその瞬間、ソ連のスパイであることが暴かれたのだ。

　ヴェンネルストルムが逮捕されたとき、当時のスウェーデンの首相はターゲ・エールランダーで、短い夏の休暇を団体旅行会社レソの推薦するイタリアの観光地リヴァ・デル・ソーレで過ごした後帰国の途に就いていた。飛行機を降りたとたん、大勢の報道関係者に囲まれたが、エールランダーにはまったく何のことかわからなかった。その日にヴェンネルストルムが逮捕されたことはもちろん、そもそも空軍大佐ヴェンネルストルムに嫌疑がかけられていたことも知らなかった。ヴェンネルストルムの名前を聞いたことがあったとしても、せいぜい防衛大臣が何かの状況を説明するときに名前が挙げられた程度だっただろう。だが深刻な話として、しっかりした根拠のある話として聞いたことは、一度もなかった。冷戦《コールド・ウォー》時代、誰それがソ連のスパイではないかという噂や疑いはいつも陰で取り沙汰されていたものだ。故にエールランダーの答えはあのようなものになったのである。長い間、正確に言えば二十三年もの間、スウェーデンの首相の役目を果たしてきた宰相が、あんぐりと口を開けて、なんと答えていいかわからない状況に立たされたのだ。当時の防衛大臣スヴェン・アンダーソンも、逮捕劇を遂行した責任者も、ヴェンネルストルム逮捕のことを一切エールランダーに伝えていなかったのである。コペンハーゲンで飛行機を乗り継いだとき、そこからストックホルムまでは一時間もないほどだが、それでももしそこで知らせがあれば、そのあいだに準備して、待ち構えている興奮した報道陣に対応することができただろう。だが、コペンハーゲンで同乗して彼にそれを知らせた者はいなかった。

公《おおやけ》に発表こそされなかったが、これに続く数日間、エールランダーは首相を、そして社会民主党の党首を辞任しようと考えた。それまで一度も、彼はこれほど深く自分の内閣に落胆したことはなかった。それは、エールランダー首相の後継者と自他共に認めていたオーロフ・パルメにしても同じ思いだった。政府関係者のエールランダーに対する敬意の欠如と無関心にパルメは激怒した。彼は怒り狂った犬のように主人のそばに立って護ったと、当時の内閣の近くにいた者たちは口を揃えた。彼に反駁《はんばく》する者は一人もいなかった。

オーロフ・パルメはスヴェン・アンダーソンのエールランダーに対する仕打ちを決して忘れなかった。

のち、オーロフ・パルメがなぜそんなスヴェン・アンダーソンを自分の内閣に迎え入れたのかを訝《いぶか》る者もいた。しかしそれはよく考えれば理解できることだった。アンダーソンを除外することができたなら、彼はもちろんそうしただろう。だが、それは不可能だった。スヴェン・アンダーソンは党内で絶大な影響力を持つ権力者で、なんと言っても労働者の息子だった。一方オーロフ・パルメはバルト海地方の貴族の子孫で、親族には士官もいて、彼自身予備士官だった。何より彼は裕福なスウェーデンの上流階級の出身だった。彼は社会民主党に深く根を張っている人間ではなかった。オーロフ・パルメは確かに政党政治上の確信はあったに違いないが、やはり自らの出自に対しては政治的造反者、生涯をかけての巡礼者に過ぎなかったのである。

パルメ首相の部屋の外の廊下を歩いていた警備員オーケ・レアンダーは、夜に内閣府の役人たちが執務室のドアの鍵をかけ忘れることがあると告発する手紙を手に握りしめて歩いていた。そして、首相が怒りを爆発させたときその声を耳にした。しかしながら、それは一瞬のことで、その後彼は何事もなかったように巡回を続けた。

オーロフ・パルメはもはや怒りを制御できなかった。首相執務室の灰色のソファに座って俯《うつむ》いているスヴェン・アンダーソンを正面から睨みつけた。激怒で顔が真っ赤だった。そして彼が激怒するとき必ず腕に現れるおかしな痙攣《けいれん》も始まっていた。

「ここには何の証拠もないではないか。すべては思いつきの主張、いい加減な推測、不誠実な海軍士官たちの吹聴する戯言《たわごと》に過ぎない。この調査では何も明確になっていない。それどころか、意図的に泥沼に導くものだ」

その数年前、正確には一九八一年十月二十七日の夜から二十八日の朝にかけて、スウェーデン南部の軍港カールスクローナの沖にあるゴーセフィヤルデン湾でソヴィエトの潜水艦が座礁してしまった。潜水艦の名前はU一三七号、艦長の名前はアナトリィ・ミカエロヴィチ・グスイチン。艦長の弁明によれば、不明の理由でジャイロコンパスが故障したために潜水艦が進路から外れてしまったとのこと。スウェーデンの海軍士官たち、および付近の漁業に携わる者たちは、カールスクローナ群島のこんなに奥まったところまで海底に引っかかることもなく進むことができたなど、艦長はよっぽどウォッカで酔っ払っていたに違いないと言い合った。同年十一月六日U一三七号は公海まで牽引《けんいん》されたのち、姿を消した。この事件においては、ソ連の潜水艦がスウェーデンの領海に侵入したことは確かだった。それが意図的なものだったのかどうかは最後までわからなかった。ソ連側はあくまでコンパスの故障という主張だったので、この事件は艦長が本当に酔っ払って起こした事故という解釈で一応穏便に収まった。いうまでもなく、少しでも自尊心のある海軍の軍人なら、責任ある立場の軍人が職務執行中に酔っ払ったなどということがあろうはずがないと知っていた。

当時はその証拠があった。しかし、いまそれはどこにあるのだろう？

当時の防衛大臣スヴェン・アンダーソンが保身のために、あるいは事件調査を是認するためにどのような言い逃れをしたのかは不明である。彼の忘備録は残っていないし、それから数年後に暗殺されたオーロフ・パルメもまた物証は何も残していない。

もちろん、オーケ・レアンダーはその日首相の執務室から聞こえた激怒の声については、口伝えでも、書面でも、何も残していない。彼は一九八九年に退職したあと、もっぱら自分のアパートに引きこもり、無線による世界中の友人との交信を楽しみとした。退職時、彼は当時の首相に温かい言葉で送り出され、その後、一九九八年の秋に静かに世を去った。のち、首相官邸に彼の幽霊が現れたという噂もなかった。

すべてはこのときの首相の激怒がきっかけで始まった。政治状況は泥沼化し、真実と嘘がごちゃまぜになり、しまいには何も判別できなくなってしまったのである。

第一部　ぬかるみに嵌《は》まる

1

クルト・ヴァランダーは五十五歳のとき、自分でも驚いたことに、長年の夢を実現した。モナと別れて早くも十五年。長年イースタのマリアガータンの苦々しい記憶が壁に染み込んだアパートから引っ越そうと思って暮らしてきたのだが、ついにそこを出て田舎に引っ越したのである。マリアガータンのアパートに住んでいたころは、一日の仕事から帰ると、かつてはここで家族といっしょに暮らしていたのだと寂しく思った。アパートの中の家具がまるで見捨てられたもののように恨めしくこっちを見ているような気さえしたものだ。

マリアガータンのアパート。彼は年取って一人では暮らせなくなるまでそこに住むとは、どうしても思えなかった。まだ六十歳にもなっていなかったにもかかわらず、父親の孤独な晩年をしばしば思い出し、同じような暮らしはしたくはないと思っていた。父親に似てきたことは、毎朝鏡を見て髭を剃るたびに嫌でも確認できた。それで十分だった。若いころは母親似だったが、いまでは完全に父親似になっていた。徒競走ではるか後ろの方にいた走者がゴール近くになるといつのまにかすぐ後ろに迫っていて、気がついたときには追い抜かれていたような気分だった。ゴール。それは目に見えない人生の最終地点。

ヴァランダーの考えは単純だった。ひとりぼっちで歳をとり、訪ねてくるのは娘のリンダと、たまにまだ生きていることを確かめにやってくる昔の同僚だけという苦々しい孤独な人生を送るような老人にはなりたくなかった。黒い河の向こう側には何かが待っているというような宗教的な期待もなかった。昔一度だけその近くまで行ったことがあったが。

五十歳になるまで、彼は死に対して漠然とした恐怖を抱いていた。それは一度死んだらそれからずっと死んでいなければならないという恐怖だった。いままで彼は職業上じつにたくさんの人間の死を目の当たりにしてきた。どの人間もその無表情な顔からは、魂が天国に迎えられたとはとても思えなかった。彼は他の警察官同様、いままでじつに様々な死を見てきた。五十歳の誕生日のとき、当時のイースタ署の署長だったリーサ・ホルゲソンをはじめ多くの警察官が誕生日のケーキと空っぽの祝辞で祝ってくれたが、そのとき彼は少し考えるところがあって、新しくノートを用意し、自分の扱った事件で自殺した人間を一人ひとり書き記してみたのだった。なぜそんなことをしたのか、彼自身理由はわからなかったが、それはじつに特異な経験だった。十人目の自殺者は四十歳ほどの男で、アルコール、薬、麻薬などの依存症で、様々な問題を抱えていたが、その男の自殺の過程を書き記してみて、それ以上記録するのはやめることにした。男はそのときに住んでいた取り壊し予定の家で首を吊って死んだのだった。自分の絞首刑を実行したというわけだ。そこまできて自殺者のことを記すのはやめ、愚かにも今度は未成年者、子どもの死について書き始めた。数時間書いてこれもやめた。じつに嫌な気分になったからだ。その後、こんな記録を作ったことが恥ずかしくなり、書き記したノートを燃やしてしまった。異常なこと、やってはならないことだった。もともとヴァランダーは明るい性格の人間だった。が、これは彼が自分にはこのようなことをする面もあったのだと自認したできごとだった。

死はいつも警察官という仕事と密接に繋がっていた。仕事の上で彼自身、人を殺したことがある。しかし検視および警察内部調査の結果、不必要な暴力だったと断定されたことは一度もない。

彼が殺した人間は二人。それは彼が一生背負わなければならない十字架だった。彼がめったに笑わないのは、そんな避けられない経験をしたことと関係があるかもしれない。

ある日彼は決定的な判断を下した。ルーデルップの近く、かつて父親が住んでいたあたりで、押し込み強盗の被害を受けた農家の人間と話したあと、イースタに戻ろうとしていたときのことだった。道端に不動産屋の立て看板があった。看板の示すとおり舗装されていない小道に入るとそこに一軒の売家があった。即決だった。家を見るなり、修理しなければならないことはわかった。それはU字形で、つまり母屋と納屋と家畜小屋が三方に立っている、木材と漆喰《しっくい》の白壁でできているスコーネ地方に昔からある典型的な農家の建物だった。三つの建物のうちの一つは土台だけが残っていた。火事で燃えてしまったのかもしれない。ヴァランダーは家の周りをぐるりと回ってみた。それは秋のことだった。渡り鳥の群れが一直線に繋がって頭の上をまっすぐに南に飛んでいったのをいまでもはっきり憶えていた。窓から家の中を覗いてみて、屋根は修繕する必要がありそうだが、それ以外は大丈夫だと思った。周囲の眺めはすばらしかった。遠くに海が見える。もしかするとポーランドからイースタにやってくる定期便のフェリーボートも見えるかもしれない。二〇〇三年の九月、彼はその家を一目見るなり気に入った。

そのまままっすぐにイースタの不動産屋に車を走らせた。家の値段は銀行でローンを組めば買える程度のものだった。早速翌日、彼は仕事熱心とはとても言えない、うわの空の不動産屋の担当者といっしょにその家を見に行った。家主はストックホルムから引っ越してきた若い夫婦だったが、まだ家具も揃っていないうちにケンカ別れしてしまったのだという。しかし、空っぽの家そのものは、壁にも床下にも何の問題もなかった。そして何よりヴァランダーにとって一番肝心なのはその日のうちにも引っ越して来られることだった。屋根はあと数年はもつだろう。すぐにしなければならないのは、部屋の壁塗りぐらいなものだった。それとバスタブを取り替えること、そしてもしかすると新しいストーブも入れなければならないかもしれない。だが給湯器はまだ十五年ほどしかたっていなかったし、水道管や電気の配線なども同じ程度で、あまり古くはなかった。

帰りがけ、ヴァランダーはこの家に関心を持っている者は自分の他にもいるかと不動産屋に訊いた。ええ、一人いますよ、と不動産屋は心配そうな顔で答えた。その家を買うのはヴァランダーならいいのだが、というような顔つきだった。同時にそれは、今すぐに決めなければ他の人間に買われてしまうぞと脅しているようにも見えた。だがヴァランダーはその手には乗らなかった。職場の同僚の兄弟に不動産鑑定士がいる。その男に翌日にも家を見てもらい鑑定してもらおうと決めた。

翌日、不動産鑑定士はヴァランダーがすでに気づいているところ以外に欠陥はないと言った。同日、ヴァランダーは取引銀行に行き、その家を買うのに十分なほどのローンを組むのに何の問題もないと言われた。長年の取引で十分な信用があると。イースタに移り住んでから彼は毎月少しずつ貯金をしていたので、頭金は十分に出せた。

夜、キッチンテーブルに向かい、詳しく将来にわたる返済計画を立てた。気分が高揚した。夜中の十二時、この家を買うことに決めた。家にはすでに名前がついていた。〝黒い高地〟。真夜中だったが娘のリンダに電話をかけた。彼女はイースタのマルメ方面に向かう道沿いにある新興住宅地に住んでいる。まだ眠っていなかった。

「こっちに来い」と興奮した声で言った。「びっくりするようなニュースがある」

「いま？　真夜中に？」

「お前は明日、非番だろう」

数年前、モスビー・ストランド海岸を散歩していたとき、リンダが父親と同じ道を歩むつもりだと告げたのは、ヴァランダーにとって本当に驚きだった。あのときは全身に喜びが駆け巡った。ある意味で、彼女のその決心は彼がいままで警察官として歩んできた道に新たに意味を与えてくれたと言っていい。警察学校を卒業すると、彼女はイースタに配属された。最初の数ヵ月、彼女は父親といっしょにマリアガータンに住んだのだが、それはあまりいい思いつきではなかった。ヴァランダーは家の中で座るところまで決まっていたばかりでなく、何よりリンダを大人の人間として扱うことができなかった。ある日リンダは自分でアパートを見つけてきた。それで二人の関係は救われた。

その晩やってきたリンダにヴァランダーは家のことを話した。翌朝、リンダは父親といっしょにその家を見に行き、即座にこれこそ彼が買うべき家だと言った。道の突き当たりにあって、海が望めるなだらかな丘の上に立っているこの家こそ。

「おじいちゃんが幽霊になって出てくるわよ。でも怖がらなくてもいいわ。きっとこの家の守護神になってくれるから」

家の売買契約書にサインをし、思いがけなくも一軒の家の持ち主になって旧式の重い大きな鉄の鍵を手にしたとき、ヴァランダーは言いようのない喜びに胸がいっぱいになった。それは彼の人生で最大の幸せな瞬間だった。二部屋の壁を塗ること、ストーブは買わないと決めたのち、十一月一日、彼はその家に引っ越した。何の迷いもなくマリアガータンをあとにしたのである。その日、海のそばのその家には南東の風が気持ちよく吹いていた。

最初の晩、強風で電気が止まった。引っ越したばかりの家で、ヴァランダーは真っ暗闇に横たわっていた。梁に吹き付ける風がうなり声をあげ、風ばかりか雨も天井から漏れてきた。だが彼は後悔しなかった。自分が住む家はこの家だという確信に何の揺らぎもなかった。

庭に犬小屋があった。小さいころから彼は犬がほしかった。十三歳になったとき、彼はもう犬は飼わせてもらえないと思い、あきらめた。だが、あきらめたまさにそのときに、両親から犬を誕生日のプレゼントにもらったのだった。その犬を彼は何よりも愛した。サーガという名のその犬こそ、彼に愛することを教えてくれたかけがえのない存在だった。だが、サーガは三歳になったとき、トラックに轢《ひ》かれて死んでしまった。そのときの悲しみとショックはそれまでの彼の人生で経験したことがないほど大きなものだった。四十年以上も前のことなのに、ヴァランダーはいまでもそのときの耐えられないほどのショックと悲しみをまざまざと思い出すことができた。死は殴るのだ、と彼は思った。容赦ない力で思いっきり殴りかかってくるのだ。〝黒い高地〟に移って二週間後、黒いラブラドールを買った。純血ではなかったが、売り手はそれでも純血のラブラドールとして売りに出していた。ヴァランダーは買う前から名前はユッシとすると決めていた。彼が崇拝する最高のテノール歌手の名前だった。

十二月の初め、ヴァランダーは引っ越し先の自宅に警察の同僚たちを招いた。その晩も停電したが、キャンドルと父親から譲り受けた石油ランプを二つ用意していたのでまったく困らなかった。一時間も経たないうちに電気がついた。その晩のパーティーは忘れられないものになった。今晩はこれでお開きにしようと自分から声をかけることもできた。それができないほど自分はまだ年取っていないと思った。まだ自分には友達がいる。声をかけられて義務的に来る者ばかりではないと思った。

その晩遅く、最後の客たちが帰ってから、ヴァランダーはユッシと散歩に出かけた。暗闇で転ばないように手には懐中電灯を持った。素面《しらふ》ではなかった。夏になったら見渡すかぎり黄色い菜の花畑になる野原には、あちこちに窪みがあった。原っぱの真ん中でユッシを放した。ユッシはあっという間に姿を消した。夜空には雲一つなかった。風はいつのまにか止んでいて、遠くの水平線に船が一隻浮かんでいた。

おれはここまでやってきた。いままでのコースを大きく変えた。犬まで飼っている。問題はここからどこへ行くかだ。

ユッシが暗闇から戻ってきた。もちろんこの犬もヴァランダーが暗い夜空に向かって放った問いに対する答えを口にくわえてきたわけではなかった。

それからほぼ三年が経ち、二〇〇七年になった。

ヴァランダーはあの晩のことを夢に見て目を覚ました。引っ越した家で開いたパーティーのあと、夜空に向かって発した問い。その問いはまだ宙に浮いたままだと目を覚ましたときに思った。あれから三年の年月が経ったのに、おれはまだ自分がどこに向かっているのかわからない。

クリスマスイブから十三日経った日の夜のことだ。夜中、スコーネ南部には短時間雪が降ったが、その後悪天候はバルト海の方に抜けていった。ヴァランダーの家の玄関は豪雪で覆われてしまった。早くも朝六時過ぎ、ヴァランダーは外に出て雪かきをした。ユッシは真っ白い原っぱを駆け回って野うさぎを追いかけた。その日ヴァランダーは医者に血糖値を測ってもらうために外出する予定だった。初めて糖尿病の診断を受けてからもう十年以上になる。最初のころは食生活を改善したり、運動をしたり、薬を摂ったりして血糖値をどうにか抑えていた。だがここ数年は毎日インシュリンの注射を打っている。

医者のあとは、十二月の初めからずっとかかりきりになっているある捜査に取りかかる予定だった。銃器の販売をする老齢の店主とその妻が数人の強盗に店に押し入られ、暴行を受けたのちに大量の銃器類を盗まれた事件だった。店主はまだ意識を失ったままで、妻の方は意識はあるが片方の目を失明、頭の骨が陥没したままだった。ヴァランダーは現場に到着した最初の人間の一人だった。現場はイースタの北およそ百キロのところにある大きな庭付きの美しい邸宅で、ヴァランダーは老夫婦が遭遇したひどい暴力に強い憤りを感じた。夫婦は意識がなくなるまで殴られ、ロープで縛り上げられてそのまま放置されたのだった。

オーロフ・ハンソンという名前の銃器の販売を営む店の主人は広大な自宅で商売をしていた。父親の仕事を受け継いだ、いわば二代目だった。妻のハンナといっしょにリボルバーとピストルの専門店として営業してきた。ユニークな銃が揃っている店として知る人ぞ知る存在だった。強盗もまたそのことは十分承知の上の悪行だった。ヴァランダーはエーリック・ペトレン検事、さらにイースタ署の数人の刑事とともに店の監視カメラに映っていた映像に目を通した。犯人は五人、全員が顔を隠していた。一つのカメラにオーロフ・ハンソンが後ろから棒で殴られる瞬間が映っていた。捜査会議室に押し殺した怒りのうなり声が響いた。

ヴァランダーは二十年ほど前にやはり押し込み強盗によって殺された老夫婦のことを思い出した。そのとき彼はすでに責任ある立場にいたが、この二十年間でもっとも捜査が難航した事件の一つだったと言っていい。それは偶然にある農家の男が大きな金額を銀行で引き出したことを知った、難民申請中の二人組の男たちによる犯行だった。今回の事件はあの事件を彷彿させた。あのときに起きたことが、またいま繰り返されているような気がした。あのときと同じような容赦ない暴力、あのときと同じような残酷さが今回の事件にもあって、彼は恐怖を感じた。

事件が起きてから、ほぼ一ヵ月になる。この間刑事たちは集中的に捜査してきた。最初の週は、何の手がかりもなかった。だが、この襲撃は綿密に計画されたものであることだけは、ヴァランダーには断言できた。犯人たちは前科者に違いなかった。手慣れた手口がそれを物語っていた。これに関連してヴァランダーは一度ヘッセルホルムに人を訪ねたことがある。ルーネ・ベリィルンドという前科者で、ヴァランダーは彼を呼び出して、人のいない暗い運動場で話をした。ベリィルンドはかつて強盗の常習犯で、そのうちの二度は暴力を振るい、刑務所に収監されたこともある。しかしその後突然キリスト教の信者になり、驚いたことに完全に犯罪から足を洗ったのだ。犯罪的な活動をやめたあとも、彼は裏社会には通じていた。ヴァランダーは一度マルメの犯罪捜査官からベリィルンドを紹介され、それ以来ときどき彼の助けを借り、必要な情報を得てきた。謝礼はいつも二百クローナ（二〇〇七年当時、一クローナは約十三円）と決まっていた。ベリィルンドは毎日朝の七時から午後四時まで働き、フリータイムはすべて、彼が崇拝するキリストのいる自由教会で過ごしていた。いや、それは反対で、キリストの方が彼を見つけたのだろうか？

ヴァランダーは自分がベリィルンドに払う礼金の落ち着き先については、一度も疑ったことがなかった。

ベリィルンドはヴァランダーから用件を聞いてもまったく驚く様子はなかった。イースタ郊外の銃器盗難事件はすでに大きく報道されていた。ベリィルンドは、これはきっと海外からの受け負い仕事だろうと言った。オーロフ・ハンソンは確かに厳重な防犯システムを家の周りに設置していたが、ヨーロッパ大陸に流通している防犯システムに比べたら無きに等しいというのが彼の意見だった。つまり海外の防犯システムの完備している店を襲うより、ハンソンの甘い警備体制の店を襲う方が強盗たちにとっては簡単だったに違いないということだ。ベリィルンドは何か耳に入ったら連絡するとヴァランダーに言った。その言葉どおり、ベリィルンドはクリスマスイブの前日、犯人はスウェーデン人数人とポーランド人数人のグループかもしれないと知らせてきた。

クリスマスイブの日に、それまで生死の境をさまよっていた店主のオーロフ・ハンソンが死んだ。それによってこの事件の扱いは強盗傷害事件から強盗殺人事件へと変わった。事件の主な捜査官はルンドから転勤してきたアン＝ルイース・エーデンマンと、ヴァランダーと同じようにマルメから配属されてきたクリスティーナ・マグヌソンの二人だった。とくに命令されたわけではなかったが、この事件の主任捜査官はいつのまにかヴァランダーになっていた。ときどき彼は昔自分がイースタ署に配属されたときの指導官リードベリのことを思い出す。それはイースタでの最初の記憶だった。その後、リードベリはがんに罹《かか》り、死んでしまった。ヴァランダーはリードベリを忘れたことがなかった。時期によってはほとんど毎日彼のことを思い出した。いや、捜査が難航するときなど、いまでも花を持って墓地まで出かけることがある。墓石の前に立って、リードベリならどうするだろうと考えるのだ。そしていまは、エーデンマンとマグヌソンはいつかヴァランダーならどうするだろうと思う日が来るのだろうかと思う。わからない。わかりたくないような気もした。

一月十二日、ヴァランダーの人生がガラリと変わるようなことが起きた。その前に、捜査中の事件が急展開を見せた。クリスティーナ・マグヌソンが慌ただしく部屋に入ってきた。ヴァランダーは警察本庁から送られてきた銃器盗難事件の報告書に目を通しているところだった。マグヌソンの顔つきで何かが起きたとわかった。重要な手がかりを手にしたとき、自分もかつてはこのように人の部屋に駆け込んだものだと思った。

「ハンナ・ハンソンが話せるようになりました！　記憶が戻ってきたようです」

「それで？」

「少なくとも二人の男に覚えがあるそうです」

「顔を覆っていたんじゃなかったか?」

「声に聞き覚えがあったと言っています。男たちは店に来たことがあったようです。下見に」

「顔を隠さずに、か?」

クリスティーナ・マグヌソンはうなずいた。ヴァランダーにはその意味がすぐにわかった。

「ということは、監視カメラに映っているということか?」

「その可能性があります」

ヴァランダーは落ち着いて考えた。

「ハンナ・ハンソンの言葉に間違いはないと思うか?」

「記憶ははっきりしているようです。何より、確信している様子です」

「夫が死んだということを知っているのか?」

「いいえ、娘さん二人が病院に来ていたんですが、医者が彼女たちに、父親が死んだことを母親には言うなと言っているのを耳にしました」

ヴァランダーは同意できないと言うように首を振った。

「あんたがいま言ったようにハンナの頭がしっかりしているのなら、おそらく夫の死のことはもうわかっているんじゃないか? 娘たちの目を見ればわかるだろうから」

「ということは、わたしたちはそれを彼女に言ってもいいということでしょうか?」

ヴァランダーは立ち上がった。

「いや、おれはただ、おれたちまで医者の言葉に付き合う必要はないと言いたいだけだ。ハンナは夫がもう死んでいるとわかっているだろう。結婚して何年だって？　四十七年？　それじゃ早速これに取りかかれる捜査官を全員集めて監視カメラの映像をチェックしようじゃないか」

自室から廊下に出て、クリスティーナ・マグヌソンの後ろを歩き始めたとき——彼女の後ろ姿を見るのがじつは彼の密かな楽しみだったのだが——、自室の電話が鳴りだした。一瞬無視しようと思ったのだが、思い直して引き返し、受話器を取った。娘のリンダだった。彼女は年末年始は働きづめで、イースタの町で家族の内輪喧嘩や暴力傷害行為を鎮める仕事に振り回されて猛烈に忙しかったので、数日間休みをとっていると言う。

「時間ある？　会わない？」

「いや、じつはあまりないんだ。例の銃器盗難事件の犯人を挙げることができそうなんだ」

「でも、会わなくちゃならないことができたのよ」

リンダの声が緊張していた。ヴァランダーは心配になった。リンダに何か起きたかもしれないと思うときにいつも感じる胸騒ぎだった。

「何か、深刻なことか？」

「ううん、そうじゃない」

「それじゃ、一時に会おうか？」

「モスビー・ストランド海岸でね？」

ヴァランダーは彼女が冗談を言っているのかと思った。

「それじゃ水泳パンツを持っていくよ」

「ふざけないで。モスビー・ストランドでね。水泳パンツはいらないから」

「風も強いし、寒いのに、なんでわざわざモスビー・ストランドなんだ？」

「それじゃ、一時に、モスビー・ストランドで。きっと来てよ」

彼の答えを待たずに、リンダは電話を切った。いったい何が言いたいんだ？　ヴァランダーはその場に立ち止まって考えたが、わからなかった。そのあと、テレビの映りが一番いい会議室で二時間ほどハンソン銃器販売店の監視カメラの映像に目を通した。十二時半近くになったとき、まだフィルムは半分ほど残っていたが、ヴァランダーは立ち上がり、また二時過ぎに続けようと言った。イースタ署でヴァランダーが一番長くいっしょに働いてきたマーティンソンが驚いて彼を見た。

「いまやめるんですか？　まだ半分ですよ。ランチの時間など、いつも適当にとるあなたが？」

「いや、食事のためじゃない。人に会わなければならないんだ」

部屋を出てから、必要以上に緊張した声を出したと後悔した。マーティンソンは単なる同僚ではなかった。友人だった。ルーデルップ近くの家に引っ越したときに開いた引っ越しパーティーで、ヴァランダーのために、そして新しい家と犬のために祝いの言葉を述べてくれたのはもちろんマーティンソンだった。彼はいい時も悪い時もいっしょに働いてきた相棒だ、とヴァランダーは警察署を後にしながら思った。互いを元気づけるためにケンカする夫婦みたいなものだ。

四年ほど乗っているプジョーに乗り込んですぐに出発した。おれはこの道を何百回走っただろうか？　あとどれくらい走れるのだろう？　信号が変わるのを待っている間、昔父親が話してくれた、彼自身は一度も会ったことのない父のいとこのことを思い出した。その男はストックホルム近くの海に浮かぶ群島の間を走るフェリーボートの操縦士だった。島と島の間は近く、短いものは五分とかからない。来る年も来る年も同じコースを運転していた。ある秋の日の午後のこと。フェリーボートは満員の乗客を乗せたまま突然まっすぐ沖に向かって進みだした。彼が舵を切って船をあらぬ方向に進めたのである。あとで語ったという話によれば、船には燃料が満載されていたのでバルト海沿岸の国のどこかまで行けるだろうと思ったというのだ。それ以上のことは何も言わなかったという。フェリーボートの乗客たちと沿岸警備隊がようやく船をいつものコースに戻したとき、なぜそんなことをしたのか、彼は一言も説明しなかったらしい。

ヴァランダーはなんとなく彼の気持ちがわかるような気がした。

海岸沿いに車を走らせた。ときどき雲がもくもくと立ち上がっては過ぎていった。サイドウインドーから黒い雲が水平線の上に立ち上がり始めているのが見えた。今朝家を出る前にラジオで夕方はまた雪になるというニュースを聞いた。マーシュヴィンスホルムへの曲がり角の少し手前でオートバイに追い越された。オートバイの運転者が片手を上げてあいさつを送ってきた。ヴァランダーは嫌な気分になった。これこそ彼が一番恐れていることだったからだ。リンダがいつかオートバイで事故を起こすこと。数年前、突然リンダがオートバイに乗って家の庭に現れた。新しく買ったばかりのクロームがピカピカ光るハーレーダビッドソンだった。得意げにヘルメットを脱いだリンダに彼が最初に口走ったのは、気でも違ったのかという問いだった。

「パパはわたしの夢を全部知っているわけじゃないのよ」はち切れそうな笑顔でリンダが言った。「わたしもパパの夢を全部知っているわけじゃないけどね」

「ま、オートバイに乗ってぶっ飛ばしたいとは思わないな」

「残念！　いっしょにぶっ飛ばすことができたのにね」

ヴァランダーは簡単にはあきらめず、オートバイを手放したら車を買ってやる、ガソリン代は全部おれが払うなどと懐柔作戦に出たが、リンダはその手には乗らなかった。もっともヴァランダーも初めから彼女が簡単にあきらめるとは思っていなかったが。彼女は頑固さを父親から受け継いでいた。どんな手を使っても、彼女はハーレーダビッドソンをあきらめるつもりはなかった。

車が一台も停まっていないモスビー・ストランド海岸の駐車場に乗り入れると、リンダが砂地の高いところでヘルメットを脱いで風に髪をなびかせていた。ヴァランダーはエンジンを切るとそのまま車の中からリンダを見た。黒革のジャンパーに特別注文のブーツ。それはカリフォルニアのブーツ店に特別注文した、一ヵ月分の給料ほどの高価なものだったらしい。この子は昔、おれの膝に座っていた小さな女の子だった。当時この子にとっておれはヒーローだった、とヴァランダーは思った。いま彼女は三十六歳、おれと同じ警察官を職業としている。頭が切れる、大きく口を開けて笑うしっかりした大人の女性だ。これ以上何が望めるだろう？

車を降りて、柔らかい砂地を踏んでそばまで行った。リンダは笑って話しかけてきた。

「ここで何か起きたのよね？　思い出せる、いまでも？」

「お前はここで警察官になるとおれに告白した。そのことか？」

「ううん、それじゃなくて」

ヴァランダーは突然彼女の考えていることがわかった。

「ここに漂着した二体の男の死体のことか。ずいぶん前のことだ。はっきり思い出せないほど。異次元の世界で起きたような突然のできごとだった」

「その世界のこと、話して！」

「お前がおれをここに呼び出したのは、その話を聞くためじゃないだろう？」

「ええ。でも、その話、聞きたい。話してちょうだい！」

ヴァランダーは海の方に両手を広げた。

「このバルト海の向こう側の国々のことを、当時おれたちはほとんど知らなかった。たぶん、向こう側に国があることさえ、ほとんど意識になかったのじゃないかと思う。バルト海沿岸諸国はスウェーデンにもっとも近い近隣の国々だったのに、スウェーデン人はまるで存在しないかのように振る舞っていた。いや、向こう側の国々にしても同じことが言えたのだと思う。ある日、死体を乗せたゴムボートが流れてきた。捜査でおれはラトヴィアへ飛んだ。いまではもう存在しない鉄のカーテンの向こう側に入ったわけだ。当時、世界は違っていた。いまよりいいとか悪いとか言ってるんじゃない。ただ、まったく違う世界だった」

「わたし、子どもを産むの。妊娠してる」リンダが突然言った。

ヴァランダーは息を止めた。リンダがいま言った言葉の意味がわからないという気がした。それから黒革のジャケットで隠されている彼女の下腹部へ目を移した。

リンダが大声で笑いだした。

「もちろんまだ何も見えないわよ。妊娠三ヵ月なんだから」

ずっと経ってからヴァランダーはこのときのことを何度も思い出した。リンダが大きな告白をしたこのときの一部始終を。二人は風に向かって体を丸めて海岸沿いに歩いた。リンダはヴァランダーが知りたいと思っていたことを話してくれた。その後、一時間遅れてイースタ署に戻ったとき、彼は自身が提案した午後の作業のことなどすっかり忘れていた。

その日の午後五時寸前、捜査班は銃器窃盗《せっとう》と殺人に関与したとみられる二人の男を監視カメラの映像から特定することに成功した。ヴァランダーはその場にいた者たち全員が感じたこと、これで事件はほぼ解決したという思いを口に出して言った。

会議が終わって皆がテーブルの上を片付けていたとき、ヴァランダーは急に自分の中にふつふつと湧いてくる言いようもない喜びをみんなに伝えたくなった。

だが、もちろん彼はそうしなかった。

それは彼のやり方ではなかった。同僚をそれほど自分の世界に入れることなど、彼には考えられなかった。

2

二〇〇七年八月三十日午後二時過ぎ、リンダがイースタの病院でヴァランダーの初孫になる女の子を産んだ。出産はうまくいき、そのうえ助産師が告げていた予定日どおりの出産だった。ヴァランダーはその日有給休暇をとって、テラスのひび割れを直そうと、バケツにセメントを混ぜ合わせたりして時間を潰していた。作業そのものはあまりうまくいかなかったが、なんとか手持ち無沙汰な時間を潰すことができた。電話が鳴り、今日から自分には孫が一人いると自慢できるようになったことがわかると、彼は泣きだした。感情をコントロールできなかった。その瞬間彼は完全に無防備になったと言ってよかった。

電話をしてきたのはリンダではなく、赤ん坊の父親、ビジネスマンのハンス・フォン＝エンケだった。ハンスには感情的な面を見せたくなかったので、ヴァランダーは大急ぎで礼を言い、ぎこちなくリンダによろしくと言って電話を切った。

そのあとユッシと長い散歩に出かけた。スコーネ地方にはまだ夏の気配が残っていて、夜には雷が鳴った。雨が降ったあとの空気は新鮮で爽《さわ》やかだった。ここに至ってようやくヴァランダーはじつは密かに何度も、リンダは子どもをほしいとは思わないのだろうかと思っていたことを自分自身に認めた。リンダはいま三十七歳。ヴァランダーには十分に高齢出産と思える年齢だ。リンダが生まれたとき、モナはもっと、ずっと若かった。いままでヴァランダーはリンダの男友達関係を距離を保って見守ってきた。中には気に入った男もいた。この男といっしょになってくれるといいと思った男もいたが、決定的なものにはならず、別れたあともリンダは決して説明などしなかった。ヴァランダーはリンダとは信頼関係があったが、どんなに気を許しているときでも決して話さないことというものがあった。そういう話題の一つが子どものことだった。

リンダが妊娠していると告げたあの風の強い日、モスビー・ストランドの海岸でヴァランダーは初めて妊娠の相手、子どもの父親となる男の話を聞いた。彼はリンダにそんな男がいることさえ知らなかった。このところリンダに特別の相手がいるとは思っていなかった。が、その点で彼はまったく間違っていて、話を聞いて彼は心底驚いた。

リンダはコペンハーゲンでハンス・フォン＝エンケに出会ったという。その日彼女は近く婚約する友人の夕食会に出ていて、ハンスはストックホルム出身だったが、仕事でいまはコペンハーゲンに住み、投資信託会社でヘッジファンドを専門に扱う部門で働いていた。リンダは最初彼を堅苦しいと感じた。それで少し大げさに、自分は安月給で働く下っ端の警察官でヘッジファンドなんて聞いたこともないと言った。第一、フォン＝エンケって名前、この発音で正しいのかしら、と。そのまま二人は話を続け、夜のコペンハーゲンの街を長時間歩き回り、また会うことに決めた。ハンス・フォン＝エンケはリンダより二歳年下で、リンダ同様子どももいなかった。付き合い始めてから、二人とも口には出さなかったが、この人となら子どもを作りたいと思っていたという。

モスビー・ストランドでの告白から二日後の夜、リンダは父親の家にハンスを連れてきた。すでに彼らはいっしょに住むことに決めていた。ハンス・フォン＝エンケは背が高く、痩せていて、頭のてっぺんが薄く、明るい青い目をしていた。ヴァランダーは会うなり居心地が悪くなった。ハンスのストックホルム独特の発音にも馴染めなかったし、なぜリンダがこの男と付き合うことにしたのか理解できなかった。リンダの話ではハンスの給料は彼女の三倍もあって、それに基づいてボーナスも百万クローナももらうと聞き、娘は彼の経済力に目が眩んだのだろうかとヴァランダーは苦々しく思った。そう思うと腹が立ち、次に会ったときに彼は娘にズバリ訊いた。場所はイースタのカフェだった。リンダは怒ってシナモンロールを彼に投げつけると、カフェを飛び出していった。ヴァランダーは慌てて追いつき、謝った。お金じゃない、とリンダは言った。生まれてから一度も経験したことがない本物の愛だと言った。

ヴァランダーはこれから義理の息子になるこの男をもっと温かい目で見ることにした。インターネットと、わずかばかりの取引をしている地域の銀行の担当の男を通じて、ヴァランダーはハンスの働いている会社について多少の知識を得た。ヘッジファンドのこと、現代の投資信託会社の仕事についてである。会社を見にコペンハーゲンに来られるかと訊かれて、ヴァランダーはもちろんと答え、早速ルンデトーン付近の、ハンスが働く会社が入っている近代的なオフィスビルに案内してもらった。その後ランチに招待され、イースタに戻ったころにはもう最初に会ったときに感じた居心地の悪さはすっかり払拭されていた。車の中からリンダに電話をかけ、彼女が選んだ男はなかなかいいと思うと伝えた。

「一つだけ、残念なところがあるの。髪の毛が薄いところ。それ以外はパーフェクトよ」

「次はイースタのおれの執務室を見せようと思う」

「それはもうやったわよ、先週。イースタ署の人から何も聞いていないの？」

　もちろん誰からもそんなことは聞いていない。夜、自宅に戻り、鉛筆を持ってハンスの年収がどのくらいになるのか計算してみた。最終的な数字を見て驚いた。かすかに不愉快な気分がよみがえった。彼自身はこんなに長い間勤めたあと、給料はひと月四万クローナ。自分ではけっこうな稼ぎだと思っていた。いや、別に自分が結婚するわけではない。リンダの相手なのだ。金は彼女にとって幸福の元になるか不幸の元になるか、それは彼女の問題で、自分の問題ではない。

　三月、リンダとハンスはいっしょに住み始めた。場所はリーズゴード。若いビジネスマン、ハンス・フォン＝エンケが買った家である。ハンスはそこからコペンハーゲンに通い始め、リンダはそれまでどおりにマルメで勤務した。引っ越しが落ち着いたころ、リンダは翌週の土曜日食事に来ないかと父親に声をかけた。ストックホルムからハンスの両親が来るという。その機会に是非リンダの父親にも会いたいと言っていると。

「ママにも声をかけたわ」とリンダ。

「来るのか？」

「ううん」

「来ない？　なぜ？」

リンダは肩をすくめた。

「具合が悪いんだと思う」

「どこが？」

リンダはしばらく父親を見据えてから言った。

「お酒。たぶん、いままでで一番飲んでいると思うわ」

「そうか。知らなかった」

「パパの知らないこと、たくさんあるわ」


ヴァランダーはハンス・フォン＝エンケの両親との食事会にはもちろん行くと返事をした。ホーカン・フォン＝エンケは退役した海軍司令官で、潜水艦と水上艦の両方の艦長だったこともあり、とくに駆逐艦に特化して仕事をしていたらしい。リンダはあまり確実ではないと言いながら、ホーカンはある時期、警告発砲して敵に攻撃をしかける作戦本部に属していたこともあるらしいと言った。ハンスの母親のルイースは語学の教師で、やはり退職していた。ハンスにきょうだいはなく、一人っ子だという。

「おれは貴族との付き合いは苦手だ」ヴァランダーは説明を終えたリンダに言った。

「普通の人たちよ。きっとお互いにいっぱい話すことがあると思うわ」

「話すって、何を？」

「それは話しているうちにわかるんじゃない。そんなにネガティブに構えないでよ」

「おれは別にネガティブなんかじゃない！　ただ、どんな話をしたらいいのか、見当がつかないだけだ」

「招《よ》ばれている時間は六時よ。遅れないでね。ユッシは連れてきちゃだめ。散らかすばかりなんだから」

「ユッシは言うことを聞く犬だ。ハンスの親たちは何歳ぐらいなんだ？」

「ホーカンは七十五歳になるわ。ルイースはそれより少し下かな。ユッシのことだけど、人の言うことなんか全然聞かないわよ。パパはあの犬のしつけに失敗したって、わかってるんでしょ？　ま、わたしのしつけはあの子よりは成功したけどね」

ヴァランダーが反応するより早くリンダは部屋を出て行った。いつも最後の言葉を言うのは向こうだとヴァランダーは面白くなかったが、腹も立たず、そのまま机の上の仕事に戻った。

その季節にしては珍しく穏やかな雨が降った土曜日の夕方、ヴァランダーはハンス・フォン＝エンケの両親に会うためにリンダの家に向かった。その日は朝早くから銃器販売店の店主の殺害と銃器窃盗《せっとう》に関する調査の重要な部分の書類に目を通すために署の執務室で働いていた。窃盗グループの何人かは顔が割れたが、証拠が不十分だった。おれはまだ鍵束がガチャガチャと鳴る音を聞いているだけで、鍵そのものは見つけていない、と彼は思った。分厚い報告書の半分も読まないうちに午後の三時になった。家に帰り、二時間ほど眠って、着替えて出かけようと思った。リンダが、ハンスの両親は自分の好みからいえば少しフォーマルだと言い、だからスーツを着てきたらいいと教えてくれた。「フォーマルとなると、葬式のときのスーツしかない。だが、白いネクタイさえ締めなければ、いいか？」

「そんなに嫌なら、食事になんか来なくていいのよ」とリンダ。

「冗談だよ」

「悪い冗談ね。青いネクタイが少なくとも三本あるじゃない。その中から一本選べば？」

その日の夜中、タクシーでルーデルップに戻る道すがら、思ったよりずっと快適な食事会だったとヴァランダーはホッとしていた。引退した海軍司令官ともその妻とも、気持ちよく話ができた。初対面の人間に会うとき、ヴァランダーはいつも緊張する。彼が警察官だということがわかると、たいていの人間はかすかな軽蔑を表すように感じられるからだ。だがホーカンからもルイーースからも、そのような気配はまったく感じられなかった。それどころか、二人とも彼の仕事について本心からの興味と関心を示した。ホーカン・フォン＝エンケはそれだけでなく、スウェーデン警察の組織と、よく知られたいくつかの犯罪事件における警察の力不足を指摘した。ヴァランダー自身、その一つ一つに同じ意見を持っていたので、話が盛り上がった。ヴァランダーもホーカン・フォン＝エンケに潜水艦のこと、スウェーデン海軍のこと、現在進行中のスウェーデン軍隊の縮小のことを訊き、専門的でユーモアたっぷりの答えを得た。ルイーースはほとんど話をしなかったが、絶えず微笑んでテーブルの上を行き交う会話に耳を傾けていた。

　リンダはタクシーを呼んだヴァランダーと門までいっしょに歩いた。腕を組んで、頭を彼の肩にもたせかけた。父親に満足したときだけ彼女はいつもこうした。

「今日は合格点をもらえたということか？」

「いままでで一番よ。ほらね、やろうと思えばできるんじゃない」

「何が？」

「お行儀よく振る舞うこと。警察の仕事以外のことでもけっこう鋭い質問をしていたわ」

「あの二人はいいね。ただ、彼女の方とはあまり話ができなかったな」

「ルイースのこと？　彼女はそういう人よ。おしゃべりじゃないの。でも人の話をよく聞く人よ」

「なんだか秘密を抱えているような、神秘的な感じがしたよ」

　二人は道路に出て、降り続いている小雨に濡れないように街路樹の下に立った。

「わたしに言わせれば、秘密を抱えていそうな人と言ったら、パパよ」リンダが言った。「長い間、パパは何か秘密を抱えているような気がしていたわ。でも、本当に秘密を抱えている人なんてめったにいないということがわかった」

「それで、おれはそんな人間ではないと？」

「ええ、そうじゃないと思う。違う？」

「いや、そのとおり。だがときどき人は自分でも気がつかない秘密を抱えて生きているかもしれないと思うことがある」

タクシーのヘッドライトが暗闇を分けて走ってきた。近頃流行《はやり》のボックス型のタクシーだった。

「この小型バスのようなタイプの車は嫌いだな」ヴァランダーが呟いた。

「腹を立てないで。それじゃ、明日ね。車を返してあげるわね」

「十時には署の執務室にいる。さ、戻っておれの評判を聞いてくれ。明日の報告を楽しみにしてるよ」

翌日リンダは午前十一時ちょっと前に彼の部屋にやってきた。

「いいわよ」いつもながらノックもせずに入ってきて、いきなり言った。

「何が、いい、なんだ？」

「パパの評判。二人ともパパに好感もったみたい。ホーカンの言い方をすれば、『君のお父さんは我が家族の素晴らしい収穫物だ』そうよ」

「おれにはどういう意味か、わからんな」

リンダは車のキーを机の上に置いた。フォン＝エンケ一家とこれからドライブに出かけるところだという。ヴァランダーは窓の外に目をやった。雲が流れ始めていた。

「お前たちは結婚するつもりか？」ドアに向かったリンダに声をかけた。

「ハンスの両親もすごくそれを望んでいるみたい。パパまでそうせっつかないでほしいわ。わたしたち、本当に合うかどうか、これから時間をかけて決めるから」

「しかし、お前たちには子どもができるんだよね？」

「ええ、子どもがほしいという点では二人は一致しているの。でも今後、一生いっしょに暮らすかどうか、それは別のことよ」

リンダは部屋を出て行った。ヴァランダーはその足音に耳を澄ました。ブーツがカッカッと床を打ち付けるような音が響く。おれは自分自身の娘を知らない、とヴァランダーは思った。昔は知っていたと思う。だがいまはもう、どんどん知らない人間になってしまっている。

窓の前に立ち、外の景色を見た。古いウォータータワー、鳩が数羽、木々、そして千切れ雲の後ろからどんどん広がっていく青空。深い不安が胸に広がっていた。自分の周りには何もないと感じる。心細さ。いや、それは彼の中にあるものかもしれない。まるで彼自身が気づかぬうちに、不安が砂時計に変わってしまったようだ。砂時計の中の砂は音もなく落ちていく。そのまま鳩や木々を見続けていると、不安が次第に消えていった。その後、彼はまた机に向かい、積み重ねられている報告書を一心に読み続けた。


ヴァランダーはリンダの家族とクリスマスを祝った。まだ名前のない孫を驚嘆と静かな喜びをもって眺めた。リンダはこの女の子はおじいちゃん似だという。とくに目のあたりが。だがヴァランダーにはどんなによく見ても自分に似ているようには見えなかった。

「名前をつけるべきだな」とヴァランダーはクリスマスイブの晩、ワインを飲みながら言った。

「もちろん、そのうちにね」とリンダ。

「いつか自然に決まると思う」とハンス。

「わたしはなぜリンダになったの?」リンダが突然訊いた。「どこからこの名前が来たの?」

「おれがつけた」とヴァランダーは言った。「モナは別の名前をつけたがった。なんという名前だったか憶えていないが。だが、おれには初めからお前はリンダだった。だが親父はお前にヴェーヌス《ヴィーナス》という名前をつけたがった」

「ヴェーヌス?」

「お前も知っているように、親父はちょっと変わっていたからな。お前はリンダという名前が好きじゃないのか?」

「ううん、この名前、好きよ。それに、心配しないで。もし結婚したとしても苗字を変えるつもりなんかないから。リンダ・フォン＝エンケになんか、絶対にならないからね」

「もしかすると、僕がヴァランダーと名乗るべきなのかもしれない」とハンス。「でも、そんなことをしたら、僕の両親が大騒ぎすると思う」

クリスマスから新年までの間、ヴァランダーは一年間に溜まった書類の整理をした。それは長い間の習慣になっていることだった。新しい年のために古いものを整理してスペースを作っておくこと。一月の初めには銃器窃盗事件の判決が下される。ヴァランダーは検察官と話をして、検察側が最大限の刑罰を与える用意があることを知った。弁護人側がそれに対し確固たる反証はもっていないということもわかった。その意味では被害者のひとりハンナ・ハンソンの娘に会っても、まっすぐに目を見て話をすることができる。

判決は彼の予測どおりになった。裁判官は厳しい判決を下した。傷害と殺人を行《おこな》った二人のポーランド人には八年の刑が下された。被告側がたとえ上告しても、きっとこの刑より軽くなることはないだろうとヴァランダーは思った。

地方裁判所が判決を下した日、夜は家で映画を観ることにした。パラボラアンテナを購入したので、今や様々な映画チャンネルにアクセスすることができる。その日、ヴァランダーは署に保管している銃を家に持って帰って手入れをすることにした。このところ射撃訓練を怠っていて、遅くても二月に入る前には射撃の練習に行かなければならなかったからである。机の上はまだきちんと片付いてはいなかったが、いまのところ、彼の責任となる捜査はなかった。今日なら早く帰って映画を観ることができる。明日はできないかもしれないと思った。

だが、帰宅して、ユッシといつもの散歩をして帰ってくると、なぜか落ち着かなかった。自分の家にいながら、何もない畑の中にポツンと立っている家とともに、世の中から見捨てられたような気分に襲われることがある。まるで難破船のようだ、と彼は思った。この茶色い広大な地面に呑み込まれてしまったような気がした。だがそのような苛立ちはたいていの場合しばらくすると消えるものだが、その晩はなぜか消えなかった。ヴァランダーはキッチンテーブルに向かい、古新聞の上で拳銃の手入れをすることにした。すっかり磨き立てたあと時計を見ると、まだ八時だった。服を着替えてイースタの町に戻った。なぜそんなことを思いついたのか、わからなかった。突然決めたのだ。冬のイースタの町は閑散として人通りがほとんどない。とくに平日の夜は。町全体でも開いているバーやレストランはほんの二、三軒だ。ヴァランダーは駐車場に車を停めて、広場にあるレストランに入った。ほとんど客がいなかった。隅の方のテーブルに座り、オードヴルと赤ワインを一本頼んだ。食べ物とワインを待っている間に、数杯の食前酒を飲んだ。心の中に不安があり、それを消すために自分はアルコールを飲んでいるのだと頭の隅でわかっていた。食事が運ばれてきて、ウェイターがワインをグラスに注いだころには、彼はすでに酔っ払っていた。

「ほとんど客がいないじゃないか。みんなどこに行ってしまったんだ？」

ウェイターは肩をすくめた。

「いや、どこと言われても、とにかくここにはいないんですよ。どうぞ、美味しいお食事を！」

ヴァランダーはあまり食べずにフォークで皿の上の食事をつついていた。だが、酒だけはピッチを上げて、三十分もしないうちにワインボトルを一本空けてしまった。それから携帯電話を取り出すと、登録している番号に目を通した。誰かと話したかったが、誰と話したらいいんだ？　携帯を投げ出した。自分が酔っていることを人に悟られたくなかった。ワインボトルはすでに空だ。もう十分に飲んだのだ。それでもウェイターがそろそろ閉店だと知らせに来たとき、彼はコーヒーとコニャックを頼んだ。席を立ったとき、足元がふらついた。ウェイターは疲れ切った顔でその様子を見ていた。

「タクシーを呼んでくれ」とヴァランダーが頼んだ。

ウェイターはバーのカウンター近くの壁に掛けてある電話でタクシーを呼んだ。ヴァランダーは立ちあがった。グラグラと体が揺れているのがわかった。ウェイターは受話器を置いて、うなずいた。

外に出ると、寒さがいっそう厳しくなっていた。

ヴァランダーが家に着き、ベッドに潜り込んで眠ったころ、一人の男がイースタ署にやってきた。男は興奮していて、その日の当直警察官と話したいと言った。当直警察官は偶然にもマーティンソンだった。

職業はウェイターと男は言って、マーティンソンの目の前にビニール袋に入れたものを置いた。袋の中には拳銃があった。それはマーティンソンが持っているものとまったく同じ型だった。

ウェイターは客の忘れ物だといい、その客の名前も知っていた。ヴァランダーはイースタの街では知られた顔だった。

マーティンソンは報告書を書いてから、しばらくそのまま拳銃を眺めた。

ヴァランダーが外で拳銃を忘れるなどということがあるだろうか？　何より、なぜヴァランダーはレストランへ拳銃を持っていったのだろう？

時計を見た。夜の十二時過ぎ。本当はいまヴァランダーに電話するべきなのだ。だが、マーティンソンはそうしなかった。

明日まで待とう。明日ヴァランダーに訊かなければならないことを思って、彼は気が重くなった。

3

翌日、ヴァランダーがイースタ署にやってくると、マーティンソンからのメモが受付にあった。ヴァランダーは内心舌打ちした。二日酔いで気分が悪かった。朝出勤したらすぐに会いたいとメモにあったが、よほど急ぎの用事に違いない。二、三日待てるものではないのかと、ヴァランダーは面白くなかった。二、三日と言わないまでも、せめて、二、三時間でもいい。いまは自室にこもって電話を不通状態にし、机の上に両足を上げて眠りたい。ジャケットを脱いで、机の上にあった昨日の炭酸飲料の残りを飲み、マーティンソンの部屋へ行った。そこは数年前までヴァランダー自身が使っていた部屋だった。

ノックをして中に入った。マーティンソンの顔を見るなり、何か重大なことが起きたのだとわかった。彼の顔を見ればすぐに心の状態までわかる。それは必要なことだった。というのもマーティンソンは興奮状態と憂鬱《ゆううつ》な気分の間を激しく行き来するタイプだったからである。

ヴァランダーは来客用の椅子に腰を下ろした。

「何が起きた？　よっぽど重要なことでもなければ、こんなメモを書いたりしないだろう」

マーティンソンは驚きの表情でヴァランダーを見た。

「何の話かわからないんですか？」

「ああ。わかっていて当然だとでも言うのか?」

マーティンソンは答えなかった。そのままヴァランダーをじっと見つめている。その視線にヴァランダーはそれまで以上に気分が悪くなった。

「あんたが何を言おうとしているのか、推量している暇はない。いったい何なんだ? 早く言ってくれ」

「そうですか、いまでもまだ私が何を言おうとしているのかわからないんですね?」

「ああ、そのとおり」

「そうなると、ことはますます深刻だ」

マーティンソンは机の引き出しを開け、中から取り出したものを机の上に置いた。ヴァランダーの拳銃だった。

「これを見たら、何の用事かわかるんじゃありませんか?」

ヴァランダーは驚いて拳銃を見つめた。身体中から血が引いた。二日酔いも吐き気もすっかり消え失せた。前の晩、銃の手入れをしたことは憶えている。だが、そのあとは? そのあと、何が起きた? 思い出すのだ。思い出せ。キッチンテーブルの上にあったところまでは確実だ。だが、それがなぜいま、マーティンソンの机の上にあるのだ? どういうことだ? なぜこの拳銃がここにある? どうしてもわからなかった。何の説明もできないし、何の言い訳もできなかった。

「昨日の晩、レストランに行きましたね。なぜ拳銃を持っていったんです?」マーティンソンが訊いた。

ヴァランダーは信じられないまま、ただ首を振った。何も思い出せない。イースタへ車で出かけたとき、胸のポケットに拳銃を入れたというのか？　何の説明もできないが、そうしたに違いない。

「わからない」ヴァランダーは答えた。「頭の中が空っぽだ。話してくれ」

「真夜中にレストランのウェイターがやってきました。興奮していた。あなたが座った小さなテーブルの椅子の上にこの拳銃があったと」

ぼんやりと記憶がよみがえってきた。携帯電話を取り出したときに拳銃も出して椅子の上に置いたのだろうか？　もしそうだとしても、取り出した拳銃をしまい忘れたのか？　あり得ない。いや、あり得る？

「いや、いったい何が起きたのか、まったく記憶にない。そもそも、家を出るときに拳銃をポケットに入れて出たのだろうか？　そうしたに違いない」

マーティンソンは立ち上がり、部屋のドアまで行って振り返った。

「コーヒー、飲みますか？」

ヴァランダーは首を振った。マーティンソンは部屋を出て行った。ヴァランダーは拳銃を引き寄せ、弾が装填されているのを見た。これはひどい。汗が吹き出てきた。一瞬、その銃で頭を撃ち抜くことを思った。が、次の瞬間、銃口を窓の方に向けた。マーティンソンが戻ってきた。

「助けてくれるか？」ヴァランダーが訊いた。

「いや、今度ばかりは。ウェイターはあなたが誰か、知ってました。助けることはできません。このまままっすぐ署長の部屋へ行ってください」

「署長にはもう話したのか？」

「話さなければ職務違反になるでしょう」

ヴァランダーは一言も反論できなかった。二人は黙ったまま座っていた。ヴァランダーはなんとか逃げ道はないものかと考えたが、無理な話だった。

「これからどうなる？」ヴァランダーがようやく訊いた。

「法規を読みました。もちろん内部調査になるでしょう。とにかくいまはツーレ・サーゲという名のウェイターが報道機関に情報を漏らしたりしないことを祈るのみです。いまの時代、情報が金になることを知っている人間もいますからね。酔っ払った警官が問題を起こしたというニュースなら売れるかもしれないと」

「その男に口止めしただろうね」

「もちろんですよ！　警察の捜査に関して情報を漏らしたら刑罰の対象になるとまで言いました。でも、それは単なる脅しだとあの男にはわかったかもしれない」

「おれが直接話そうか？」

マーティンソンは机の上にのしかかるようにして座っていた。ガックリと疲れ切っているのがわかり、ヴァランダーは胸がつぶれる思いがした。

「あなたと何年いっしょに働いてきたと思いますか？　二十年？　いや、それ以上かも。初めはあなたが私を教育してくれた。私を怒鳴りつけもしましたが、褒めてもくれた。いまは私があなたに言う番です。何もしないでください。いま何かしようとしても遅いんです。ただ問題を悪化させるだけです。いいですか。ウェイターのツーレ・サーゲと話したりしてはダメです。いいですか、レナート・マッツソン署長以外の誰ともこのことで話をしちゃダメですよ。署長が待っています。今すぐに行ってください」

ヴァランダーはうなずいて立ち上がった。

「とにかく、問題が広がらないようにできるかぎりのことはします」マーティンソンが言った。その声の調子で、マーティンソンが悲観的になっていることがわかった。

ヴァランダーは手を伸ばして拳銃を取ろうとしたが、マーティンソンが首を振ってそれを止めた。

「これは預かっておきます」

ヴァランダーは廊下に出た。クリスティーナ・マグヌソンがコーヒーマグを手に廊下を歩いてきた。ヴァランダーを見ると、うなずいた。それで彼女も知っているのだとわかった。今回ばかりは振り返って彼女の後ろ姿を見る気にはならなかった。代わりにトイレの個室に入って中から鍵をかけた。洗面台の上の鏡が割れていた。おれと同じだ、とヴァランダーは思った。顔を洗って、拭き、割れた鏡に映った自分の顔を見た。目が赤い。鏡のひび割れが彼の顔を二つに割っていた。

トイレの便座に座った。自分の中に、今回自分が引き起こしたことに関して、恥と恐れだけではない何かがあるように感じた。こんなことはいままで一度もなかった。思い出せるかぎり、いままで一度も警察官として携帯する拳銃を規則に反する方法で持ち歩くことはなかった。拳銃を家に持ち帰ったときは必ず鍵のかかる武器保存キャビネットに入れて鍵をかけた。そのキャビネットは近所の連中といっしょにウサギ狩りのときに使うライフル銃を入れるためのものだ。もちろんライフル銃のライセンスも持っている。今回のことは、酔っ払ってデタラメをしたというだけではないような気がした。もっと深いところに何かある。まったく覚えのない、何か別の種類の忘却、光を当てることができない、漆黒《しっこく》の闇が。

ようやく立ち上がり、署長の部屋に向かった。少なくとも二十分はトイレに座っていたはずだ。もしマーティンソンが署長に電話をかけて、ヴァランダーがそっちに向かったと知らせていたとしたら、この間に逃げ出したと思っているかもしれない。おれはそんなことはしない。

レナート・マッツソンは、女性署長が二人続いたあと、二年前にイースタ署の署長に就任した。マッツソンは若い。四十歳にも満たないほどだが、警察組織のキャリア組で、驚くほど早い出世をしている男だ。近頃の署長はほとんどみんなキャリア組から抜擢されていると言っていい。他の実働部隊の警察官たちと同様、ヴァランダーも机の上の仕事ばかりしているキャリア組の登用は現場の警察の活動にほとんど役に立たないと思っていた。その上マッツソンはストックホルム出身で、しばしばスコーネ弁はまったくわからないと文句を言うため、イースタ署では人気がなかった。同僚たちの中には、マッツソンと話をするときには、わざとひどく訛ったスコーネ弁で話す者たちさえもいた。その種の悪意に満ちた嫌がらせにはヴァランダーは加わらなかった。警察の仕事内容に口出ししたり文句を言ったりしないかぎり、できるだけ距離を保って、マッツソンには近寄らないように心がけていた。マッツソンも敬意を示してくれたので、ヴァランダーはいままでのところ新しい署長とは何の問題もなかった。

だが、いまその時代は終わったと言うべきだろう。

マッツソンの部屋のドアが少し開いていた。ヴァランダーはノックし、マッツソンのほとんど鼻声といってもいいほどの高い声を聞いてから部屋に入った。

その部屋のサイズには合わないほど大きなソファが無理やり押し込められていた。マッツソンは自分から話をしないことで知られていた。彼自身が呼びかけて人に来てもらった場合もである。警察本庁のコンサルタントがマッツソンと同席したとき、マッツソンが話を始めないので、二人とも三十分間押し黙っていた。その後コンサルタントは何も言わずに立ち上がり、そのままストックホルムに帰ってしまったというエピソードがあるくらいだった。

ヴァランダーは何も言わずにマッツソンを挑発してみようかと思ったが、気分が悪くなり、早く外に出て新鮮な空気が吸いたくなった。

「起きてしまったことについては、何の説明もできない」とヴァランダーは口火を切った。

「弁明不能なので、どうなりとそちらで措置を考えていただきたい」

マッツソンは言葉を用意していたらしく、よどみなく問いが発せられた。

「いままでもこういうことがあったんですか?」

「私がいままでもレストランに拳銃を忘れたことがあるかと？　もちろん、ないに決まってますよ！」

「あなたはアルコールの問題を抱えていますか？」

ヴァランダーは眉をひそめた。こんな質問が来るとは、どういうことだ？

「アルコールはたしなむ程度。若いころは週末に酔っ払うほど飲むことがありましたが、いまではもうそんなことはない」

「それでも今回週末でもないのに、レストランに行って泥酔するほど酒を飲んだ」

「泥酔するほど？　食事をしに行っただけですよ」

「ワインを一本、食前酒を数杯、コーヒーにはコニャックをつけて」

「そんなに詳しく知っているのなら、なぜわざわざ訊くんですか？　とにかくその程度の飲酒は泥酔するほど飲んだとは言えない。私は言わない。少しでも常識のある人間なら、そうは言わないでしょう。泥酔すると言うのは、酔っ払う目的でアクアヴィットとかウォッカをラッパ飲みすることですよ」

マッツソンは次の質問の前に考えている様子だった。ヴァランダーはマッツソンの甲高い声が神経にさわった。そして、いま目の前に座っているこの男は警察官の地道で困難な仕事とはどんなものかわかっているのだろうか、大変な苦労をしたことがあるのだろうかと疑問に思った。

「二十年ほど前、酔っ払って車を運転して、仲間の警察官に捕まったことがありますね。彼らはそれをなかったことにした。騒ぎにはならなかった。私はですね、ここでわかっていただきたいんですよ、私の心配を。あなたにはアルコールの問題があって、それを隠し続けてきたが、いまそれが発覚したということなんじゃありませんか?」

もちろんヴァランダーはそのことははっきり憶えていた。マルメでモナと食事をした帰り道で起きたことだった。離婚して間もないころのことで、まだ彼はモナに戻ってきてほしいと思っていて、未練があった。食事は激しい口論で終わり、モナは席を立って帰ったが、外にはヴァランダーの知らない男が彼女を迎えにきていたのだった。嫉妬が頭を狂わせ、判断力を失って、彼は車を運転してイースタへ戻った。あのときはマルメにとどまってどこかのホテルに泊まるか、車の中で寝るべきだった。イースタの町に入りかけたとき、パトカーに止められた。イースタ署の仲間の警察官たちだった。彼らはヴァランダーを家まで送り、車を駐車場に入れて帰っていった。二人の警官のうちの一人はすでに亡くなり、もう一人は引退している。それでもまだそのときのことが語られているのか。ヴァランダーは驚いた。

「あのときのことを否定するつもりはない。だがご存じのように、あれは二十年も前のことですよ。とにかく私はアルコールの問題など抱えていない。なぜ私が平日にレストランに出かけたかについては、人に説明する必要などないと思う」

「私はこのことに対処しなければならないから言ってるんです。あなたはまだ有休を全部とっていない。また現在、深刻な事件の捜査も受け持っていない。どうですか、ここで一週間の休暇をとっては? とにかく、この件については、内部調査が入ることになる。いま私が言えるのはそれだけです」

ヴァランダーは立ち上がった。マッツソンは動かない。

「何か他に言いたいことはありますか？」マッツソンが訊いた。

「いや」ヴァランダーが答えた。「言われたとおりにします。今日から休みをとって、帰ります」

「拳銃は置いていくことが望ましいですよ」

「言われなくてもそうしますよ。あなたが何と思おうと、私はそれほど愚かじゃない」

そのまま自室へ上着を取りに行った。まっすぐ駐車場に行き、すぐに車を出した。ひょっとしてまだ昨夜のアルコールが残っているかもしれないと思ったが、これより状況が悪くなることはあり得ないと思い、まっすぐ家まで車を走らせた。強い北風が吹き始めていた。家に着いて車を降りると、冷たい風にぶるんと体を震わせた。ユッシが金網の張られた犬庭の中で喜んで飛び上がった。だがヴァランダーはユッシを散歩に連れ出す気にはなれなかった。服を脱いでベッドに入るなり眠りに落ちた。目を覚ましたときには昼の十二時になっていた。そのまましばらく天井を見つめて、家の壁に吹き付ける風の音を聞いた。

何かがおかしいという感じを思い出した。何かが、急に自分の意識に影を落としている。今朝、目を覚ましたとき、拳銃がないということにさえ気がつかなかった。誰か別の人間が自分の代わりに行動しているようではないか。記憶にドアを閉めて、自分は記憶の外に締め出されているような気がしてならなかった。

起き上がり、服を着て、食事をしようと思った。まだ気分は悪かった。ワインを一杯グラスに注ぎたかったが、我慢した。食事の皿を洗っているときにリンダが電話してきた。

「これからそっちに行くわ。家にいるかどうか、知りたかっただけ」

ヴァランダーが口を開く前に電話は切れた。二十分後、赤ん坊を抱きかかえてリンダがやってきた。リンダは一家がイースタに移ってきたときにヴァランダーが買った茶色い皮のソファの真ん中にどっかと腰を下ろし、父親を睨みつけた。赤ん坊はそばの椅子の上のカゴの中で眠り続けている。ヴァランダーは赤ん坊の話をしたかったのだが、リンダは首を振った。それはあとで。いまはもっと大事な話がある、と。

「話は聞いたわ。でも、わたしにはなにがなんだかさっぱりわからない」

「マーティンソンから電話があったのか?」

「ええ。パパと話したあとだと言って、電話をくれた。とっても落ち込んでいたわ」

「おれほどじゃないはずだ」

「ちゃんと話して」

「おれを尋問するために来たのなら、帰ってくれ」

「わたしはただ知りたいだけよ。人もあろうに、パパがこんなことをしでかすなんて、信じられないから。どういうことだったのか、話してちょうだい」

「人が死んだわけじゃない。けが人が出たわけじゃない。言ってみれば、誰にでも起きうることだ。人は思いがけないことをしでかすことがあるんだ。いままで生きてきた中で、おれはそう学んでいる」

　そう言って、彼は話し始めた。落ち着かなかったこと、それで外に出たことから、なぜ拳銃を身につけて出かけたかわからないということまで。話を聞き終わって、リンダはしばらく考えていた。

「いまの話、信じるわ」としまいに言った。「いまの話でわかるのは、たった一つ、パパのいまの暮らしが、どうしようもなく孤独だということ。突然コントロールを失ったときに落ち着かせ、外に出かけようとするのを止める人がいないということ。でも、まだ一つ、わたしが知りたいことがあるの」

「なんだ？」

「わたしに全部話してる？　何か、話していないことはない？」

　ヴァランダーは心の中にある、暗幕が落ちてくるような、不思議な気分について話すかどうか迷った。それから首を振り、すべて話した、隠していることはないと言った。

「どういう判断が下されるのかしら？　警官が個人的な失敗をしたとき、どのように対処されるのか、規則が思い出せないわ」

「内部調査が行われるはずだ。他は知らない」

「警察官を辞めさせられるということはない？」

「もういい歳だからクビになるということはないだろう。それに、おれのやったことはそれほど深刻じゃない。だが、もしかすると退職を勧められるかもしれんな」

「それもいいんじゃない？」

リンダがそう言ったとき、ヴァランダーはリンゴをかじっていた。次の瞬間、彼はリンゴを思いっきり壁に投げつけた。

「お前はたったいまおれに孤独が問題だと言ったばかりじゃないか。これでおれが退職したら、どうなるんだ？　おれには何もないことになるんだぞ」

ヴァランダーの大声で赤ん坊が目を覚ました。

「ああ、悪かった」

「パパは怖いのよ。わかるわ。わたしもきっと怖くなると思う。怖いと感じるとき、謝る必要はないと思うわ」

リンダは夜まで残った。いっしょに食事を作り、そのあとはもうその話はしなかった。夜遅く、強い北風が吹く中、ヴァランダーは娘を車まで送って外に出た。

「もう大丈夫？」リンダが訊いた。

「おれはいつだって大丈夫だ。だが、訊いてくれてありがとう」

翌日、レナート・マッツソン署長が電話してきて、すぐに話がしたいと言った。署に行くと、マルメから来たという内部調査の人間がいて、調査のための面談をしたいということだった。

「いつでもいいのだが」と、ホルムグレンという、ヴァランダーと同じくらいの年配の男が言った。

「いまでいいです。待つ必要はない」

署の会議室の一室へ行った。ヴァランダーはできるかぎり正確に話した。自己弁護することなく、ごまかさずに。ホルムグレンはメモをとった。ときどきもう一度、と言ってヴァランダーに話を繰り返させ、また先に進ませた。ヴァランダーは自分が尋問者でも、きっと同じように進めたことだろうと思った。およそ一時間で面談は終わった。ホルムグレンはペンを置いて、ヴァランダーをじっと見つめた。たったいま自供をした犯罪者を眺める目つきではなかった。何か自分に不利益なことをしてしまった人間を見る目だった。こんなことになってしまって残念だという目つきだった。

「あなたは発砲していない。あなたは酔っ払っているときにレストランに自分の警察官としての職務上の銃を忘れてきた。それは重大な過失で、目をつぶることはできない。だが、あなたは犯罪を犯したわけではない。人を傷つけたり、賄賂を受け取ったり、人を脅かしたりしてはいない」

「それでは、失職するわけではないのですね？」

「そんなことはあり得ない。しかし、私が決定を下すわけではないが」

「推測するなら、どうですかね？」

「推測はしたくない。結果を待ってください」

ホルムグレンは帰り支度を始め、持ち物をカバンに入れていたが、急にその手を止めて言った。

「いうまでもないことだが、これが新聞沙汰にならなければいいが。このようなことが警察内部にとどまらず、外部に漏れてしまうと面倒なことになる」

「それは大丈夫でしょう」ヴァランダーは言った。「いままで漏れなかったのだから、これからそうなることはないでしょう」

だがその見方は甘かった。早くも同じ日に彼の自宅のドアにノックの音がした。ヴァランダーはベッドで休んでいたが、何の警戒もなくノックに応じて玄関ドアを開けた。隣の農家の人間が何か用事で来たのだろうと思ったのだ。ドアを開けたとたん、カメラのフラッシュが光った。そのそばに女性のリポーターが立っていて、リーサ・ハルビングと名乗り、ヴァランダーににっこりと笑いかけた。いかにもわざとらしい笑い方だった。

「お話ししてもらいましょうか？」と割り込む口調で言った。

「何について？」ヴァランダーはすでに胃に痛みを覚えていた。

「何の話だと思います？」

「わからない」

カメラマンが連続してシャッターを切っている。ヴァランダーは男を殴りつけたくなったが、なんとか我慢した。家の中の写真は撮らないでくれときつく言うにとどめた。プライバシーの侵害になると。カメラマンとハルビングの両方からようやく同意をとると、ヴァランダーは二人を中に入れ、キッチンテーブルで対応した。コーヒーを淹れ、近所の料理好きの主婦から数日前にもらったケーキを出した。

コーヒーをテーブルに出しながら、「どの新聞社だ?」と訊いた。「訊くのを忘れていた」

「ああ、こっちも先に言うべきだったわ」とリーサ・ハルビング。厚化粧で、たっぷりとした大きなシャツを着ている。肥満体を少しでも隠そうとしているのがわかる。三十歳ぐらいだろうか。輪郭《りんかく》はリンダに似ているが、きつい化粧で印象は全然違う。

「いろんな新聞に書いてるのよ。売れそうな話があったら、一番高く払ってくれる新聞社に持っていくの」

「そうか。それで、いまはその売れそうな話というのが私なのか?」

「そうねえ。一から十までのスケールなら、あなたの話は四かな。そこまでもいかないかもね」

「ふーん、だが、もし私がウェイターを撃ち殺していたら?」

「そしたらパーフェクト。十よ! 一面に黒い太字でバンと出るわよ」

「どうやって知ったんだ?」

カメラマンはシャッターから手を離さなかったが、約束どおり、家の中では一度も押していなかった。リーサ・ハルビングは相変わらず気取った冷たい笑いを浮かべている。

「そういう質問には答えないってこと、わかってるんでしょ」

「ああ、もちろん。だが、おそらくレストランのウェイターだということは見当がつく」

「あ、それは違う。それ以上は答えるつもりないけど」

あとで、銃の話を外に漏らしたのはおそらく警察内部の者だろうと思った。誰でもあり得る。もしかするとレナート・マッツソン自身かもしれない。いや、マルメから来たあの調査官ということもあり得るのではないか。いくらで情報を売ったのだろう？　警察官として働いてきたこの数十年間、警察からの情報の漏れは常に問題だった。だがいままで一度も彼自身がタレコミの対象になったことはなかった。彼自身、一度も報道関係者にタレ込んだことはないし、同僚がそんなことをしたとも聞いたことがない。だが、そもそも自分は何を知っているというのだ？　確実なところ真実はわからない、と彼は思った。

その晩のうちに彼はリンダに電話をかけて翌日の新聞のことを警告した。

「事実をそのまま言った？」

「ああ。少なくとも、誰もおれのことを嘘つきだということはできないだろうよ」

「それなら大丈夫。嘘が危ないのよ。嘘をついたら、そこから煽られる。でも、正直な話だったら誰も興味をそそられないから」

その晩は眠れなかった。翌日、彼は電話が殺到するだろうと覚悟していた。だが、電話をかけてきたのは二人だけで、その一人はクリスティーナ・マグヌソンで、新聞は大げさに書くと怒って言った。もう一人はレナート・マッツソン署長だった。

「自分から話をしたのはまずかったな」とマッツソンは不愉快そうに言った。

ヴァランダーは猛烈に腹が立った。

「玄関を開けるとカメラマンとリポーターが立っていたら、あんたならどうした？　やつらは細かいところまで全部知っていた。あんたならドアを閉めたか、それとも嘘をついたか？」

「いやあ、あなたが自分からニュースを売ったのかと思ったものでね」マッツソンが呟いた。

「それじゃあんたはおれがいままで思っていたよりずっと愚かだ」

ヴァランダーは電話を勢いよく切り、壁からプラグを抜いた。それからリンダに携帯から電話をかけ、これからは用事があればこっちに電話してくれと言った。

「いっしょに来れば？」とリンダが言った。

「どこへ？」

リンダは怪訝《けげん》そうな声を出した。

「前に言ったでしょう？　私たち、ストックホルムへ行くのよ。ハンスの父親が七十五歳の誕生パーティーを開くので。いっしょに来れば？」

「いや、行かない。おれはここに残る。パーティーになど出る気分じゃない。一人でレストランに出かけたことで十分だ」

「私たちは明後日出発するわ。考えておいて」

その晩ベッドに就いたとき、ヴァランダーはストックホルムになどまったく行くつもりがなかった。だが、翌日の朝、気分が変わった。ユッシを隣家に頼んで出かけることにした。数日間、イースタから離れるのも気分転換になるだろう。

翌日、ヴァランダーはストックホルムへ飛んだ。リンダ一家は車で移動することになった。ヴァランダーは中央駅の前のホテルに泊まることにした。夕刊紙を開くと彼の銃器持ち出しの話はすでに隅の方に小さく書かれているだけになっていた。その日、ヨッテボリでＡＢＢＡのマスクをつけた四人組が銀行強盗に入ったことがビッグニュースとして第一面を飾っていた。

助かったと彼は密かに強盗たちに礼を言った。
その晩はホテルのベッドでぐっすり眠った。

4

ホーカン・フォン゠エンケの誕生パーティーはユーシュホルムにある建物で行われた。ユーシュホルムはストックホルム郊外にある高級住宅地で、ヴァランダーはいままで一度も訪れたことがなかった。リンダはスーツさえ着てくれれば十分よ、と言ってくれた。フォン゠エンケはディナー・ジャケットもタキシードも嫌いだったが、長年海軍で様々な軍服を着た経験から制服は好きらしい。もしそうしたかったら警察官の制服を着ていけばいいとリンダは言ったが、ヴァランダーはスーツで行くことにした。状況から言って、いま制服を着ることは控えたかった。

自分はなぜこのパーティーに出席することに同意してしまったのだろう、と昨日、アーランダ空港からストックホルム中央駅行きの列車に乗り込みながらヴァランダーは自問した。他の場所へ行くこともできたではないか。この三十年間、彼はときどきイースタから近いデンマークのスカーゲンへ出かけ、海岸を散歩したり、美術館を訪ねたり、いつも滞在するペンションでゆっくり過ごしてきた。警察官を辞めるかどうか迷ったときに長期滞在したのもまたスカーゲンの海辺の宿だった。だが今回、彼は他人の誕生パーティーのためにわざわざストックホルムのユーシュホルムまでやってきたのだ。

到着すると、ホーカン・フォン＝エンケ本人が丁重に迎えに出てきた。心からヴァランダーの出席を喜んでいる様子だった。宴会の席では、主賓席に迎えられ、片方にリンダ、そしてもう片方に海軍准将の未亡人の席が用意されていた。フークという名のその海軍准将夫人は八十歳を超える年齢だったが、補聴器をつけてはいたものの、注がれる食前酒やワインを次々に飲み下す酒豪ぶりだった。夫人は前菜が供されたころには早くもすっかりできあがり、賑やかに話し始めた。ヴァランダーは夫人の話に耳を傾けた。とくに六人の子どもの一人がルンドで法医学者として働いていると聞き、彼自身何度かその男に会ったことがあり好印象をもっていたこともあって、話が弾んだ。大勢の来賓客がスピーチをしたが、そのどれもが申し合わせたように短いものだった。これはおそらく軍隊式なのだろうとヴァランダーは思った。乾杯の音頭はトビアソン司令官がとり、それもユーモアたっぷりだったのでヴァランダーは好印象をもった。海軍准将夫人が補聴器の不具合で少しの間静かになったとき、ヴァランダーは自分が七十五歳のときは、どんな誕生日を迎えるだろうかと思った。もしパーティーを開くことに決めたら、誰が来てくれるだろう？　リンダはたしか、このパーティーはホーカン自身が計画したと言っていた。それは妻のルイースを少なからず驚かせたらしい。それまでホーカンは常に自分の誕生祝いなど必要ないと、うんざりした口調で言っていたからだった。だが急に気分が変わったらしく、華やかに誕生日を祝う催しを自ら企画したというのである。

コーヒーは座り心地のいいソファのある隣室で供された。ヴァランダー自身は隣室へは行かず、食事が終わると少し体を伸ばしたくなってガラスが張りめぐらされたテラスに出た。この館の以前の持ち主はスウェーデン産業界の大物で、建物の周囲は落ち着いた立派な庭園になっていた。いつのまにか、傍らにホーカン・フォン＝エンケが立っていて、ヴァランダーを驚かせた。片手に昔風のパイプを持っていた。フォン＝エンケが手にパイプといっしょに持っているハミルトン社製と書いてある刻みタバコの商標にもヴァランダーは見覚えがあった。十代の終わりころ、彼自身がパイプを吸っていて、この商標の刻みタバコを買っていた。

「冬だね。天気予報によれば吹雪になるらしい」そう言ってフォン＝エンケは暗い夜空を見上げた。「深い海底を航行する潜水艦に乗っていると、天気とか季節とかはまったく関係がなくなる。深い海の底はひたすら静かなのだ。暴風雨でもないかぎり、バルト海なら二十五メートルも潜れば静かになる。北海は少し違う。一度、スコットランドから嵐の中出発したことがあった。深度三十メートルのところで傾度が十五度あった。あれは控えめに言っても愉快とは言えなかったな」

フォン＝エンケはパイプに火をつけて、うかがうような目でヴァランダーを見た。

「こんな表現は警察官にとっては詩的すぎるかな？」

「いや、そんなことはありません。ただ、潜水艦というのは私にとってまったく知らない世界です。正直なところ、恐怖を感じるところでもあり世界でもある」

ホーカン・フォン＝エンケはパイプを深く吸った。

「実を言うと、この種のパーティーは私を、おそらくあなたもそうでしょうが、退屈させる。このパーティーのイニシャティヴをとったのは私自身であることはみんなが知っているところだが、理由は友達の多くがそれを望んでいたからだ。いま、我々二人がどこか小さな部屋に隠れても誰も文句を言いますまい。早晩、妻のルイースが探しに来るだろう。だがそれまでは二人でゆっくり話ができる」

「しかし、これはあなたのためのパーティーですよね。大丈夫ですか?」

「いや、良い芝居と同じで、緊張を高めるためには、主役はずっと舞台に立っていなくていいのだよ。重要なできごとはカーテンの後ろで起きることを暗示することも必要なんだ」

そう言って、フォン=エンケは口を閉じた。なぜか、突然に。突然すぎるようにヴァランダーは感じた。フォン=エンケの目がヴァランダーの後方で止まっていた。ヴァランダーは後ろを振り向いた。庭園の外に小道があって、その先のストックホルムへ向かう道と合流していた。街灯の下、庭園の垣根の外に男が一人立っているのが見えた。すぐそばにエンジンをふかしている車が停まっている。排気ガスが黄色い街灯の光に照らされていた。

フォン=エンケは不安なのだとヴァランダーは感じた。

「小部屋に行こう」フォン=エンケが言った。「コーヒーもそこで飲もう。ドアを閉めれば静かになる」

テラスをあとにする前に、ヴァランダーは外に目をやった。車は姿を消していた。街灯の下にいた男もいなかった。誕生パーティーに招待されなかった人間だろうか。いずれにせよ、自分とは関係ないことだ、とヴァランダーは思った。レストランに忘れてきた銃のことでインタビューしたいというジャーナリストではないだろう。

コーヒーを受け取ると、ヴァランダーは茶色い壁に囲まれ、柔らかい革張りの椅子が置かれた小部屋に通された。窓がない部屋だった。フォン＝エンケがヴァランダーの視線を受け止めた。

「この部屋が防空壕のような窓のない部屋であることにはわけがある」フォン＝エンケが説明した。「一九三〇年代、この館は数年の間、ストックホルム一帯のナイトクラブを経営する男に所有されていた。クラブの多くは闇経営だった。毎晩、男の手先の人間が数名、ナイトクラブを回って売上金を集め、この館に運び込んだ。当時、この部屋には大きな金庫がしつらえてあった。そして会計係が金を数え上げ、金庫にしまっていたらしい。怪しげな経営が表沙汰になり、経営者が逮捕されると、大きな金庫は爆破され取り払われた。男の名前はたしかユーランソンといったはずだ。長い実刑が下され、ユーランソンはロングホルメン刑務所で服役中に独房で自殺している」

話し終わるとフォン＝エンケは火の消えたパイプを数回吸った。窓のない、パーティーの賑やかさも一切聞こえない防空壕のような密室で、ヴァランダーは初めてホーカン・フォン＝エンケは怯えていると感じたのだった。これまで何度も恐怖に震え上がっている人間を――それが思い込みや妄想に基づく場合であれ――見てきた。ホーカン・フォン＝エンケは間違いなく恐怖を感じていると彼にはわかった。

ホーカン・フォン＝エンケはゆっくり話し始めた。退職する前のこと、彼がまだ海軍士官として働いていたころの話だった。

「一九八〇年の秋のこと。いまではもう遠い昔のことだ。三十年近く前のことだから一世代前のことと言っていい。君はそのころ何をしていたかな?」

「イースタの警察署で働いてました。まだリンダは小さかった。父が年取ってきたので、私は近くで暮らしたかった。また、マルメよりもいい環境でリンダを育てたかったということもありました。少なくとも当時はそう考えて移ったのですが、実際にそれがよかったかどうかはわかりません」

フォン＝エンケはヴァランダーの話を聞いている様子がなかった。その証拠に、彼はヴァランダーの説明には何も反応せずに自分の話を続けた。

「私はその年の秋、東海岸の海軍基地で働いていた。その二年前まではスウェーデンで最高の潜水艦と呼ばれていた潜水艦シューオルメン艦（海蛇）の士官として働いていた。海軍の人間なら誰でもその潜水艦を短くオルメン（蛇）と呼んでいた。私がその海軍基地で働いていたのは一時的だった。私自身は少しでも早くオルメンに戻りたかったのだが、私はその後全スウェーデン海軍の総司令部に配属されることになっていて、そのために東海岸の軍事基地に配属されていたのだ。その年の九月、ワルシャワ条約のもと、ソ連側は東ドイツの海岸とポメラニア湾で訓練をした。その訓練の呼称はＭＩＬＯＢＡＬＴ《ミロバルト》。私はいまでもそれをはっきりと憶えている。訓練そのものは特別なものではなかった。向こうはそれまでもだいたい我々と同じく秋に軍事訓練をしていた。ただ、いつもと違ったのはその規模で、非常に多くの潜水艦が参加していたことだ。上陸と海底サルベージの両方を訓練するためだった。我々は彼らの軍事訓練の目的がその二つであることをすでに掌握していた。ＦＲＡ（国防電波局）からの知らせでソ連の潜水艦群とレニングラード周辺にある海軍基地の間でおびただしい数の通信が交わされていることを知っていたためだ。しかし、大局的に見れば、すべてはいつもどおりで大きな違いはなかった。我々は彼らの行動を観察し、重要事項を記録した。そういう状況下であの木曜日がやってきた。そう、一九八〇年九月十八日の木曜日。私が一生忘れない日付だ。沿岸艦隊のタグボート・アヤックスの監視員から突然電話があった。スウェーデン領海内に外国の潜水艦を発見したというのだ。私はそのとき海軍基地の海図室にいて、東ドイツの海岸線の詳細図を探していた。訓練兵があたふたと海図室に入ってきた。慌てていたため言葉も支離滅裂だったが、私はすぐに中央指令室に戻って、タグボート・アヤックスの監視員と無線で話した。彼は望遠鏡でわずか三百メートルしか離れていないところに潜水艦のアンテナを発見したと言った。十五秒後、潜水艦は潜っていったという。監視員は頭の切れる男で、その潜水艦はおそらく浅いところにいたのだろうが、アヤックスを見つけたため、深く潜ったのだろうと言った。このときアヤックスはフーヴドシャールの近くに位置していたが、その潜水艦は南西方向にいた。すなわちスウェーデン領海線と平行に位置していたことになる。それも間違いなくスウェーデン領海内に。私は直ちにその海域に我が国の潜水艦がいるかどうかを調べたが、いないとわかった。私はアヤックスとふたたび無線で連絡をとり、監視員にマストの形、または潜望鏡はどういう形だったかと問い質した。彼の説明を聞いて私はすぐにそれは北大西洋条約機構《NATO》側がコードネームでウィスキーと呼ぶ潜水艦だとわかった。そのタイプの潜水艦はソ連とポーランドだけが所有しているということも知っていた。ウィスキーだとわかったとき、私は心臓が張り裂けそうになった。君にも想像できるだろう。驚くと同時に、私はすぐに二つの疑問をもった」

フォン＝エンケはここで口を閉じた。まるでそのとき彼の頭にあった二つの疑問とは何か、ヴァランダーに推測してみよと言わんばかりに。閉ざされたドアの向こうから人々の笑い声がかすかに聞こえた。

「その潜水艦は間違ってスウェーデンの領海に入ってしまったのか、ということでしょう」とヴァランダーは言った。「かつてカールスクローナ沖で浅瀬に乗り上げたソ連の潜水艦のように」

「そうではないということはわかっていた。潜水艦ほどナヴィゲーションに関して正確な船はない。つまりこういうことだ。アヤックスが見つけた潜水艦は、なんらかの意図があってそこにいたのだ。そう、その意図とは何か。潜水して、隠れてこちらの潜水艦がどこにあるか嗅ぎ回ることか？　もしそうなら、向こうの乗組員は十分な警戒を怠ったということだ。しかし、もう一つ考えられることがある」

「その潜水艦は見つけられるのを待っていた？」

フォン＝エンケはうなずき、なかなか火がつかないパイプのタバコにもう一度火をつけようとした。

「もしそうだとしたら、タグボートは相手として理想的なのだ。タグボートは武装していない。

パチンコほどの武器も乗せてない。衝突に際して交渉できる訓練を受けているような乗組員もいない。私の立場は司令官だったから国防軍最高司令官に直接連絡し、命令を仰いだ。最高司令官は潜水艦追跡のためにヘリコプターをすぐに飛ばすべきという私と同じ意見だった。ヘリコプターもまたレーダーに映る移動物体を確認し、我々はそれが潜水艦であると判断した。私はそれまでは訓練でしか行《おこな》ったことがなかった非常事態宣言を初めて発動し、実行に移した。潜水艦に警告するために、ヘリコプターが海に爆弾を投下した。潜水艦は姿を消し、追跡不能になった」

「姿を消した？　どういうことです？」

「潜水艦には姿をくらます様々な方法がある。深海の岩にぴったりと身を寄せて動かないとか、レーダーを攪乱させて追跡者を混乱させるとか。ヘリコプターをさらに増やして捜索したが、その潜水艦は見つからなかった」

「もしかして、爆弾で破損したのでは？」

「いや、それはあり得ない。国際規定によれば、一回目の爆弾の投下は警告のためだ。そのあとの爆弾投下によって潜水艦は海面に出てくる。それでどの国の潜水艦かがわかるのだ」

「それで、そのあとはどうなったのですか？」

「どうもならなかった。調査が一度行われただけだ。私は正しい行動をとったと評価された。もしかするとこれは二年後に起きることの序曲だったのかもしれない。二年後の一九八二年、ストックホルムの群島周辺に潜水艦が一隻ならず数隻現れたのだ。もっとも重要なのは、スウエーデン海域に関するソ連の関心はいままでどおり非常に高いということが確認できたことだ。いいかね、これはベルリンの壁の崩壊以前の話なのだ。もちろんまだソヴィエト連邦も消滅していない時だ。人は簡単に過去のことは忘れてしまう。東西の冷戦は依然として続いていた。ストックホルムの南群島の中では一番大きい島であるウートウー島の近海で起きたこの事件のあと、海軍の予算が著しく増大した」

フォン＝エンケは口を閉じ、残っていたコーヒーをすすった。ヴァランダーが立ち上がろうとしたとき、フォン＝エンケがふたたび話し始めた。

「一九八〇年から二年後の一九八二年、いま言った事件が起きた。私はスウェーデン海軍の最高司令部の一員に昇進していた。司令部はベリヤにあり、司令室には常時人員が配置されていた。十月一日、想像もしていなかった事件が発生した。ホーシュフィヤルデン湾——スウェーデン海軍基地のあるムスクウー島のすぐそば——に一隻あるいは数隻の潜水艦が潜んでいる気配があるという知らせがあった。もし本当なら、スウェーデン領海への侵入のみならず、軍事上の立ち入り禁止地域に外国の潜水艦が侵入していることになる。この事件は君も憶えているだろう？」

「新聞が書き立てていたし、テレビのリポーターが滑りやすい海崖《かいがい》に登っている姿はずいぶん見ました」

「なにと比べたらいいのかわからないが、我々にとってそれは国籍不明のヘリコプターが王城の内庭に着陸したとでもいうような驚愕の事件だった。ムスクウー島はスウェーデン海軍のもっとも厳重に護られるべき基地なのだから、その近くに潜水艦がいるのなら、これは一大事だった」

「私自身はちょうどイースタ署に移動していました」

突然ドアが開いた。フォン＝エンケは驚いて飛び上がった。その右手がスーツの内ポケットへ動いたのをヴァランダーは見逃さなかった。すぐにその手はまた膝の上に戻った。ドアを開けたのは化粧室を探している少々酔っ払った女性で、すぐに詫びを言ってドアを閉め、いなくなった。

「十月のことだった」と、ドアが閉まるとフォン＝エンケがふたたび話し始めた。「まるでスウェーデン全土の沿岸が、どこかわからない外国の潜水艦に乗っ取られたかのようだった。私はベリヤに集まってきた報道関係者との対応担当でなくてよかったと思ったものだ。報道関係者のために兵舎をプレスルームに作り変える必要があったほどだった。私自身は正体不明の潜水艦を捕まえる作戦で大わらわだった。そのうちの一隻でも海上に浮かばせなければ面目が立たない。そしてついにある晩、ホーシュフィヤルデン湾で一隻の潜水艦を囲みこむことに成功した。間違いない、と我々司令部は確信していた。そのときの発砲に関する最高責任者は私で、その慌ただしい時間、私は数回にわたり国防最高司令官と新内閣の防衛大臣と直接話をした。大臣は、君も憶えているかもしれないが、ボーレンゲ出身のアンダーソンだった」

「ええ。たしか〝赤いブリエ〟というあだ名でしたね」

「そのとおり。だが、彼にはその大臣職は負担だったらしい。潜水艦事件はあまりにも面倒だ

と思ったのではないか。ダーラナに引っ込んでしまった。代わりに防衛大臣となったのはアン

デシュ・ツゥンボリだった。オーロフ・パルメがもっとも信頼していた青年政治家の一人だ。私の同僚の多くは、彼をあまり評価していなかった。だが、彼と私の間には何も問題はなく、仕事はスムーズにいった。口出しはせず、不明なことがあれば質問をし、答えが得られれば満足したようだった。ただ、一度だけ、ツゥンボリが電話をかけてきたとき、すぐそばにオーロフ・パルメがいるのではないかと強く感じたことがあった。本当にそうだったかどうかはわからないが、そんな気がした」

「それで、どうなりました?」

ホーカン・フォン＝エンケの顔が歪んだ。ヴァランダーの問いで話が邪魔されたのが不愉快だったのかもしれない。が、話を続けたときには落ち着いていた。

「我々は一隻の潜水艦をまったく動きがとれないところまで追い詰めた。私は国防最高司令官と話し、警告爆雷を投下することに決めた。それを実行するのにあと一時間、時間が必要だった。そのあと、我々はスウェーデン領海に潜んでいる正体不明の潜水艦がどの国のものかを世界中に示すことができる。三十分が経過した。時計の針の進み方がとんでもなく遅く感じられた。この間私は上空のヘリコプターとも潜水艦を囲んでいる水上艦艇とも繋がっていた。四十五分経過した。あと十五分で警告の爆雷を投下するというときになって、事態が急変した」

フォン＝エンケは突然話をやめ、部屋を出て行った。急に具合でも悪くなったのかとヴァランダーは心配したが、数分後、両手にコニャックを注いだグラスを持って戻ってきた。

「肌寒い冬の夜だ。体を温めるものが必要だ。我々がいないことに気づいている者はいないようだよ。こうしてしばらくこの昔の金庫部屋で話を続けよう」

ヴァランダーは話の続きを待った。昔の潜水艦の話を聞くのはじつに興味深いとまでは言えなくとも、フォン＝エンケと話をしている方が付き合いもない人々と話すよりもましだと思った。

「そのときだ、事態が急変したのは」とフォン＝エンケは繰り返した。「発射の四分前に電話が鳴った。その電話は国防最高司令室と直接繋がっているもので、私はそれが特別な盗聴不能電話であり、自動的に声を変える装置をつけているものであることを知っていた。その電話で私はまったく思いがけない命令を受けた。どういう命令だったか、わかるかね？」

ヴァランダーは首を振り、コニャックグラスを両手で囲んで温めた。

「攻撃中止の知らせだった。私はもちろん驚き、説明を求めた。だが、何の説明もなく、ただ爆雷発射中止という命令だった。命令は絶対で、従うより他なかった。ヘリコプター操縦士に命令を伝えたのは投下予定時刻の二分前だった。ベリヤにいた我々は何がなんだかまったくわからなかった。それからきっかり十分後、別の命令が伝えられた。それは前の命令よりもさらに不可解なものと言ってよかった。もしかして上層部の人間たちは皆頭がおかしくなったのかと思うほどだった。それは撤退せよという命令だった」

ヴァランダーはいつのまにか身を乗り出して話を聞いていた。

「その潜水艦を逃せということですか？」

「もちろん、ズバリその問いを出す者はいなかった。少なくともそんな直接の問いは。我々はダンシゲル・ガットの南、ホーシュフィヤルデン湾の入り口付近に移動せよと新たな命令を受けた。ヘリコプターが別の潜水艦を見つけたという知らせが入った、と。なぜその方が、我々が包囲しまさに海面に浮かび上がらせようとしていた潜水艦よりも重要なのか、我々には理解できなかった。私は国防最高司令官と直接話したかった。だが最高司令官は他の用事で電話に出られなかった。そのこと自体、本当はおかしなことだった。なぜなら攻撃許可を出したのは最高司令官自身だったのだから。私は防衛大臣にも、また防衛大臣の秘書にも電話を入れたが、電話に応える者はいなかった。まるで誰もが姿を消したか、電話を切るか、何も話すなと命じられているかのように思われてならなかった。国防最高司令官と防衛大臣が黙秘せよとの命令を受けたとしたら？　誰がそんな命令を出すことができるのか？　それは政府か内閣総理大臣しかいない。その何時間かの間、私の胃はキリキリと痛んだ。自分が受けた命令が理解できなかった。発射直前に攻撃を中止することは、私のそれまでの経験と本能に反することだった。私は命令に背こうかとさえ思った。もしそうしたら、私は海軍をやめなければならなくなる。しかし、まだどこかに理性が残っていた。我々はヘリコプター数機と二隻の水上艦船をダンシゲル・ガットへ移動させた。ただし、一機のヘリコプターを潜水艦がいると思われる位置に残させてくれと懇願したが、拒否された。すぐにすべての艦船とヘリコプターを現場から離れさせ、ダンシゲル・ガットに向かわせろという命令だった。仕方がなく命令に従ったが、結果は予測どおりだった」

「ということは？」

「ダンシゲル・ガットには潜水艦など一隻もいなかった。その日の夕方から一晩中、我々は命令どおり潜水艦を捜した。その晩だけでどのくらいの燃料をヘリコプターが浪費したかといまでも悔やまれてならない」

「それで、追い詰めた方の潜水艦はどうなったのですか？」

「消えた。跡形もなく」

ヴァランダーはいま聞いた話を熟考した。彼自身、遠い昔兵役義務を果たしたが、そのときはシュヴデで陸軍の対戦車訓練を受けた。軍隊に入るとき、海軍を希望したのだが、ヴェステルユートランドにある陸軍基地に送り込まれた。規律の遵守にはまったく問題を感じなかったが、実際の演習において、上官が下した命令には疑問を感じたものだ。実際に野戦において敵と遭遇したという場面設定であったにもかかわらず、往々にして上官が思いつきで命令しているとしか思えなかったからだ。

フォン＝エンケはコニャックを飲み干した。

「私はこの件に関してあちこちに訊いて回った。そんなことはたぶんするべきではなかったのだろう。私はまもなく訊いて回ることはよく思われないらしいと気がついた。訊かれた人々が尻込みを始めたのだ。親友と思っていた連中さえも、私の好奇心をよく思わない態度をとり始めた。だが私としては、なぜあのときストップの命令が下されたのか、それを知りたかっただけだった。我々はまさにあの潜水艦を海面まで浮上させるギリギリの瞬間まで来ていたのだ。

二分前だった。あと二分というところだったのだよ。最初はいきり立ったのは私だけではなかった。もう一人の司令官アロセニウスと、当日勤務していた国防本部の分析官の二人も疑問を持ったと知っている。だが、二週間後にはこの二人も後ずさりした。彼らもまた私が訊いて回ることに与するのを拒んだ。そしてしまいには私も問い糺すのをやめた」

フォン＝エンケはグラスをテーブルの上に置き、ヴァランダーの方に体を寄せて言った。

「もちろん私はこのことを忘れてはいない。いまでもあのときいったい何が起きたのか、答えを求めている。あの、目の前にある潜水艦をみすみす逃したことばかりではない。あの事件が起きた年の前後を詳しく調べた。そしていま、私は明確な答えに近いところまで来たと思う」

「なぜ命令が突然変わったのか、という問いに対する答えですか？」

フォン＝エンケはゆっくりうなずいた。無言のままふたたびパイプに火をつけた。ヴァランダーはいま聞いた話の終わりが知りたかった。

「どうなったのですか？」

フォン＝エンケはもういい、というように手を振った。

「まだそれを話すことはできない。まだ最終的な結論には至っていないからだ。いまはまだ何も言えない。さて、そろそろ他の客たちの方に戻ろうか」

二人は小部屋を出た。ヴァランダーはテラスに出て、さっき小部屋のドアを開けた女性を見かけた。ヴァランダーの脳裏に、フォン＝エンケがあのとき右手を動かしたこと、最初は無意識にさっと、それから落ち着いてその手を止め、ふたたび膝の上に戻したことがよみがえった。

信じられないことではあるが、ヴァランダーはフォン＝エンケは武器を携帯しているのだと思った。そんなことが本当にあるだろうかと問いながら、彼は木の葉の落ちた寒々しい冬の庭を眺めた。退職した海軍司令官が七十五歳の自分の誕生日祝いに武器を携帯するか？

いや、そんなことはあり得ないだろうと彼は首を振った。自分の思い過ごしに違いない。自分が銃のことでわけのわからない経験をしたからと言って、他の人間も同じような経験をするとはかぎらない。もしかすると自分の直感が鈍くなっているのだろうか？　忘れっぽくなっているのと同じように。

リンダがテラスに現れた。

「もう帰ったと思ったわ」

「まだだ。だがもうじき帰る」

「パパが来てくれたこと、ホーカンもルイースもとても喜んでいるようよ」

「ホーカンは潜水艦の話をしてくれた」

リンダが驚いた表情を見せた。

「本当に？　それは驚いた」

「なぜだ？」

「だって、わたしは何度もその話をしてとせがんでいるから。でもホーカンはいつも手を振って話したくないと言うのよ。不愉快そうな顔をして」

ハンスが呼んでいる声がして、リンダはいなくなった。ヴァランダーはその場に残って、いま聞いた娘の言葉を反芻した。ホーカン・フォン＝エンケはなぜおれにこの話をしたのだろう？

スコーネに戻り、フォン＝エンケが話してくれたことをよくよく考えてみると、潜水艦の話以外にももう一つ彼を驚かせることがあることに気がついた。フォン＝エンケの話には明白でない、不確かなところ、ヴァランダーには理解できない部分がいくつもあったが、何よりわからないのは話の構造、話の骨子が見えないことだった。フォン＝エンケはヴァランダーを誕生パーティーに招待し、彼が来るとわかってからこの話をすることにしたのか？　それともそれよりもあと、すなわち黄色い街灯の下に立っている男を見たときに急に話すことにしたのだろうか？

街灯の下に立っていた男。あれは誰だろう？

ヴァランダーにはまったく見当がつかなかった。

5

三ヵ月後、正確には四月十一日のこと、ヴァランダーにとって思いがけなくも一月に行われたホーカン・フォン゠エンケの誕生パーティーを嫌でも思い出さざるを得ないようなできごとが起きた。あの、三十年ほど前に起きた謎の潜水艦事件の話を窓のない小部屋で話してくれたホーカン・フォン゠エンケ自身のことである。

それは突然だった。ホーカン・フォン゠エンケがストックホルムのウステルマルムのグレーヴガータンにある自宅アパートメントから忽然《こつぜん》として姿を消したのである。彼は毎朝、天候に関係なく、長い散歩をするのを長年習慣としていた。その日、ストックホルムは雨だった。いつものように朝早く起きて、六時には朝食をとり、七時に妻の部屋のドアをノックして散歩に出かけると言った。散歩は普通二時間だが、特別に寒い日はおよそその半分になる。それというのも彼は昔からヘビースモーカーで、気温が極端に下がると肺の調子が悪くなったからである。散歩はいつも同じコースで、グレーヴガータンにある住居からヴァルハラヴェーゲンへ行き、リリヤンスコーゲンの森へ。そこからは道幅の狭い森の中の道を歩いてヴァルハラヴェーゲンに戻り、スツーレガータンを南へ下ってカーラヴェーゲンまできたら左に曲がって自宅に戻る。足取りは速く、父親から譲り受けた散歩用のステッキを持ち、住居に戻るときはいつも汗をかいていて、すぐに風呂に入るのを習慣としていた。

その日の朝もいつもと同じように散歩に出かけた。違っていたのは、ホーカン・フォン＝エンケが家に戻らなかったことである。ルイースはもちろん夫のいつもの散歩コースを知っていた。以前は彼女もいっしょに散歩していたからだ。だが、夫のテンポについていけなくなって、いっしょの散歩はやめていた。その日、夫がいつもどおりの時間に戻ってこなかったので、彼女は不安になった。夫は体調がよかったが、それでも七十五歳である。何か起きたのかもしれないと思った。突然の発作、例えば心筋梗塞とか。夫の帰りが遅いことに気がつくと、彼女はすぐに外に出て、夫のいつもの散歩コースを歩いた。そうしたのは、いつも必ず散歩には持っていく約束をしていた携帯電話が机の上にあったためだった。午前十一時、ルイースは家に戻った。夫の姿はどこにもなかった。歩いている間、道端に倒れているのではないかと恐れていたのだが、道端はおろか、彼の姿はどこにもなかった。家に戻ると、夫の親しい友人二人、いや三人に電話をかけた。そちらに訪ねていってはいないかと。だが、三人とも今朝はホーカンを見かけていないと言った。これは間違いなくおかしいとルイースは確信した。十二時、彼女はコペンハーゲンで働く息子のハンスに電話をかけた。心配でたまらないからすぐに警察に知らせようという母親にハンスは落ち着くように言った。そして、母親が強く反対したにもかかわらずあと数時間待とうと言った。

母親の電話を受けてからすぐにハンスはリンダに電話をかけ、リンダはまたすぐにヴァランダーに電話をかけてこのことを伝えた。ちょうど彼はユッシの足を拭くのに手こずっていたところだった。スクールップに住む知り合いのドッグ・トレーナーから犬の体の洗い方を習ったのだが、ユッシがどうしても言うことを聞かず、すっかり苛立っていたときに電話が鳴った。ホーカン・フォン＝エンケが失踪した、ルイースがとても心配している、どうしようとリンダが言う。

「お前も警察官だろう。どうしたらいいか、知っているはずだ。待つことだ。警察に失踪届を出された人間のほとんどは戻ってくる」

「でも、ホーカンは長年いつも決まった時間に決まった行動をしてきた人よ。わたしはルイースの心配がよくわかるわ。なんでもないのに騒ぎ立てたりしない人だから」

「夜まで待つんだ。きっと戻ってくるだろう」

ホーカンはきっと戻ってくるだろう、そしてなぜ姿を消していたのか、理にかなう説明をしてくれるにちがいない、とヴァランダーは思った。彼は心配するよりもむしろなぜ姿を消しているのか、その理由の方に興味があった。だが、ホーカンは戻ってこなかった。その晩も、その翌日も。四月十一日の夜遅く、ルイースは警察に夫の失踪届を出した。その後彼女はパトカーに同乗してリリヤンスコーゲンの森の中の迷路のような小道をすべて探したが、ホーカンの姿はどこにもなかった。翌朝、息子のハンスがコペンハーゲンから駆けつけた。ここに至ってようやく、もしかすると何か起きたのかもしれないとヴァランダーは思ったのだった。

その時点でヴァランダーはまだ仕事に復帰していなかった。内部調査に時間がかかっていた。

それだけでなく、二月の初め、彼は自宅前の凍った道で転び、左手首の骨を折ってしまった。単に転んだのではなく、ユッシのリードに絡まったのだ。ユッシはまだちゃんと主人の横について歩くことに慣れておらず、前を歩いたり後ろを歩いたりして、決して主人の言うことに従おうとしない。手首に石膏《せっこう》をはめられて、ヴァランダーは病気欠勤の診断書を提出しなければならなかった。その間、彼自身、ユッシ、そしてリンダまで、全員が互いに対して苛立ちと怒りをぶつけ合った。それでリンダは父親の家を訪ねてくるのを極力避けていた。リンダは父親が日に日に祖父に似てきた、不機嫌で、すぐに苛立ち、我慢がきかない、と文句を言った。ヴァランダーは不愉快だったが、認めざるを得なかった。本当のところ、彼は父親にだけは似たくないと思っていた。どんなに文句を言われても構わない、だが、父親のようにだけはなりたくない、と思っていた。ブツブツと小言を言い、自分の絵に関することであれ、もはや理解できない世の中のことであれ、いつも不満と不平の独り言をいう苦々しい老人にだけはなりたくないと。この時期、まさにヴァランダーは檻の中を徘徊する熊のように自分の家の中を歩き回っていた。自分はもう六十歳、間違いなく老人の世代に突入するのだという事実を受け止めることができない、悪あがきの時期だった。これから十年も二十年も生きるだろう。だが、その間、自分はきっとただただ老いていくに違いないとしか考えられなかった。青年期は遠い昔のこと、中年期ももう過ぎた。彼はいま第三幕、最後のシーンに登場するのを舞台の袖で待っている役者なのだ。その幕ですべてがわかる。ヒーローは誰か、悪者は誰かがわかるのだ。だが、悲劇的な役だけは演じたくない。最後のシーンでは勝者となって、豪快な笑いで終わらせたい！

　何より、彼は物事を忘れるのが怖かった。イースタかシムリスハムヌに買い物に出かけるとき、彼は必ず紙に買い物リストを書く。だが店に着くと、その紙を忘れてきたことに気がつくのだ。いや、そもそも買い物リストなど書いただろうか、と思う有様だった。

　ある日、物忘れがひどすぎると思い、〈老齢に伴う症状に関する専門医〉という新聞広告を見て、予約を入れた。手首はまだ石膏で固められ、その上、ひどい風邪もひいていたのだが。マルガレータ・ベングトソンというその女医のクリニックはマルメの中央にあった。歳をとることに伴う様々な症状を理解するには、この医者は若すぎるとヴァランダーは思った。踵《きびす》を返して外に出ようと思ったが、そうはせず、中に入って黒革張りの患者用の椅子に座って、記憶力が減退していると医者に言った。

「アルツハイマーではありませんかね？」と、彼は訊いた。

　マルガレータ・ベングトソンは微笑んだ。その笑いは権威的ではなく、自然で親切に感じられた。

「いえ、そうではないでしょう。でも、次のコーナーを曲がると何が待っているかは誰にもわかりませんが」

　次の角を曲がると、とヴァランダーはクリニックを出て冷たい北風の中を、ちょうど角を曲がったところに停めている車まで歩きながら考えた。車のワイパーに駐車違反の紙が挟まれていた。ヴァランダーは違反料金を見もせずに抜き取って車の床に投げ捨てて発車させた。

家に着くと、車が一台停まっていた。近づいてよく見るとマーティンソンで、庭の犬の囲いの前で、金網の間から手を入れてユッシの頭を撫でていた。

「いま、帰ろうとして、ドアに伝言を貼ったところでした」

「なんだ、何か用事でもあるのか？」

「いえ、どうしてるかと思って見にきただけです」

二人は家の中に入った。マーティンソンはここに引っ越してからもだいぶ増えたヴァランダーの蔵書の背を首を傾けて目で追っていった。二人はコーヒーを前に、キッチンのテーブルについた。ヴァランダーは医者に診てもらいにマルメまで行っていたとは言わなかった。マーティンソンはヴァランダーの石膏で固めた手首を見た。

「これは来週外される」とヴァランダー。「それで、どんな噂が立ってるんだ？」

「手のことですか？」

「いや、おれのことだ。レストランに拳銃を忘れてきたこと」

「レナート・マッツソンはじつに無口な男ですよ。どうなっているのか、私は何も知りません。でも、我々はあなたをサポートしてます」

「いや、そんな嘘はつかなくていい。お前はきっとそうしてくれるだろうが、警察内の誰かが新聞にタレ込んだに違いないんだから。イースタ署には、おれのことが気にくわない人間が大勢いるからな」

マーティンソンは肩をすぼめた。

「それは事実です。どうすることもできない。いや、私のことだって気にくわないと思っている連中が大勢いますよ」

二人はしばらく言いたいことを言い合った。おれがイースタ署に移ってからいっしょに働いてきた連中は今やマーティンソンしかいない、とヴァランダーは思った。

マーティンソンは沈んだ様子でしばらく黙って座っていた。何か病気にでも罹《かか》ったのかとヴァランダーが訊いた。

「いや、そんなことはありません。ただ、もう警察官として働くのは、やめることにしました」

「なんだ、お前も拳銃をレストランに忘れてきたか?」

「いや、もう限界なんです」

驚いたことに、マーティンソンは突然泣きだした。コーヒーカップを両手で握ったまま、小さな子どものように、両眼からとめどなく涙を流した。ヴァランダーはどうしていいかわからなかった。いままで何度もマーティンソンが悲嘆にくれるのを見てきたが、このように救いようもないほどの悲しみを見たのは初めてだった。このまま彼が泣き止むまで待とうと思った。電話が鳴ったとき、ヴァランダーは黙って立ち上がり、壁から電話の線を抜いた。

マーティンソンはようやく落ち着くと、涙を拭った。

「みっともないところを見せてしまった。すみません」

「何を謝るんだ? 人前で泣くことができるのは、勇気のある人間だ。残念ながら、おれはそんな勇気は持ち合わせていないが」

マーティンソンはこのところ次第に強くなっている不安について話し始めた。警察官として自分に何ができるかという疑問に悩まされていると。自分自身の日々の仕事に不満があるわけではない。だが、今日のスウェーデンで警察の役割は何か、警察に何ができるかという問いに答えることができない。市民が警察に期待する役割と警察にできることの間には大きな隔たりがある。その隔たりはどんどん大きくなるばかりだ。そのことが彼を悩ませ、いまでは毎晩眠れないほどになってしまったという。

「夏には辞めようと思っているんです。マルメに警備会社があって、そこと話をしているところです。民間の警備会社ですが、そこに警備コンサルティングの働き口を見つけました。給料もいまよりずっといいんです」

ヴァランダーはマーティンソンが以前にも辞めたいと言っていたことを思い出した。そのときは彼を説得して留まってもらった。十五年も前のことだ。だが今回説得することは無理だろうと思った。彼自身のいまの状況からしても、とても人を説得して留まってくれとは言えなかった。彼自身は、昔はともかくいまは、警備会社に鞍替えしようという思いはなかった。

「あんたの言わんとするところはわかる。わかると思う。そして、あんたのその判断は正しいと思う。まだ若いうちに仕事を替えるほうがいい」

「あと数年で私は五十歳ですよ。五十はもう若くないですよね？」

「おれは六十だ。もうとっくに年齢的に不用とされてもおかしくない歳だ」

マーティンソンはそれからしばらくいて、マルメの警備会社の話をしていった。きっとこれからのことを前向きに考えたいのだろう、働く情熱がなくなってしまったわけではないことを示したいのだろう、とヴァランダーは思った。

ヴァランダーは外に出てマーティンソンを見送った。

「マッツソン署長から何か聞きましたか？」マーティンソンがさりげなく訊いた。

「検事がおれに対して下す処罰には四つ考えられる。一つは〈訓戒〉。これはないだろう。これをやったら警察全体が笑いものになるからな。六十歳の警察官が郡警察の長官かそれに準じる高官から警察官として正しい道を諭される、という図だから」

「まさか、そんなことが可能性としてでもあるんですか？　もしそうなら、冗談じゃない！」

「ま、おれに〈警告〉を与えることはするだろう。あるいは〈減給〉とか。最悪は〈解雇〉ということだろうが、おれはおそらく減給という処罰になると思う」

マーティンソンは雪の降る中、帰っていった。ヴァランダーは家に入り、カレンダーを見て、拳銃をレストランに忘れた日からもうすでに二ヵ月以上経っていることに気がついた。彼は左手首の石膏が外されてからも病欠のまま家にいた。

四月十日、ヴァランダーはイースタ病院でまだ手の骨がちゃんと治っていないと診断された。一瞬、ヴァランダーはまた骨の整形手術をするのかと思ったが、整形外科医は他にも治療の方法がある、それには左手はまだしばらくの間使ってはならない、故に当分の間仕事には戻れないだろうと言った。

病院のあと、そのままイースタの町にいて、イースタ劇場で芝居を見て帰ることにした。アメリカの現代劇で、風邪をひいたリンダから切符をもらっていた。十代のころ、短期間だったがリンダは女優になりたいと言っていたことがあった。が、それはすぐにあきらめた。彼女は自分には舞台に立つ才能がないと早い時期にわかってよかったと思っていた。その話をするとき、リンダはまったく未練がなさそうだった。

芝居が始まると、十分も経たないうちにヴァランダーは時計を見始めた。芝居は退屈だった。あまり才能があるとは思えない俳優たちが舞台を歩き回り、棚の上、テーブル、窓の近くでセリフを言う。芝居の内容は、内から崩壊しかかっている家庭の終わりのない衝突、嘘、破れた夢をこれでもかとばかり見せるもので、ヴァランダーはまったく興味が持てなかった。休憩時間になると、ヴァランダーはクロークでコートを受け取って劇場を出た。芝居を見るのを楽しみにしていただけに、失望が大きかった。あの芝居が楽しめない自分が悪いのか、それともあの芝居は自分が感じたとおり、駄作だったのか？

車は駅の近くに停めていた。ヴァランダーは鉄道のレールを渡って駅の背後の空き地への近道を行った。突然、背中を強く殴られ、彼は地面に倒れた。十八、九の若者が二人、目の前に現れた。一人はフード付きのパーカー、もう一人は革ジャンパー姿だった。フードを被った方の男の手にはナイフが握られていた。ナイフだ、と見て取ったとたん、革ジャンの方の男にこぶしで顔を殴られた。上唇が切れて血が流れ出した。もう一つ今度は額にこぶしが飛んできた。男の力は強かった。まるで怒りを込めて思いきり殴っているとしか思えないような力でかかってきた。男たちはヴァランダーのポケットを探り、金と携帯電話はどこだと脅した。ヴァランダーは片腕を上げて身を守った。ナイフから目が離せなかった。だがそのとき彼は、若者たちの方がずっと怖がっていることに気づいた。震える手で握っているナイフを怖がる必要はないかもしれない。ヴァランダーは意を決してナイフを持っている方の男の脚を蹴った。足は空を蹴ったが男の手をつかむことができ、ヴァランダーはその手をねじりあげた。その瞬間、後頭部に猛烈な一撃を食らい、ヴァランダーは地面に倒れた。激痛で身動きができなかった。両膝を地面につき、これで一巻の終わりだ、いまおれはナイフで刺される、と思った。ズボンの両膝に地面の雪が冷たかった。だが、何事も起きなかった。顔を上げてみると、男たちの姿はなかった。手を首の後ろに回してみる。血でぬるっとした。ゆっくり立ち上がると、スーと血の気が引いた。両手で線路沿いのフェンスにつかまって数回深く呼吸し、ゆっくり車まで歩いた。男たちの姿はどこにもなかった。首から血が流れていたが、自分で手当てできる程度の傷だと彼は思った。脳震盪《のうしんとう》も起こしていない。

車に乗り込んだが、スタートはせずにしばらく座っていた。まるで二つの世界を一度に経験したような気分だった。つまらない芝居をやっていた劇場を出てから、おれはいつも仕事で外から見ている実世界を体験した。いつも警官として外から見ている暴力と脅しの世界の、その内側におれはいた。

何よりあのナイフのことを思った。昔、マルメで警官になったばかりの若いころ、ピルダムスパルケン公園で頭がおかしくなった男に刺されたことがあった。あのとき、もしナイフの刃があと一、二センチ横にずれていたら、ナイフは確実に心臓に刺さり、おれは死んでいた。そんなことになっていたら、もちろんその後のイースタ署での勤めもなかっただろうし、リンダという娘も生まれなかった。おれの人生は始まる前に終わっていただろう。

あのとき思ったことも思い出した。

死ぬのも生きることのうち。

車の中は寒かった。エンジンをかけ、暖房を入れた。そのままそこでいまの襲撃のことを考えた。まだショック状態ではあったが、次第に怒りがこみ上げてきた。

突然窓がコッコッと叩かれて、ヴァランダーは驚いて我に返った。若い男たちが戻ってきたのかと思った。だが窓の外の顔はベレー帽をかぶった白髪の女性だった。ヴァランダーは窓を少し開けた。

「エンジンの空ふかしは禁じられていますよ。犬の散歩で外に出たんだけど、あなたはずいぶん長い間エンジンをかけっぱなしにしていますよね。それは法律で禁じられている行為ですよ」

ヴァランダーは何も言わずにうなずいて車を出した。その晩、長いこと横たわって考えた。眠れなかった。最後に時計を見たのは朝の五時だった。ヴァランダーは若い男たちに襲われたことを報告しなかった。また、誰にもその話をしなかった。リンダにさえも。

その翌日、ホーカン・フォン＝エンケが失踪したのだった。

四十八時間経ってもフォン＝エンケが戻らなかったとき、ようやくヴァランダーは深刻なことが起きたのかもしれないと思った。まだ怪我の治療で仕事を休んでいたので、フォン＝エンケの息子のハンスが電話で、ストックホルムへ行って捜査に協力してくれないかと頼んできたとき、彼は二つ返事で引き受けた。本当の依頼主は母親のルイースらしいことも薄々わかった。引き受けると同時に彼は、これはストックホルム警察の仕事であり、自分は決して彼らの仕事には口出ししないとハンスに言った。別の管轄の警官が事件捜査に口出しすることは捜査を混乱させるし、決して歓迎されないと知っていたからだ。

　ストックホルムへ行く前日の晩、次第に明るくなる早春の宵だったが、彼はリンダの家へ行った。ハンスはまだ帰っていなかった。いつもどおり、〝ファイナンシャル・スペキュレーション（投機）〟とヴァランダーが密かに呼ぶところの仕事で忙しいのだろう。それに関してはヴァランダーとハンスの間で一度だけ口論があった。ハンスは自分や同僚たちがやっていることは投機などという単純なものではないと強く反論したが、ヴァランダーがそれではその仕事はどんなものかと問うと、ハンスの答えは通貨と有価証券、デリバティブ、ヘッジファンド——これらすべて、ヴァランダーにとっては皆目見当もつかないものだったが——の投機としか答えられなかった。リンダが中に割って入り、父は謎の多い、故に人を怯えさせる新しい時代の金融商品のことは何もわからないのだとハンスに説明した。以前なら、ヴァランダーは娘のこのような説明には腹を立てて異議を唱えただろうが、このときの彼女の説明に思いやりを感じ、両腕を広げ、肩をすくめて敗北を認めた。

　リンダの家の居間に入ると、まだ名前がつけられていない女の子はソファに座ったリンダのそばで眠っていた。それを見て、ヴァランダーは娘のリンダを膝に抱きかかえる時代は永久に終わったのだということに初めて気がついた。自分の子どもに子どもができたら、もうその子は子どもではなくなるのだと。

「お前はホーカンの身に何が起きたのだと思う？　警察官としてのお前の意見を聞きたい。それと個人的に彼の息子のパートナーとしての意見も言ってくれ」

リンダの答えはすぐにきた。十分に考えられた答えだった。

「何か普通じゃないことが起きたのだと思う。はっきり言って、死んでいるかもしれないと思う。ホーカンは何も言わずに姿を消すような人じゃない。理由も言わず、遺書も残さずに自殺する人でもない。そもそも自殺するような人じゃないと思う。何か法律に触れるようなことをしたとしたら、罰を受けずに姿を消したりする人でもないと思う。つまり、彼は自分の意思で姿を消したのではないとわたしは思うわ」

「もう少し説明してくれ」

「そんな必要ある？　いまわたしが言ったこと、わかるでしょう？」

「ああ。だが、お前の声で、言葉で聞きたいのだ」

またもや、彼女が十分に考え、準備していたとわかった。ホーカン・フォン＝エンケがパートナーの父親だからというだけでなく、リンダは鋭い観察眼のある警察官だった。

「姿を消したのが故意ではないとしたら、二つの可能性が考えられる。一つは事故。氷の海に足を滑らせて溺れたとか、自動車事故に遭遇したとかいうこと。もう一つは狙われて攻撃をしかけられ、連れ去られたか殺害されたということ。事故ということは考えにくい。ストックホルムとその周辺の病院にホーカンは運び込まれていない。つまり事故の可能性はないと言っていい。ということはもう一つの方の可能性ということになる」

ヴァランダーは手を挙げて、意見を言った。

「もう一つの可能性がある。失踪は実際には人が思うよりもずっと頻繁《ひんぱん》に起きるのだ。とくに、年配の男性の場合」

「誰か、女の人といっしょに逃げたということ？」

「ああ、その可能性があるのではないか？」

リンダは強く首を横に振った。

「言うまでもないことだけど、そのことはわたし、ハンスと話したわ。そんなことは絶対にないと彼は言ってる。父親にはルイース以外の女の人など絶対にいないと」

「それじゃ、ルイースは？　ルイースの方はどうなんだ？」

リンダはその問いには答えられなかった。これは考えてもいなかったのだ、とヴァランダーは思った。まだ捜査において完璧な尋問ができるところまではいっていないのだと刑事ヴァランダーは思った。

「そんなこと、考えられない。ルイースはそういうタイプじゃないから」

「それはまずい答えだな。捜査においては、『彼女はそういうタイプではない』というような答えは答えにならない。過小評価、手抜き捜査になる可能性がある」

「それじゃ、こう言わせて。ルイースは結婚相手以外の男性と親しい関係をもつようなことはしないとわたしは思う。もちろん、絶対に、とは言えないわ。直接彼女に訊けば！」

「そんなことはできないに決まっている。現在の段階でそんなことを訊くのは失礼ではないか」

ヴァランダーは次の質問をする前に一瞬ためらった。

「ホーカンが姿を消したこと、お前はハンスと話しているんだろう？　彼はいつもいつもパソコンに向かっているわけではないだろうから。なんと言っているんだ、ハンスは？　父親が失踪して驚いているのか？」

「それ、何？　ハンスが驚かなかったとでも思っているの？」

「わからない。だが、ストックホルムへ行ったとき、おれはホーカンが不安を感じているのじゃないかと思うことがあった」

「それ、どうしていままで言わなかったの？」

「そんなことはないと自分で否定したからだ。自分の思い違いだろうと思ったのだ」

「パパの直感はたいてい当たるじゃない」

「ありがとう。しかしこの頃おれはいろんなことに自信がなくなっている」

リンダは黙った。ヴァランダーは娘の顔をうかがった。妊娠をきっかけに体重が増えた。頬が丸くなっている。目を見れば疲れていることがわかる。この子が小さいとき、夜中に泣き止まないときなど、モナはいつも少しは手伝ってよと怒っていた。リンダはどうなのだろう？　赤ん坊が生まれると、すべてがそれに集中し、緊張が生まれる。ときには緊張の糸が切れることもある。

「うん、パパが言うこと、当たっているような気がする」としばらくして彼女は言った。「いま振り返ってみると、ホーカンは確かに不安そうだったと思う。あまり目立たなかったけど。ときどき後ろを振り返っていたような気がする」

「実際にそうしたのか、それとも抽象的な意味でか？」

「実際に。後ろを振り返っていた。いままでそんなこと気にもかけなかったけど」

「他にも何か気がついたことがあるか？」

「玄関のドアが閉まっているかどうか、必ず確かめていた。そして家の中の明かり。決まった場所の明かりがいつも必ずついているようにしていたわ」

「なぜだろう？」

「わからない。でも、書斎の机の上の明かりと玄関の明かりはいつもついてた」

もともとが海軍の士官だ、とヴァランダーは思った。夜の航海では明かりを灯す。ふだんは船が航行しない水路を海軍の艦船が密かに通るときに、不安なその道を照らす灯台。

そのとき急に赤ん坊が泣きだし、ヴァランダーは抱き上げて泣き止むまであやした。

ストックホルムへ向かいながら、アパートメントに灯された明かりのことが頭から離れなかった。これからおれは秘密の航路を手探りで進まなければならない。いや、もしかすると、何も秘密などないのかもしれない。とにかく、秘密の航路を手探りで進まなければならないのと同じように、おれはホーカンにも手探りで近寄らなければならない。

それでもヴァランダーは、まだその時点では、ホーカン・フォン＝エンケの失踪にはきっと何かしかるべき理由があって、まもなくはっきりするだろうと思っていた。

6

一九七〇年代の終わりころ、ヴァランダーは一度モナといっしょにストックホルムを訪れたことがあった。そのときは南区のシューファーツホテルに泊まった。今回も彼は電話で二泊そのホテルに予約をした。ストックホルム駅に着くと、ホテルまで地下鉄で行くか、タクシーで行くか迷った。結果、両方ともやめ、軽いショルダーバッグを肩にかけてホテルまで歩くことにした。まだ寒かったが日差しがあって、遠くに見える街の建物の屋根の上にも暗い雲の姿は見えなかった。

モナとこの地に来たのは一九七九年の初冬だったと旧市街《ガムラスタン》を歩きながら思い出した。ストックホルムへ行こうと言い出したのは彼ではなかった。モナが突然、一度も首都に行ったことがないのは恥ずかしいと言い出したのだった。それでヴァランダーは有給休暇を四日使い、モナはまだ修業中だったので給料はなく当然有給休暇もなかったが、二人でストックホルムにやってきたのだった。娘のリンダは三年生になったばかりで、クラスメートの家に預かってもらった。八月の初めのことだった。いい天気で、ときどき雷が鳴り、暑すぎて彼らは公園の樹木の下で涼んだりした。スルッセンの近くまで来てホテルまでの上り坂を歩きながらあれはもう三十年も前のことだ、と思った。一世代前というわけか。そしていまおれは一人でストックホルムに戻ってきた。

ホテルのロビーに入った。すっかり様変わりしていた。いや、本当にここは三十年前に泊まったホテルだろうか、とヴァランダーはあたりを見回した。気分が沈むのを振り払い、過去のことを考えるのをやめてチェックインし、エレベーターで三階の部屋へ行った。ベッドカバーを外してベッドの上に横たわった。列車旅行ですっかり疲れていた。すぐ近くに大きな声で泣いている赤ん坊がいたのと、アルヴェスタで酔っ払った若者が数人乗り込んできたためだった。目をつぶって少し休むことにした。ギクッと身震いして起き上がってみると、まだ十分も眠っていなかった。起き上がり窓辺へ行って外を見た。ホーカン・フォン＝エンケの身にいったい何が起きたのだろう？　自分が直接彼から得た情報、自分自身の観察、そしてリンダから聞いたことを合わせて考えても、結論どころか、まともな推測さえもできなかった。

ルイースとは、夜七時に訪問すると打ち合わせていた。彼らの住むアパートメントまで歩いていくことにした。ストックホルム宮殿を通り過ぎたとき、ヴァランダーはふと足を止めた。ここにモナといっしょに来たことがあった。ちょうどこの場所、橋の上で立ち止まり、歩きすぎて足が痛いと言い合った。その記憶がまざまざとよみがえり、声まで聞こえてくるような気がした。ときどきモナとの結婚が破綻したのを悲しむことがある。いまもそんな瞬間だった。橋の上から渦巻く海面を眺めながら、おれはこれからこうやって失ったものを悔やむ人生を送るようになるのだろうか、と思った。

ルイース・フォン＝エンケはお茶の用意をして待っていた。眠れない夜を過ごし疲れ切っているようだったが、不思議に落ち着いていた。リビングルームの壁にはフォン＝エンケ家の祖先のポートレートと暗い色調の戦争画が飾られていた。ヴァランダーがそれらを見ているのに気づいて、ルイースは説明した。

「ホーカンは一族の中で初めて海軍に入った人なんです。彼の父親、祖父、曾祖父、みんな陸軍の軍人でした。父親の家系にはオスカル王に仕えた親族がいるそうです。オスカル一世か二世かは知りませんが。部屋の隅にあるフェンシングの剣は別の親族がカール十四世から授与されたものらしいです。毎晩王様に若い女性を用意した褒美だとホーカンは言ってましたけど」

そう言うと彼女は黙った。暖炉の上棚の置き時計がチクタクと針を進める音だけが響いていた。遠くから行き交う車の音が低く聞こえてくる。

「何が起きたのだと思います？」ヴァランダーが訊いた。

「正直言って、わかりません」

「ホーカンがいなくなった日、何か変わったことはありませんでしたか？　何か、いつもの彼とは違うと感じたことは？」

「いいえ。すべていつもどおりでした。彼は規則正しい生活をする人でした。と言っても神経質なほどではありませんでしたが」

「前の日、あるいはその前の週などはどうでした？」

「風邪をひいてました。散歩をしなかった日が一日だけありましたけど、それ以外はすべていつもどおりでした」

「郵便物は届きませんでしたか？　電話はどうでした？　訪ねてきた人は？」

「何度かステン・ノルドランダーと電話で話してました。ホーカンの一番親しい友人です」

「その人はユーシュホルムでのパーティーにも来ていましたか？」

「彼はあのとき旅行中でした。ホーカンとステンは潜水艦時代からの付き合いです。当時ホーカンは艦長、ステンは機関長で、一九六〇年代末頃の話です」

「それで、ステン・ノルドランダーはなんと言っているのですか？」

「ステンは他の人たちと同じようにとても心配しています。まったく心当たりがないと言っています。あなたがいらしたら、是非会いたいとのことです」

ルイースはヴァランダーの正面に腰掛けていた。夕日を顔に受け、まぶしそうに彼女は少し席をずらした。この人は自分の美しさをさりげなく隠すタイプの女性だとヴァランダーは思った。まるで彼がそう思ったのが通じたかのように、彼女はぎこちない笑いを浮かべた。ヴァランダーは手帳を取り出してステン・ノルドランダーの電話番号を控えた。ルイースがノルドランダーの自宅番号も携帯番号もそらで憶えていることに注目した。

一時間ほど話をしたが、内容はすでにヴァランダーの知っていることばかりだった。そのあとルイースは夫の書斎へ彼を案内した。ヴァランダーはホーカン・フォン＝エンケの机の上のランプに目を留めた。

「ホーカンは夜中もこの灯りをつけているのですね？」

「誰がそんなことを？」

「リンダから聞きました。これの他にも灯りを消さないランプがあるとか」

ルイースは答えながらカーテンを引いた。空気が動いてかすかなタバコの匂いがヴァランダーの鼻を突いた。

「ホーカンは暗闇恐怖症でした」と言ってルイースは重そうな黒い色のカーテンから埃を払った。「でも、それを恥じていました。潜水艦に乗っていたころに始まったらしいんですが、その後陸に上がってだいぶ経ってからはっきり恐怖を感じるようになったと言います。でも、決してそれを他の人には言うなとわたしは固く口止めされていました」

「それでも息子さんはそれを知っていた。それで私の娘のリンダにその話をした、というわけですね」

「きっとホーカンは私の知らないうちにハンスに話したのでしょう」家の奥から電話が鳴る音が聞こえてきた。

「どうぞ、ご自由にご覧になって」と言ってルイースは両開きの天井まである高いドアを開けて部屋を出て行った。

ヴァランダーはイースタ署でクリスティーナ・マグヌソンを見るのと同じ目でルイースを見ている自分に気がついた。

机に向かって腰を下ろした。その椅子はダークブラウンの木目で、背中と座席の部分に緑色の革が張られていた。ゆっくり書斎全体を見回した。ランプのスイッチを押した。スイッチの周りにかすかに埃が積もっていた。マホガニーの机の表面を人差し指で撫でた。それから机の上の下敷きを持ち上げて、覗き込んだ。それはリードベリが指導官だったころにできた習慣だった。犯罪現場に来て、そこに机があれば、リードベリは必ず下敷きの下を見るところから始めた。たいていの場合、そこには何もなかった。だがリードベリは形跡が何もないということも重要な手がかりなのだと謎めいたことを言った。

机の上にはペンが数本、拡大鏡、白鳥の形をした磁器の花瓶、小さな石、そして画鋲《がびょう》の入った小箱があった。それがすべて。ヴァランダーはゆっくりと椅子を回して部屋の中を見渡した。壁には潜水艦と様々な艦艇の額縁入りの写真が掛けられていた。帽子をかぶった高校の卒業式の大きな記念写真。海軍のユニフォームを着たホーカンとルイースの結婚写真。ホーカンとルイースが最敬礼をしている海軍士官たちの間を歩いている姿。高齢の男たちの肖像写真。ほとんどが軍服姿だ。中に一つ、絵画があった。ヴァランダーはよく見ようと近づいた。トラファルガーの海戦を描いたもので、瀕死のネルソン提督は大砲に寄りかかり、周りを海軍の男たちが囲み、ひざまずいて泣いている図だった。ヴァランダーは意外に思った。その絵は、ホーカンとルイースの控えめで上品な趣向のこのアパートメントには不釣り合いな、安っぽいものだったからだ。なぜこの絵がここにあるのだろう？　ヴァランダーはそっと絵を持ち上げて、絵の裏を見た。何も書かれていなかった。下手な絵の裏の空白。今からこのアパートメントの中を見て歩くのは遅すぎる。まもなく八時半になる。全部を見るには長い時間が必要だ。明日にしよう、と思った。書斎を出て、隣り合わせにある二つの大きな部屋の一つである居間に戻った。ルイースがキッチンから出てきた。かすかにアルコールの匂いがしたように思ったが、確かではなかった。翌日の朝九時にまた来ることに決めた。玄関ホールでジャケットを着ていたとき、急に彼は不安になった。

「とても疲れているように見えますが、眠れていますか?」

「いえ、あまり。何もわからないときに眠れるわけがないですよね?」

「今日はお宅に泊まりましょうか?」

「ご親切にありがとうございます。でも、大丈夫。一人には慣れていますから。なんと言っても、海の男の妻ですからね」

ヴァランダーはストックホルムの街の中をゆっくり歩いてホテルに戻った。途中、安そうなイタリアン・レストランで食べた。味もまた値段相応だった。部屋に戻ると、念のため催眠薬を半錠飲んだ。催眠薬の瓶の蓋をひねり開けること、これはいまではおれの習慣になってしまっている、習慣と言えるほどの習慣のないおれだったのに、と彼は苦々しく思った。

翌日は、前の晩と同じように始まった。ルイースはまず彼にお茶を勧めた。その顔を見てヴァランダーは、昨夜はおそらく一睡もしていないのだろうと思った。

ルイースはストックホルム警察の行方不明者捜索担当の責任者イッテルベリ捜査官からの電話だと言い、携帯電話をヴァランダーに渡すとキッチンに行ってしまった。壁にかかっている鏡に、キッチンの真ん中にじっと動かずに立っているルイースの背中が見えた。

イッテルベリは誰が聞いてもわかるほどはっきりしたスウェーデン北部地方のアクセントで

話した。

「この件は我々も捜査の真っ最中だ。何かが起きたに違いない。奥さんはあんたにホーカン・フォン＝エンケの書類に目を通してほしいと言っているので、よろしく頼む」

「いや、それはもうそっちで調べ終わっているんじゃないのかね？」

「奥さん自身が目を通している。だが、何も見つけられなかったという。あんたに念のためもう一度目を通してほしいということだろう」

「そちらは何か手がかりをつかんでいるのか？　フォン＝エンケを見かけた人間を見つけたとか？」

「リリヤンスコーゲンの森で彼を見かけたかもしれないという心細い目撃者が一人いるだけで、他には何もないんだ」

ヴァランダーの耳にイッテルベリの苛立った声が響いた。もう一度やり直しと誰かを叱っている様子だった。

「なんでこうなんだ。あいつら、ノックして部屋に入るってことを知らないんだから」

「もうじき、警察庁長官から通達が出るんじゃないか」ヴァランダーが言った。「個室はやめて、みんな大部屋で仕事をしろと。その方が扉をノックしたりする手間が省けるからと。オフィスランドスケープってやつだ。証人の尋問もみんなでやる、捜査にもみんなが口出しをするというようなことになるんじゃないか」

イッテルベリはそのとおりとばかりにクックッと笑った。ヴァランダーはこれでストックホルムの警察官と心が通じたような気がした。

「一つ言っておきたいことがある」とイッテルベリ。「ホーカン・フォン＝エンケはご存じのように我が国の軍隊の高官だった。故に、公安警察《セーポ》も彼の失踪を調べていることを言っておこう。我らが〝秘密の同僚〟はいつだってスパイではないかという目で人を見るからな」

ヴァランダーは驚いた。

「フォン＝エンケは疑われているのか？」

「いや、そんなことはないんだが、来年の予算申請のための業績がほしいんだろうよ」

ヴァランダーは開いているキッチンのドアから少し離れた。

「ここだけの話だが」と彼は声を潜めて言った。「率直に言って何が起きたんだと思う？　細部は無視して、あんたの経験から言えることは？」

「何か深刻なことが起きたのではないかと思う。森で襲われたのかもしれない。そしてどこかへ連れ去られたのかも。いまのところ、おれはそうではないかと思っている」

最後にイッテルベリはヴァランダーの携帯番号を訊いた。ヴァランダーはふたたび紅茶を飲んだが、心の中でコーヒーの方がよかったと呟いた。ルイースがキッチンから戻ってきた。その顔にはイッテルベリから何かニュースがあったかという問いが浮かんでいた。ヴァランダーは首を振った。

「何も。ただ、彼らもこの件は深刻な事件だと見ているようです」

ルイースはソファには腰を下ろさず、立ったままで言った。

「何か、深刻なことが起きたのだと思うの。今日までわたしは最悪のことは考えないようにしていましたけど、もう、そういうことなのだと思います」

「そう思うのは、思いつきじゃありませんよね。何か、根拠があるのですか?」

「彼とは四十年間いっしょに暮らしてきました。わたしに対してこんなことをする人じゃありません。わたしだけじゃなく、家族に対しても、何も言わずにいなくなるなんてことをする人じゃないんです」

そう言うと、ルイースは小走りに部屋を出て行った。手洗いのドアが閉まる音が聞こえた。ヴァランダーは少し待ってから立ち上がり、廊下を歩いて彼女の寝室へ行き、耳を澄ました。閉ざされたドアの中からすすり泣きが聞こえた。感情的なシーンは苦手だったが、胸が痛んだ。居間に戻り、残りの紅茶を飲んでから昨夜案内された書斎へ行った。カーテンはまだ閉じられたままだった。ヴァランダーはカーテンを開き、外の明かりを部屋の中に入れた。そうしておいて、おもむろに机の引き出しを一つずつ開けていった。すべてがきちんと整理されていた。机の袖の引き出しの一つに古いパイプが数本、パイプの穴を掃除するモールが数本、パイプを磨くのに使われたと思われる布が入っていた。机のもう一方の袖の引き出しの中も同様で、これまたきちんと整理されていた。子ども時代の学校の成績表、各種の賞状。飛行士の免許証もあった。一九五八年、ホーカン・フォン゠エンケはシングルエンジンの飛行機の免許をブロンマ飛行場で取得したとある。なるほど、ホーカン・フォン゠エンケは海に潜るだけでなく空を飛ぶこともできたわけだ、とヴァランダーは思った。魚の真似をするだけでなく、鳥の真似もしたというわけか。

　ヴァランダーの目はノーラ・ラティン高校の卒業試験の成績表に止まった。歴史とスウェーデン語、そして地理の成績がズバ抜けてよかった。ドイツ語と宗教（キリスト教）の成績は平均的だった。次の引き出しにはカメラとイヤフォンが入っていた。カメラを手にしてみると、それは古いライカで、よくみるとまだフィルムが入っていた。十二枚撮りのフィルムには光が入ってしまっているか、それともそのまま残っているか。カメラを机の上に置いた。イヤフォンもまたかなり古いものだった。おそらく五十年前に流行《はや》ったものだろう。なぜこんなに古いものを保存しているのだろう？　一番下の引き出しには色鮮やかな絵と吹き出しがついている漫画が入っていた。クーパーの『モヒカン族の最後』の漫画だった。それはすっかり読み古されてボロボロで、ヴァランダーの手の中でいまにも崩れてしまいそうだった。ここでまた彼はリードベリの言葉を思い出した。〝そこにあるのが意外なものを見逃すな〟。名作漫画だとはいえ、なぜ一九六二年発行の漫画がホーカン・フォン＝エンケの机の引き出しにあるのか？

　ルイースが来たことに気づかなかった。突然ドアのそばに彼女の姿があった。少し前に取り乱したことなど微塵《みじん》も感じさせない完璧な落ち着きだった。うっすらと化粧していた。

　ヴァランダーは漫画を手にとって高く上げた。

「ホーカンはなぜこれを取っておいたのでしょう？」

「その本は彼がお父様からいただいたものです。何か特別の機会に。それがなんだったのか、彼は一度も話してくれませんでした」

そう言うとルイースはまた部屋を出て行った。ヴァランダーは机の真ん中の大きな引き出しを開けた。中はまったく整理されていなかった。手紙、写真、航空券のコピー、黄色い予防接種証明書、領収書などがごちゃごちゃと入っていた。なぜここだけが整理されていないのだろう？　その引き出しは、いまは手をつけないことにして、黄色い予防接種証明書だけを手に取った。

ホーカン・フォン＝エンケは長年にわたりじつにたくさんの予防接種を受けてきていた。最後の予防接種はつい三週間前のことで、黄熱病と破傷風、それに黄疸《おうだん》の予防接種を受けていた。また、そこには別紙でマラリア予防接種を受けた証明書も挟まれていた。ヴァランダーは顔をしかめた。黄熱病？　黄熱病の予防接種が必要な国や地域はどこだろう？　答えがわからないまま、彼はその手帳を引き出しの中に戻した。

ヴァランダーは立ち上がって本棚に目をやった。もしここにある書籍が真実を語るものなら、ホーカン・フォン＝エンケは歴史に関心を持っていたらしい。中でもイギリスの歴史と二十世紀の海軍の発展に強い興味をもっていたことがわかる。他にも一般的な歴史や政治家の回想録などがあった。ターゲ・エールランダー首相の回想録の隣にソ連スパイのスティーグ・ヴェンネルストルムの回想録があるのが目についた。意外なことにホーカン・フォン＝エンケはスウェーデンの現代詩にも興味があったとみえる。知らない現代詩人の名前がいくつか並んでいて、中にはヴァランダーが少なくとも名前だけは知っているソンネヴィとかトランストンメルの詩集などもあった。それらを手に取ってみると、確かに読んだ形跡があった。トランストロンメルの詩集を開けてみると、余白にコメントが書かれている箇所が目についた。〝素晴らしい詩だ!〟という言葉もあった。その部分を読んでみた。なるほどと思った。針葉樹の森を吹き抜ける風のことを詠っていた。他にもイーヴァル・ロー＝ヨアンソン、ヴィルイェルム・モーベリの本も多数あった。ヴァランダーにおけるホーカン・フォン＝エンケという人物のイメージはどんどん変わっていった。人物像の奥行きも深くなった。副提督ホーカン・フォン＝エンケは純文学にも関心をもっていたというふりをするためにここに本を並べているのではなく、本当に関心があったのだと思った。ヴァランダーはふだんから似非《エセ》ヒューマニストを嗅ぎ出すことに関しては犬のように鋭い鼻をもっていて決して間違わない。それというのも、そういうふりをする人間が大嫌いだったからだ。

次に書棚から書類キャビネットに向かい、一つ一つボックスを取り出した。すべてがきちんと整理されていた。書類、手紙、報告書、個人的な日誌、潜水艦の図面、それには〝自分が推薦したタイプ〟というメモが書き込まれていた。どれもこれ以上ないほどの几帳面さで整理されていた。机の真ん中の引き出しだけが例外だった。ヴァランダーは自分でもはっきりわからないまま、何かが心に引っかかっていた。ふたたび椅子に腰を下ろすと、開かれたままの書類キャビネットをじっと睨んだ。部屋の隅に茶色い革製の肘掛け椅子が一脚、何冊か本が置かれたテーブルが一台、光が鈍く灯っている赤いシェードのランプ。ヴァランダーは机の位置から肘掛け椅子の方に移り、腰を下ろした。テーブルの上の本は二冊で、両方とも開かれたままになっていた。一冊はレイチェル・カーソンの『沈黙の春』。その本は西欧人の生活の仕方がいかに地球全体の未来を脅かしているかを警告した最初の本だったことをヴァランダーは憶えていた。もう一つの本はスウェーデンの蝶の本だった。美しい蝶の写真のあとに続く文章は短かった。〝蝶々、未来が脅かされている地球〟。あの机の引き出しの中の乱雑さを思い出した。どういうことだろう。ヴァランダーにはまったく理解できなかった。

そのとき、肘掛け椅子の隅から何か新聞のようなものの隅が突き出ているのが見えた。体を屈ませて、それを取り出してみると、イギリスの、いや、アメリカのかもしれないが、何かの機関誌のようなものだった。よく見ると、軍艦の写真だった。ヴァランダーはその雑誌をめくってみた。かの有名な航空母艦ロナルド・レーガンから、まだ完成していないアイディアの段階の潜水艦まで、そこにはすべての海軍の艦船が載っていた。ヴァランダーはその雑誌をテーブルの上に戻し、また書類キャビネットに目を戻した。〝見ているのに見ていない〟というリードベリの言葉を思い出した。リードベリが彼に注意を促《うなが》した最初の言葉だった。見ているものが何なのか、本当の正体は何なのかを見分けなければならないということだ。ふたたび机の椅子に座りなおし、ふたたびキャビネットの中のものに目を通し始めた。引き出しの一つに埃払いのクロスが入っていた。

ホーカン・フォン＝エンケはきちんと掃除をしていたのだ。ヴァランダーは椅子をぐるりと回して開いている机の引き出しの中を改めて見た。なんという乱雑さだろう。注意を払いながら彼はデタラメな机の中のものを一つずつ見ていった。だが、特別に奇異なもの、ここにあって不自然なものはないようだった。要するに、この引き出しだけがごちゃごちゃしていることが気になるのだ。これはホーカン・フォン＝エンケという人物像にそぐわない。いや、待てよ。この乱雑さこそが本来のホーカン・フォン＝エンケで、整理整頓されている方が不自然なのか？

　立ち上がって片手を伸ばし、書類キャビネットの上に触ってみた。かなりの厚さの書類があり、彼はそれを手元に下ろした。それはカンボジアの政治的状況について書かれた報告書で、著者はロバート・ジャクソンとエヴェリン・ハリソンとあった。驚いたことにその発表機関はアメリカの国防省だった。報告書の日付は二〇〇八年だった。つまりこれは最近のものだ。これを読んだのが誰であろうと、その人間は強い関心を持って読んだに違いなかった。文章の下に線を引き、欄外に太いペンでメモや感嘆符を書き込んだりしている。ヴァランダーは英語で書かれたタイトルを翻訳してみたが、うまくいかなかった。On the challenges of Cambodia, based upon the legacies of the Pol Pot regime.（『カンボジアの挑戦：ポルポト政権のレガシーをベースにして』）

　ヴァランダーは立ち上がり、居間に戻った。紅茶カップは片付けられていた。ルイースは窓辺に立って、通りを見下ろしていた。彼の咳払いを聞いて、ルイースはパッと振り向いた。それがあまりにも素早かったので、恐怖を感じたのかもしれないとヴァランダーは思った。ユーシュホルムでのパーティーの際に彼女の夫が見せた反応を思い出させるものだった。同じような本能的防御反応だと思った。二人とも、不安げな、威嚇《いかく》を感じたような反応をする。

　質問するつもりはなかったのだが、自然に口をついて問いが発せられた。ユーシュホルムでのできごとが頭にあった。

「ホーカンは銃を持っていますか?」

「いいえ、いまは持っていません。勤務していたころはたぶん持っていたと思いますけど、いまはもう。それに、家に、ですか? それは当時もありませんでした」

「夏の家には? 失礼ですが、夏の家はお持ちでしたか?」

「いいえ。夏の家を買おうか、という話はありましたが、私たちはいつも借りていました。ハンスが子どものころは毎年ウートウー島にあるサマーハウスを借りていましたが、子どもが独立してからは、リビエラでコンドミニアムを借りてました。夏の家は結局いままで買わずじまいでした」

「つまり、彼が銃を持っていたとすれば、ここ以外に保管する場所はなかったということですね?」

「ええ。他にどんな場所が考えられるのかしら?」

「どこかに倉庫を借りていたとか? ここの建物の屋根裏に倉庫はありますか? あるいは地下に?」

「ホーカンの家族から伝わっている古い家具とか玩具がここの地下の倉庫にありますが、そこに銃が保管されているとは考えられないですけど」

そう言うと、ルイースは部屋を出て行った。すぐに戻ったその手には、古い錠前に使われる頑丈な鍵があった。ヴァランダーはそれを受け取り、ズボンのポケットに入れた。ルイースはもう一杯紅茶はいかが、と訊いたが、ヴァランダーは首を振って断った。本当はコーヒーがほしいと言う勇気はなかった。

書斎に戻り、ふたたびカンボジアの政治的状況に関する報告書を読み始めた。これがなぜ書類キャビネットの上に置いてあったのだろう？　長椅子のそばにフットレストが置いてあった。書類キャビネットの前にそのフットレストを持っていき、その上に乗ってつま先で立ち、キャビネットの上を見た。報告書が置いてあったところだけが埃がなく、それ以外の上板には埃が積もっていた。ヴァランダーはフットレストを元の位置に戻し、考えた。そしてあることに気がついた。ひょっとしたら、書類キャビネットの書類が抜き取られているのではないか？　それを確かめるために、机の引き出しとキャビネットの中の書類を気をつけて一つずつ調べていった。そこここに書類の一部が抜き取られている痕跡を見つけた。ホーカン自身がやったことだろうか？　それはあり得ることだった。もしかするとルイースかもしれない。

ヴァランダーはまた居間に戻った。ルイースは古美術品のような立派な椅子に腰掛けていた。じっと自分の手を見ている。ヴァランダーの姿を見ると立ち上がり、もう一度紅茶はいかがと訊いた。今度はヴァランダーはうなずいた。ルイースが紅茶を用意し、彼のカップに注ぎ終わるのを待って、ヴァランダーは口を開いた。

「何も見つけられませんでした。ホーカンの書類に目を通した人が、他にいますか？」

ルイースは眉をひそめた。疲労困憊のせいか、顔がほとんど灰色で、歪んで見えた。

「もちろんわたしは一応見ましたけど。でも、他に誰が見たと言うのですか？」

「それはわからない。だが、書類が抜き取られているようです。ところどころ、順序がデタラメになっている。もちろん、私が間違っているのかもしれないが」

「彼がいなくなってから、書斎に入った人はいません。わたし以外には」

「これは前にも話したことですが、もう一度言いましょう。ホーカンは整理整頓の人でしたか?」

「彼は乱雑を嫌いました」

「しかし、神経質なほどではなかった、ということでしたね?」

「例えば、お客様を食事に招《よ》んだとき、ホーカンはテーブルをセットするのを手伝いました。フォークやナイフ、グラスが正しい位置に置かれているかどうか気を配りました。でも、すべてが一列にきちんと並べられているかどうかをチェックするために定規を使ったりするような人ではなかった。これでわかりますか? どの程度、きちんとした人だったか」

「ええ、十分に」とヴァランダーは優しく応えた。ルイースの顔色がますます青くなっていくのが気になった。

ヴァランダーは紅茶を飲んでから地下の倉庫を見に行った。スーツケースが数個、大きな木製のおもちゃの馬、昔の遊具を入れたプラスティックの箱。ハンスだけでなく、それよりずっと前の世代から受け継がれてきたものらしい。壁にスキーとその備品がかけられていた。昔の写真現像の道具。

ヴァランダーはそっとおもちゃの馬の上に腰を下ろした。そのとき突然頭を殴られたように閃いたことがあった。まるで先日若者たちに襲われたときのように。ホーカン・フォン=エンケは死んでいる。それ以外に考えられない。彼は死んでいるのだ。

そのあとにヴァランダーを襲った感情は、悲しみだけではなかった。それは言いようのない不安感だった。

ホーカン・フォン＝エンケはおれに何かを話そうとしていたのだ、とヴァランダーは思った。しかし、ユーシュホルムのあの館の窓のない部屋で、彼が何を言おうとしていたのかおれにはわからなかった。

7

翌朝早く、ヴァランダーはホテル隣室の若いカップルのケンカで目を覚ました。壁が薄く、彼らの罵り合う言葉の一語一語がはっきり聞こえた。起き上がってバスルームへ行き、洗面用具入れの中に耳栓を探したが見つからなかった。今回は忘れてきたらしい。握りこぶしで二回大きく壁を叩き、一呼吸置いて、最後に一つ、念を押すようにドンと叩いた。ケンカはすぐに静まった。というより、聞き耳を立てても聞こえないような小声に変わった。ふたたび眠りに入る前に、もしかすると、昔ストックホルムに来たとき自分もモナとこのようなケンカをしたかもしれないと思った。ときどきくだらないことでケンカすることがあった。大きなことでのケンカはめったになく、些細《ささい》なことでケンカをしたものだ。だがおれたちのケンカは派手ではなかった。灰色のしなびたものだった。悲しかったり、失望したり、ときにはその両方だったり。だが、それは他愛のないものだとおれたちは知っていた。それでもよくケンカをした。バカなことを言い張って、すぐにまた後悔したものだ。あのころはよく考えもせず、口から出まかせを言っていた。

ふたたび眠りに入った。リードベリか父親か、よくわからない男が雨の中で彼を待っている夢を見た。だが、彼は遅れてしまった。もしかすると車の故障が原因だったかもしれない。遅れたために相手からひどく怒られることになることはわかっていた。

朝食を済ませると、ヴァランダーはホテルの受付に行き、ステン・ノルドランダーに電話をかけた。最初に自宅へ電話したが、誰も出なかった。携帯電話にもかけたが、これまた相手は出なかった。名前と用件を留守電に残したが、ここで彼は考え込んだ。行方不明者であるホーカン・フォン＝エンケを捜すのはストックホルム警察の仕事だ。自分の仕事ではない。自発的に仕事を買って出た私立探偵、というところか。私立探偵はオーロフ・パルメ首相暗殺事件以来、人々に軽んじられる職業になってしまったが。

電話が鳴って、考えが中断された。ノルドランダーだった。暗く、しゃがれた声だった。

「君が誰かは知っている。ホーカンからもルイースからも聞いている。車で迎えに行くが、どこへ行けばいい？」

ホテルの外に出ると、ノルドランダーが車を道路脇に停めたところだった。車は一九五〇年代のアメリカの中古車ダッジで、タイヤのホイールはピカピカのクロム、フォールディング部分は真っ白だった。ノルドランダーは若いころはかなりやんちゃだったに違いない。その格好も、まだ肌寒い季節なのに、一年中おそらく同じ格好をしているのだろう。革ジャン、アメリカンブーツ、ジーンズ、そして薄いTシャツ姿だ。この男とホーカン・フォン＝エンケが親友であるということはどういうことだろう、とヴァランダーは首をひねった。初めて会う男だが、一見してこれほどタイプの違う二人は見たことがなかった。もちろん、外見で人を判断することは危険である。リードベリも常に言っていた。外見。これはたいていの人間がまずつまずくものだ、と。

「乗ってくれ」ノルドランダーが言った。

どこへ行く？ とは訊かなかった。ヴァランダーは車に乗り込み、真っ赤なレザー・シートに背を当てた。もともとのダッジの内装に違いない。車に関していくつか行儀のいい質問をし、同じように行儀のいい答えをもらった。それからは二人とも無言だった。バックミラーのそばにフェルトのような布で作られた大きなサイコロが二つ揺れていた。少年時代、これと同じような車を何度も見たことを思い出した。車を運転していたのは車のホイールと同じほどピカピカのスーツを着込んだ男たちだった。父親の絵を安く叩いて大量買いし、懐からバッチリと膨れた財布を取り出して一枚一枚数えて払っていった。ヴァランダーは彼らを〝シルクライダー〟と呼んでいたものだ。その男たちが父親の絵をとんでもなく安い値段で買っていったと知ったのは、ずっと経ってからのことだった。

それを思い出して、彼はしばらく気持ちが沈んだ。すでに過ぎ去った、取り返しのつかない時代のことだ。

車にはシートベルトがなかった。ヴァランダーが探しているのを見て、ノルドランダーが言った。

「これは骨董品だから、シートベルトはないんだ。特別許可をもらっている」

ヴァルムドウー島付近まで来たころには、ストックホルム周辺の土地に不案内なヴァランダーはすでにどこにいるのかまったくわからなくなっていた。茶色い建物の前まで来ると、ステン・ノルドランダーは車を停めた。車は大きく弾むように揺れた。

「このカフェはホーカンと私の友人の妻がやっている。夫の死後、一人でこのカフェを切り盛りしているんだ、マティルダは。死んだ夫の名前はクラース・ホルンヴィグ。ホーカンと私が働いていた潜水艦シューオルメンの二等航海士だった」

ヴァランダーはうなずいた。フォン＝エンケからそういう名前の潜水艦のことは聞いたことがあった。

「ときどきここに来るんだ。マティルダの店はあまりうまくいっていないので、応援したくてね。それに彼女の淹れるコーヒーはうまいんだ」

最初に目についたのはカフェの中央の床に置かれた潜望鏡だった。ノルドランダーはその潜望鏡が備わっていた艦艇の名前を言って説明した。ヴァランダーはこのカフェが潜水艦の私設ミュージアムのようなものであることがようやくわかった。

「ま、ある種のルーティンというか」とノルドランダーは話を続けた。「スウェーデンの潜水艦で働いた人間は軍人であろうと、兵役で臨時に働いた者であろうと、少なくとも一回はこのマティルダのカフェにやってくる。そういうとき、彼らは必ず何か一品持ってくることになっている。どこかでくすねた磁器の皿とか、ブランケットとか、まだ使える舵とか操縦桿とか。古い潜水艦が廃棄されるときは、まさにお宝がたくさん放出される。そういうときは大勢出かけていって、マティルダのためにもらってくる。そういうときは金ではなく、潜水艦についていた水深計の方が価値があるというわけだ」

二十歳ほどの若い娘がキッチンのスイングドアから出てきた。

「マティルダとクラースの孫のマリーだ」とノルドランダーが紹介した。マティルダはときどき店に出てくる。御年《おんとし》九十歳だ。マティルダの母親は百一歳まで、祖母は百三歳まで生きたそうだよ」

「そうなの」とマリーという娘が言った。「そしてわたしのママはいま五十歳。まだ人生の半分しか生きてないと言ってるわ」

コーヒーと菓子パンを頼んだ。ノルドランダーはさらにナポレオン・ケーキも注文した。店には思ったより人が入っていた。その多くは年配の男たちだった。

「昔の潜水艦の船員ですかね？」と、人けのない店の奥の方のテーブルに向かいながらヴァランダーが訊いた。

「いや、そうとはかぎらない。だが、顔なじみの者が多いね」

一番奥の部屋には古い制服や軍隊のシグナル送信用の旗が壁に飾ってあった。ヴァランダーは、ここはまるで映画の小道具部屋のようだと思った。二人は隅のテーブルに向かい合って座った。壁にモノクロの写真が飾ってある。ノルドランダーは写真を指差した。

「ほら、これが海蛇《シユーオルメン》、通称オルメンだ。二列目の二番目が私。ホーカンは四番目だ。クラース・ホルンヴィグはまだ働いていなかった」

ヴァランダーはよく見ようとその写真に顔を近づけた。だが、写真のピントが合っていなかった。この写真は出港寸前にカールスクローナで撮影されたものだとノルドランダーは説明した。

「夢のような船旅とはお世辞にも言えなかったな。カールスクローナからクヴァルケンへ向かった。カリックスまで行って引き返すという予定だった。十一月のことで、凄まじく寒かった。私の記憶に間違いがなければ、全行程、嵐の中をシューオルメンは進んだ。どのコースを進んでも潜水艦は揺れに揺れた。というのも、ボスニア湾南部の海は浅いんだ。潜水艦には浅すぎる。バルト海の一部はプールのようなものだから」

ノルドランダーはケーキを頰張った。味などどうでもいいような食べ方だった。突然フォークを置いて、ヴァランダーを見上げた。

「いったい何が起きたんだ？」

「いや、私にもあなたやルイースス以上のことはわからない」

ノルドランダーは思いがけない乱暴な仕草でコーヒーカップを押しやった。この男もルイースと同じほど疲れているのだ、とヴァランダーは思った。ここにも一人眠れない人間がいる。

「あなたはホーカンをよく知っている。ルイースによれば、他の誰よりもと言っていいと。もしそれが本当なら、あなたがホーカン失踪についてどう思っているかを聞くことは何よりも大切だということになる」

「その口調は、ベリィスガータンの警察署で会った警察官そっくりだ」

「当然だ。私も警察官だということを忘れないでほしい」

ステンはうなずいた。緊張している。不安が顎ときつく結ばれた口元に表れていた。

「あなたはホーカンの七十五歳の誕生パーティーに来なかった。なぜです？」

「ノルウェーのベルゲンに住む姉の夫が亡くなった。急死だった。姉は私の手伝いが必要だった。それに、正直言って、僕は大きなパーティーが好きじゃない。僕たちはあの一週間前に二人だけでパーティーをした」

「どこで？」

「ここで。コーヒーとケーキで」

ノルドランダーは壁にかけてある海軍の制帽を指差した。

「それはホーカンのだ。そのときに彼はその帽子をマティルダにプレゼントしたのだ」

「そのときの会話、憶えていますか？」

「いつもの話題だよ。一九八二年に起きたこと。僕はそのとき駆逐艦ハランドに乗っていた。ついでだが、当時駆逐艦ハランドはまもなく廃船になるところだった。いまではヨッテボリの船舶博物館に収められている」

「ということは、あなたは潜水艦以外の船にも乗っていたということですか？」

「僕は最初魚雷艇に乗っていた。それからコルベット、駆逐艦、潜水艦、そして最後にふたたび駆逐艦で働いた。例の数隻の潜水艦がバルト海に姿を現し始めたとき、我々はスウェーデンの西海岸にいた。十月二日の正午、ニーマン艦長は我々に最大出力で即刻ストックホルム群島へ向かえと命じた。応援部隊としてだ」

「あなたはその圧倒的な緊張の期間、ずっとホーカンと連絡を取り合っていたのですか？」

「ホーカンが僕に電話をかけてきた」

「家に？　それとも乗船していた船に？」

「駆逐艦に。僕はその期間、まったく家に帰らなかった。休暇は返上され、全乗組員がスタンバイの状態になった。これはまだ携帯電話というものがない時代の話だからね。駆逐艦の電話交換台で働いていたのは兵役で海軍に配置された若者で、その若者が外から電話があった場合、知らせてくれるという具合だった。ホーカンはたいてい夜に電話をかけてきた。僕が自分の船室で電話を受けることを望んでいたようだった」

「それは、なぜ？」

「我々の会話を他の人間に聞かれたくなかったのだろう」

ノルドランダーの話し方はどこか忌々《いまいま》しそうだった。話したくないのだろうか？　この間ずっと彼はフォークの背でケーキの残りを潰していた。

「ホーカンと僕は、十月一日から十五日まで、ほぼ毎晩電話で話をした。本当のことを言うと、この間彼が僕に話したようなことは職務上他言無用、禁じられていたはずだ。だが、我々は互いを信頼していた。ホーカンは重く責任を感じていた。爆雷はもし間違った方向に発射されたら、表面に浮かばせるどころか、誤爆してしまうことだってあり得るのだから」

いつのまにか、ノルドランダーの皿の上のケーキは、もはや原形をとどめないほどに崩れていた。フォークをテーブルの上に置くと、彼は紙ナプキンを皿の上に置いた。

「最後の晩、彼は三度電話をかけてきた。それも夜遅く、いや、明け方近くという方が正しい

「その知らせはどのように伝えられた?」

「自分の耳を疑った」

「一番肝心のことを訊きます。向こうの潜水艦をぐるりと取り囲んだそのときに、何もしないで逃してやれという命令を受けたわけですね、どう思いましたか?」

ここでマリーが部屋に入ってきて、コーヒーをもう一杯いかがと訊いたが、二人とも首を振って断った。

「我々がもし本当にソ連の潜水艦を捕まえたとした場合、ソ連側がどのように出てくるかはわからなかった。もしかすると奪還しにくるかもしれなかった。ゴットランド島の北側にはソ連の軍艦が数隻待機していて、ゆっくり我々のいる方向に動き始めていた。我々の通信員の一人は、それまで一度もこれほど激しくソ連の無線通信が我が国の領海を飛び交ったことはなかったと証言している。バルト海で行われてきた彼らの軍事予行演習の中でも最大級の演習時さえ、これほどの通信量ではなかったと。ソ連側は不安だったのだろう。それは我々にもわかった」

「実際に潜水艦を追跡するところだったのか?」

「我々はホーシュフィヤルデン湾の南東一分の距離のところにいた。風はあったがさほど強くなかった。我々は完全に非常時態勢をとっていた。士官クラスの連中は全員情報を得ていたが、それ以外の者たちは非常時態勢の理由は知らされていなかった」

「あなたはまだ駆逐艦に乗っていたんですか?」

か。それが最後の電話だった」

「ニーマン艦長は突然後退せよとの命令を受けた。ランズオルトまで引き下がって待機せよと。理由の説明はなかった。ニーマンは不必要な質問をしたりしない人だ。電話連絡があったとき、僕は機械室にいた。急いで自室に駆け戻ると、電話はホーカンからだった。あたりに人はいないかと彼は訊いた」

「いつもそう訊くのですか？」

「いや、その日だけだ。いつもはそんなことはなかった。ああ、一人だと僕は答えた。本当にそうなのかと彼はもう一度訊いた。僕は彼の疑い深さに腹が立った。そしてそのとき僕は彼が司令室からではなく、外の公衆電話から電話していることに気がついたんだ」

「どうしてそれがわかった？　ホーカンがそう言ったのか？」

「いや、チャリンと硬貨が落ちる音が聞こえたんだ。士官たちの出入りするホールに公衆電話が一台あった。司令官の中央本部から離れることはほとんどできないはずなので、ホーカンは走ってそこまできたに違いなかった」

「そう彼が言ったんですか？」

ノルドランダーはヴァランダーを見返した。

「彼は息切れしていた。それで十分じゃないか？　僕の話が信じられないのか？」

ヴァランダーはノルドランダーの言葉を無視し、話を続けるように促《うなが》した。

「ホーカンは興奮していた。激怒と恐怖でいきり立っていた。まるで導火線に両端から火がつけられたように。ここで引き揚げるなんて売国行為だ、上のやつらがなんと言おうが命令など無視して謎の潜水艦を爆破してやると息巻いていた。だが、そのときコインが切れたのか、突然電話が不通になった。まるでテープレコーダーが途中で切れたかのように」

ヴァランダーは大きく目を開いて相手の話に聞き入っていたが、ノルドランダーの話はそこでプツッと終わった。

「売国行為？　それはまたずいぶん強い言葉を使ったものだ、ホーカンは」

「ああ。だが、まさにそのとおりだったんだ！　売国行為そのものだった。我が国の領海地域に入り込んだ潜水艦をわざわざ逃がしてやったんだから」

「責任者は誰だった？」

「この国の最高責任者、いや、最高責任者たち、だろうな。こうせざるを得ないと判断したのだろう。ソ連の潜水艦を取り囲んで浮かばせるわけにはいかないと思ったのだろうな」

コーヒーカップを手に持った男が部屋に入ってきたが、ノルドランダーの厳しい視線を感じたか、早々に退散した。

「それが誰だったのか、単数なのか複数なのか、僕は知らない。しかしなぜそうしたのかは想像がつく。もちろんあくまで想像に過ぎないが。知らないことは知らないと言うしかない」

「ときには、想像すること、頭の中にあることを声に出していうことも必要なことがある。警察官にしてもそれは同じですよ」

「その潜水艦にはスウェーデン政府が知ってはいけないものが積み込まれていたと想定してみようか？」

「例えば?」

ノルドランダーは声を潜めた。大きく声の調子を変えたわけではない。だが、ヴァランダーの注意を引くには十分だった。

「その想定だが、積んでいるのが物ではなく、人だったらどうだ? それもスウェーデンの軍人だったら? もちろん単なる想定に過ぎないわけだが」

「なぜそう思う?」

「いや、これは僕の想定じゃない。ホーカンの理論の一つだ。彼はあらゆる想定を考えたからね」

ヴァランダーは答える前に考えた。そしていままでノルドランダーが話したことをメモすればよかったと思った。

「それで、その後どうなった?」

「その後とは?」

ノルドランダーは苛立った声をあげた。それがヴァランダーの質問のせいだったのか、失踪した親友を心配しているためだったのかはわからなかった。

「ホーカンは、様々な機関、様々な人物に質問をし始めたと私は聞いている」ヴァランダーが言った。

「ああ。ホーカンは何事が起きたのか、調べ始めた。ほぼすべてが極秘資料扱いになっていた。中には情報開示が許可されるのは七十年後、というものまであった。スウェーデンでは最長の情報開示禁止期間だ。通常は四十年だから。だが、この潜水艦に関する記録の開示が許可されるのは七十年後。この店主の孫娘マリーでさえ、読めないかもしれないほどの長さだ」

「彼女が祖母の遺伝子を受けていれば、読めるかもしれないが」とヴァランダーは軽口を叩いた。

ノルドランダーは反応しなかった。

「ホーカンは一旦決めたら食い下がるタイプだ」ノルドランダーは続けた。「スウェーデンの領海権が軽んじられたと思ったのだろう。裏切り者が何処かにいる。それもとんでもない裏切りを働いた者が。この潜水艦に関してはかなりの数のジャーナリストが追跡記事を書いたのだが、ホーカンを満足させるものはなかった。彼は本当に真実を知りたかったのだ。真実を知るために全キャリアを賭けてもいいと思ったほど」

「それで、誰と話したのだろう?」

ノルドランダーの答えは間髪を容れずに来た。見えない馬をもっと速く走らせようと鞭を当てるかのように。

「全員だ。関係者全員に訊いたのだ。国王にこそ訊かなかっただろうが、それ以外の関係者全員に。まずパルメ首相に面会を申し込んだ。彼こそ答えを知っているはずだと。内閣府の重鎮、社会民主党のターゲ・G・ペーターソンに電話をかけて首相に面会したいと申し入れた。だがペーターソンは面会の時間はないと答えた。だがホーカンはあきらめなかった。裏カレンダーを取り出してくれ、と頼み込んだ。「火急の用事なら必ず時間がとれるはず」と。それで本当にパルメ首相に会うことができた。一九八三年のクリスマスの数日前のことだった」

「それをホーカンはあなたに話したのか？」

「いや、その日僕はいっしょに行ったんだ」

「パルメに会いに？」

「そう、僕はホーカンの運転手役をして、首相官邸へ行った。ホーカンが制服の上に黒っぽいオーバーコートを着てスウェーデンで王城の次に格式のある首相官邸の門に入る姿を僕は車の中から見た。三十分ほど待ったが、十分も経たないうちに警備員が窓を叩いて、ここは送迎の停車が認められるだけで、駐車は禁止だと言った。僕は窓を下げて、いま自分はこの国の首相と重要な話をしている人物を待っている、ここから動くつもりはないと言った。警備員は引き下がり、僕はそのままその場所で静かにホーカンを待った。官邸から出てきたとき、ホーカンは額にびっしょり汗をかいていた。僕たち二人はすぐにその場を離れた」

ノルドランダーは話を続けた。

「我々はまっすぐにここに来た。そしてまさにこの部屋のこの席に着いたんだ。車を降りたとき、雪が降り始めたのを憶えている。その冬のストックホルムはまさにホワイトクリスマスで、雪は大晦日に雨が降るまで溶けずに残っていた」

マリーが二杯目のコーヒーを運んできた。今回は二人とも断らなかった。ノルドランダーが角砂糖を口に放り込んだ瞬間、入れ歯が見えた。ヴァランダーは一瞬気が重くなった。ちゃんと規則的に歯医者に行っていないことを思い出した。

ノルドランダーは話を続けた。オーロフ・パルメに面会したホーカンは、細部にいたるまですべてを話したという。そしてパルメは彼に丁重に対応した。ホーカンの海軍における経歴を尋ね、自分は予備士官に過ぎないと少々自嘲的に呟いた場面もあったという。パルメはホーカンの言わんとすることすべてに真剣に耳を傾けた。そしてまたホーカンは迷いなくすべてを説明した。自分の所属するところ、勤務先であるところのスウェーデン国防軍に対する忠誠という点において、ホーカンは一線を越えてしまっていることは十分に承知していた。自分自身のイニシャティヴで国の最高責任者である首相に面会に行ったことで、ホーカンはスウェーデン国防軍と自分が所属する隊へ戻る橋を焼き払った。もはや退路はなかった。しかし、とにかくオーロフ・パルメに話をしなければならなかった。話さなければならないことを話すのに十分かかった。パルメは口を薄く開き、目をしっかりとホーカンと合わせて、真剣に耳を傾けたという。ホーカンが話し終えると、パルメは少し考え、それから質問を始めた。まずスウェーデン国防軍は潜水艦の国籍を間違いなく知っていたのか、その潜水艦は本当にワルシャワ条約機構側のものだったのかをパルメは知りたがった。ホーカンはその問いには問いをもって答えたという。東側のものでなかったのなら、どこのものか、と。パルメはその問いには答えず、顔をしかめ、首を振っただけだったという。ホーカンがあれは売国行為であり、軍事上のスキャンダルであると糾弾し始めると、パルメは彼を止め、それは他の場で話し合われるべき事案であって、ここで二人きりで話すべきことではないと言ったという。話はそこで終わった。秘書がそっと部屋のドアを開け、次のミーティングの時間であることを告げた。首相官邸から出てきたホーカンは顔にびっしょり汗をかいていたが、ホッとした様子だった。パルメ首相は話を聞いてくれた。楽観的で、さあ、これですべてが明らかになるぞという顔つきだったとホーカンは言った。首相は裏切り行為の話に耳を傾け、間違いなく私の話を納得した様子だった。これからきっと国防大臣とその部下たちをつついて、どういうことなのか調査し報告せよと命令するだろう。誰があの潜水艦を逃せという決定を下したのか、何より、なぜそうしたのかその理由をはっきりさせろと命じるだろう、と。

ノルドランダーはここで口を閉じ、ちらりと腕時計に目をやった。

「それで？　その後はどうなったんです？」ヴァランダーが訊いた。

「クリスマスの時期だったので、すべてが止まっていた。だが、大晦日にホーカンはスウェーデン国防軍最高司令官に呼び出された。無断で直接オーロフ・パルメ首相に訴えたかどで最高司令官に厳しい叱責を受けた。だが、頭のいいホーカンは、この叱責は本来自分の訪問を受け入れた首相に向けられるべきもので、困惑している海軍士官の面会の申し込みなど許すべきではなかったのだと理解した」

「しかし、ホーカンはその後もこの事件のことを探ったんですね？　これであきらめはしなかった。締め出され、冷遇されても？」

「そう。ホーカンはこの事件をずっと調べてきた。二十五年もの間」

「あなたは彼の一番近しい友人だと聞いている。このことで彼は脅迫を受けていたのではないですか？　何か聞いているのではないですか？」

ノルドランダーは黙ってうなずいた。一言も言わずに。

「そしていま、ホーカンは姿を消した」ヴァランダーが言った。

「彼は死んでいる。殺されたに違いない」

言葉は間髪を容れずにきた。その言葉にはまったく迷いがなかった。

「なぜそんなに確信があるのですか？」

「生きていると思わせるものは何もないからだ」

「誰が殺したのだと思いますか？　またその理由は？」

「わからない。もしかすると何者かが彼の知っていることがあまりに危険だと思ったのかもしれない」

「正体不明の複数の潜水艦がスウェーデン領海に侵入したのは二十五年も前のこと。それほど時間が経っているのに、いまだにどんな危険があるというのですか？　言うまでもないが、ソヴィエト連邦はもう存在しない。ベルリンの壁は崩壊した。東ドイツだって、かつてそんな名前の国があったことさえ知らない者が大勢いる。あの時代はとうの昔に終わっている。それがどうしていま問題になるというのですかね？」

「みんな、遠い昔のことだと思っている。だが、こういうこともあり得るのじゃないか？　舞台の袖に引っ込んで衣装を変えてまた舞台に出てきた者がいる。出し物は変わっているが、変わったのは芝居のタイトルだけで、芝居の内容は同じ、とか」そう言って、ノルドランダーは立ち上がった。

「この続きはまた別の日に。妻が待っているので、もう帰らなければ」

ノルドランダーはヴァランダーをホテルまで送った。車を降りる直前、ヴァランダーはとっさに思いついたことを訊いた。

「ホーカンはあなた以外にも親しい友人がいましたか？」

「彼には親しい人間はいなかった。もしかするとルイースは近しかったかもしれないが。我々のような年老いた海賊はたいてい控えめで、目立たない。人混みに出て行くのを嫌うし、僕だって彼と親しくはない。少しは近い関係と言えるかもしれないが。わかるかな、僕の言う意味が？」

ヴァランダーはノルドランダーが何か言いたそうにしていることに気づいた。言うだろうか、それとも？

「スティーヴン・アトキンス」とようやくノルドランダーはつかえていた言葉を吐き出した。

「アメリカ軍の潜水艦艦長だ。我々より一歳若い。たしか来年七十五歳になるはずだ」

ヴァランダーは手帳を取り出し、書き控えた。

「住所はわかりますか？」

「たしかカリフォルニアだ。サンディエゴの郊外とか。以前はアメリカ最大の海軍基地グロトンに勤務していたらしい」

ルイースがスティーヴン・アトキンスの名前を口にしなかったのはなぜだろう、とヴァランダーは思った。だが、それを訊いてこれ以上ノルドランダーをわずらわせたくなかった。彼はすでに急いでいる様子で、ペダルを踏んでいた。

ピカピカに磨き立てられた車が坂道を上がっていった。

ヴァランダーは部屋に戻り、今日聞いたことを一つ一つ思い出した。依然としてホーカン・フォン＝エンケは姿を消したままだ。自分は一歩も近づいていないという気がした。

8

翌日の木曜日リンダが電話してきて、そちらの様子はどうかと訊いた。ヴァランダーは正直に、ルイースは夫がもはや生きてはいないと確信しているように見えると答えた。

「ハンスは絶対にそんなことはあり得ないと言ってるわ。絶対にホーカンは生きていると」

「内心は母親が言うとおりだと思っているんじゃないのか」

「パパはどう思うの？」

「うーん。よくないな」

ヴァランダーはイースタ警察の誰かと最近話をしたかと訊いた。リンダがときどきクリスティーナ・マグヌソンと話をしていることを知っていた。

「内部調査官はマルメに戻ったわ。パパの処遇はもうじき決まるんじゃない？」

「クビになるかもしれんな」

リンダは苛立った声で反応した。

「レストランに銃を携えていくなんて、ほんと、最悪よ。でも、それでクビにされるのなら、スウェーデン中の警察官少なくとも二百人ぐらいクビになるはずよ。もっとひどいことやっている人、たくさんいるんだから」

「おれは最悪の処遇を覚悟している」ヴァランダーが弱々しい声で言った。

「その自己憐憫《れんびん》、やめてくれない？」と言うなり、リンダは電話を切った。

おそらくリンダの言うとおりだろうとヴァランダーは思った。

きっと警告、あるいは減俸という罰が下されるだろう。受話器を取って、リンダにそう言おうと思ったが、やめにした。口喧嘩になるに決まっている。起き上がり、服を着て、イッテルベリに電話をかけた。九時に訪問することになっていた。何か足がかりを見つけたかと訊いたが、答えは否定的だった。

「フォン＝エンケをスーデルテリエで見かけたという通報があった。スーデルテリエでなどどんな用事があったのかわからんが。もちろん、ガセネタだった。海軍の制服を着ている男を見かけたというのだが、朝の散歩にフォン＝エンケが制服など着ているはずはないからな」

「しかし、彼を見かけた人間がまったくいないというのはなんとも妙だ」とヴァランダー。

「ストックホルムのことはあまり知らないが、そのリリヤンスコーゲンという森は早朝の散歩やランニング、犬の散歩などにたくさんの人が利用しているというではないか」

「そのとおり」とイッテルベリは答えた。「どうも変なんだ。彼を見かけた人間が一人もいないというのが。朝九時の約束だったな。こっちで話そう。署の玄関に迎えに出るよ」

イッテルベリは背の高い、頑丈な体つきの男で、プロのレスラーを思わせた。それで彼の耳を思わず見てしまった。というのもレスラーの多くは耳がまるでカリフラワーのような形に変形してしまっているからだが、イッテルベリの耳は普通だった。体の大きさの割には、軽やかな動きをする。ヴァランダーを迎えにきて部屋まで歩く足取りは軽く、まるで飛んでいるようだった。着いた部屋の扉を開けると、そこはまるでゴミ捨て場かと思うほどの散らかりようで、その真ん中に大きなイルカのゴム人形があった。

「孫へのプレゼントなんだ」とイッテルベリはヴァランダーの視線を受けて言った。「アンナ・ラウラ・コンスタンスは今週の金曜日が九歳の誕生日なもんでね。孫はいるかね？」

「初孫が生まれたばかりだ。娘のところに」

「名前は？」

「名前はまだない。親たちは自然にいい名前が浮かんでくるだろうと言っている」

イッテルベリはなにやら聞き取れない言葉を呟き、椅子に腰を下ろした。コーヒーはどうだというように、窓のそばのコーヒーメーカーを指差したが、ヴァランダーは首を振った。

「ホーカン・フォン＝エンケは、なんらかの暴力行為を受けたに違いないと我々は推測している。消息を絶ってからが長すぎる。すべてが不可解だ。何の手がかりもない。彼を見かけた人間がいない。まさに煙に消えた男だ。あの森には朝、大勢の人間が出入りする。散歩したり、走ったり、犬に散歩をさせたり。だが誰一人彼を見かけていない。それがまずおかしいんだ」

「こうは考えられないか？　フォン＝エンケはいつもの散歩コースはとらなかった。つまりリリヤンスコーゲンの森には行かなかったんじゃないか？」

「家を出てからリリヤンスコーゲンまでの間に何かが起きたとみることはできる。それが何であれ、目撃者がいないということがおかしいのだ。考えてみろ。あの大きなヴァルハラヴェーゲンで人を殺したら、人目につかないはずはない。乗用車に引きずり込んだとしても、目撃者がいないはずはないんだ」

「確かに。それじゃ、こうは考えられないか？　フォン＝エンケは自分から姿を消した、とか？」

「彼を見かけた人間が一人もいないということから、我々もいま、その線で追っている。だが、証拠は何もないんだ」

ヴァランダーはうなずいた。

「公安《セーポ》がこの件を調べていると言ってたね？」ヴァランダーが言った。「フォン＝エンケはなにか疑いがかけられているのだろうか？　引き出しの中にあった昔の埃をかぶった何かが、いま急に興味深いものになったとか？」

「うん、おれも同じ疑問をもったので、彼らに訊いてみた。答えはなんとも曖昧《あいまい》なものだった。おれのところに来た者たちは詳しく知らなかったのかもしれない。それはあり得る。公安《セーポ》が内部には秘密にしながら、外部に対しては情報を漏らすやり方をするのはこれが初めてではないからな」

「それで？　フォン＝エンケには何かあったのか？」

イッテルベリは知らないという身振りをしようと両腕を広げたが、その手が机の上のコーヒーカップに当たり、中身がこぼれた。イッテルベリは腹立たしそうにその辺にあった紙を丸めてこぼれたコーヒーをゴミ箱に流し入れ、後ろの棚の上にあった手拭きで机の上を拭いた。

この〝事故〟は初めてのことじゃないな、とヴァランダーは思った。

「いや、何もなかった」と机の上をきれいに拭き終わったイッテルベリが答えた。「フォン＝エンケは清廉潔白なスウェーデン軍人だった。海軍士官たちの経歴と業績に通じている人間に調べてもらったが、ホーカン・フォン＝エンケにはシミ一つ見つからなかった。早くに出世して艦長になった。が、その後はそのままで、それ以上の昇進はなかったらしい」

ヴァランダーは顎に手を当てて考え込んだ。ステン・ノルドランダーが、ホーカンは退路を断って覚悟してパルメに会いに行ったと言ったことを思い出した。イッテルベリはペーパーナイフで爪の垢《あか》をほじくり出している。廊下から口笛が聞こえてきた。驚いたことにそれは第二次世界大戦の時代に流行《はや》った〝また会いましょう……、どこかで、いつか……〟というヴァランダーも知っている古い歌だった。

「いつまでストックホルムにいる予定だ?」イッテルベリが口を開き、沈黙を破った。

「今日の午後には帰るつもりだ」

「電話番号を教えてくれ。捜索状況を知らせるから」

イッテルベリはストックホルム署のベリィスガータン側の入り口まで出てきてヴァランダーを見送った。ヴァランダーはクングスホルムス・トリィ広場まで歩き、そこでタクシーを拾ってホテルに戻った。ドアに睡眠中というサインを出して、ベッドの上に横たわった。頭の中にはユーシュホルムでの誕生パーティーがあった。靴を脱ぎ、ソックスの足でそっと忍び寄り、あのときのホーカン・フォン＝エンケの動き、言葉をもう一度点検したい気分だった。記憶をひっくり返したりひねったりして、割れ目を見つけたいと思った。もしかして勘違いだったのだろうか？　あのとき自分はホーカンが恐怖を感じていると思った。人の表情というものは多様に読めるもの。目を細める人間はともすれば意地が悪い、あるいは傲慢とも見えることがある。いま自分が探している人間はいなくなってからすでに六日経っている。普通、失踪したと思われた人間が戻ってくるのはだいたい五日以内。それを過ぎたらほぼ望みはない。ホーカン・フォン＝エンケが生きている確証はもはやなかった。

フォン＝エンケは黙って姿を消した。ヴァランダーは心の内で独り言を続けた。散歩に出かけて戻ってこなかったフォン＝エンケ。パスポートは家に置いたまま、金も持たず、携帯電話も持たずに。携帯電話を置いていったというのが、もっとも不審な点だった。ヴァランダーはこのことにこだわった。もちろん単に忘れたということは考えられる。だが、なぜ行方不明になるその日に忘れたのだろう？　自分の意思で姿を消したのではない、つまり強制的に連れ去られたという推測は正しいかもしれない。

ヴァランダーはイースタに帰る支度を始めた。列車出発前に駅の近くで昼食をとり、列車に乗り込んだ。車中ではクロスワードパズルを楽しんだ。二、三解けない言葉があって、乗っている間中ブツブツ言葉を呟いて過ごした。家に着いたのは夜の九時過ぎだった。ユッシを引き取りに行くと、犬は喜びのあまり飛びついてきた。

家に入るや否や、変な臭いがすると思った。臭いの発生元はバスルームの排水口だった。バケツで二杯水を流してみたが、臭いは消えなかった。排水管が詰まっているに違いない。バスルームのドアを閉めて考えた。ふだん仕事を頼んでいる配管工の男は、定期的にアルコール依存症にかかる。いまはその時期でないといいが、とヴァランダーは思った。

翌朝ヴァランダーが電話をかけると、イャルモが勢いよく電話口に出た。まったくシラフだった。バスルームの悪臭はまだ消えていなかった。一時間後イャルモが到着し、さらにその一時間後排水管が通って、悪臭はようやく消えた。ヴァランダーは領収書なしで彼に支払った。いいこととは思わなかったが、イャルモは領収書を発行しなかった。四十歳ほどで、子だくさんだった。ヴァランダーは数年前にイャルモが作業場などから盗まれた道具類を横流ししているというタレこみで捕まえたことがあったのだが、まもなくそれはガセネタとわかり、その後は家の排水管の補修を頼むようになっていた。

「例のあんたの拳銃の件はどうなった?」とイャルモは百クローナ札を数枚、分厚い財布に押し込みながら興味津々の顔で尋ねた。

「知らせを待っているところだ」と、この話題には触れられたくないヴァランダーが苦い顔で言った。

「おれは現場にレンチを忘れてくるほど酔っ払ったことはないなあ」

ヴァランダーはパンチの効いた答えを見つけられなかった。仕方がなく黙ってオンボロの作業車で引き揚げるイャルモに手を振った。家に入るとすぐにマーティンソンの直通電話に電話をかけた。留守番電話が、本日は移民の不法輸送の件で、ルンドでセミナーに出席していて不在だと告げた。クリスティーナ・マグヌソンに電話しようかと一瞬迷ったが、やめることにした。クロスワードパズルにいくつか言葉を書き入れ、冷蔵庫の霜取りスイッチを入れてからユッシを連れて散歩に出た。仕事をしていないのが退屈で落ち着かなかった。突然電話が鳴り、ヴァランダーは飛びついた。まるで長い間待たされた電話がようやく鳴って、嬉しくて仕方がないかのような反応だった。若い女性の声で、マッサージ機を買いませんかという勧誘だった。お使いにならないときは折りたたんでクローゼットの中に入れることができます。ヴァランダーは腹立たしさのあまり、電話を叩きつけて切った。だが、すぐに後悔した。典型的な八つ当たりで、若い女性には何の罪もないと思った。

ふたたび電話が鳴った。応じるのをためらった末、そっと受話器を取った。遠くで風が吹いているような音がした。少し遅れて声が届いた。

英語だった。

男の声がそちらはクルトか、クルト・ヴァランダーかと訊いた。

「ああ、そうだ」風の音に向かってヴァランダーが答えた。「そちらは?」

通話が切れたような音がした。ヴァランダーが受話器を置こうとしたとき、また男の声が聞こえた。今度は声がはっきり聞こえた。

「ヴァランダーか? 君はクルトか?」

「ああ、そうだ!」

「こちらはスティーヴン・アトキンスだ。私のことは知っているか?」

「はい。ホーカンの友人、ですよね?」

「彼はもう見つかったか？」

「いや」

「答えはノーか？」

「そのとおり」

「つまり、失踪して一週間になるというわけか？」

「そう、約一週間になる」

声がまた遠くなった。携帯電話で話しているのだろうか。なぜ声が揺れるのだろう、とヴァランダーは訝《いぶか》った。

「心配している。ホーカンは黙って姿を消すような男じゃない」

「最後に彼と話したのはいつ？」

「八日前、木曜日だ。スウェーデン時間の午後だった」

失踪の前日だ、とヴァランダーは思った。

「彼からの電話？　それともあなたがかけたのですか？」

「彼が電話してきた。結論が出たと言っていた」

「は？　何の結論？」

「知らない。それは言わなかった」

「それだけですか？　結論が出た？　何かもっと話したはずでは？」

「いや、はずなどとは決して言えない。電話で話すとき、彼はいつも用心深かった。公衆電話から電話してきたことさえあった」

音がまた小さくなった。ヴァランダーはこのまま電話が切れてしまうのを恐れた。

「いったい何が起きたのか知りたい。心配している」アトキンスの声がした。

「旅行に出かけるようなことを言っていませんでしたか？」

「久しぶりに元気そうな声だった。嬉しそうだった。ホーカンはときどき落ち込むことがある。歳をとるのが嫌だったのかもしれない。時間が足りないと言っていた。君は何歳だね、クルト？」

「六十歳です」

「ふん、まだ若造だよ。Eメールアドレスはあるかね？」

ヴァランダーは英語でスペルを言ったが、じつはほとんどメールを使ったことはないとは言わなかった。

「それじゃ、あとはメールで」とアトキンスが叫んだ。「こっちに遊びに来ないか？　もちろん、ホーカンを見つけてからの話だが」

声がまた遠くなり、突然回線が切れてしまった。ヴァランダーは手に受話器を持ったままばらくその場に立っていた。

こっちに遊びに来ないか？

受話器を戻してキッチンテーブルを前に腰を下ろした。遠いカリフォルニアからスティーヴン・アトキンスが電話をかけてきて、情報をくれた。そう、突然、何の前触れもなく。ヴァランダーはその情報を一つ一つチェックした。失踪の前日、ホーカン・フォン＝エンケは遠いカリフォルニアにいるスティーヴン・アトキンスに電話をかけた。親友のステン・ノルドランダーにでも息子のハンスにでもなく。これは意識的な選択だろうか？　その電話をホーカンは公衆電話からかけたのだろうか？　それとも自宅の電話あるいは携帯電話からかけたのか？　ヴァランダーはいまの電話の内容をメモしてみた。それから立ち上がり、画家がイーゼルから離れて絵を眺めるように、少し離れたところからそのメモを見た。おれの電話番号をアトキンスに教えたのはノルドランダーに違いない。別に意外なことではない。アトキンスもまたホーカンの失踪を心配する一人なのだから。いや、本当にそうだろうか？　ヴァランダーは突然、さっきの電話の間、アトキンスのそばにホーカンが立っていたのではないかという奇妙な感じをもった。だが、すぐに打ち消した。そんなことがあろうはずがない。

ヴァランダーは急に疲れを感じた。他の人間たちと同じようにホーカンの失踪を心配はしているが、彼を探し出すこと、ああかもしれないこうかもしれないと状況を分析することは、本来自分の仕事ではないのだ。おれは仕事をしていないから、時間を持て余しているだけなのだ。いまの状態は、いずれやってくる引退と年金生活に入るための準備なのかもしれない、と思った。

食事の用意をし、リンダからもらったスウェーデン警察の歴史に関する本をパラパラとめくった。本を胸の上に置いて眠ってしまい、電話の音で、目を覚ました。イッテルベリだった。

「邪魔したのでなければいいが」とイッテルベリが話し始めた。

「いいや。本を読んでいただけだ」

「一つ、発見があったので、知らせようと思ったのだ」

「死体の発見か？」

「ああ、焼死体だ。道路工事作業場の小屋で。場所はリーディングウー島。リリヤンスコーゲンのすぐ近くだ。フォン＝エンケと年齢が近いと思われる。だが、それ以外はいまのところホーカン・フォン＝エンケとの共通点はない。細君にも他の誰にも話していない」

「報道関係者には？」

「もちろん伏せている」

その晩はまたよく眠れなかった。何度も起き上がっては警察の歴史の本を手に取り、読みもせずにまた置いた。暖炉のそばに寝ているユッシがその度にヴァランダーの動きを目で追った。ヴァランダーはときどきユッシを家の中に入れて眠らせている。

朝の六時過ぎ、イッテルベリから電話があった。焼死体はホーカン・フォン＝エンケではなかった。黒焦げの指にはまっていた指輪によって遺体の特定ができた。ヴァランダーは気が休まり、そのまま九時まで眠ることができた。朝食のテーブルに向かっていたとき、レナート・マッツソン署長から電話があった。

「決定が下った。警察人事委員会は拳銃を外に置き忘れた罰として五日の減給を決めましたよ」

「それだけですか?」

「足りないとでも?」

「いいや、十分です。それじゃ来週の月曜日から職場に復帰します」

実際、ヴァランダーは翌週の月曜日に職場に戻った。

だが、ホーカン・フォン＝エンケの行方に関しては依然として何の手がかりもなかった。

9

ホーカン・フォン＝エンケは依然として消えたままだ。ヴァランダーは職場に戻り、同僚たちに笑顔で迎えられた。懲罰《ちょうばつ》は軽いものと言ってよかった。中にはヴァランダーの給料が引かれた分、みんなでカンパしようじゃないかという提案をする者まで現れた。もちろんそれは実現しなかったが。職場復帰を祝ってくれる同僚の中には、彼の懲罰をいい気味だと思っている者もいることをヴァランダーは知っていたが、そんなことは気にかけまいと思っていた。そんな偽りの友は誰かと同僚たちを疑っている暇などなかった。背後で嘲《ちょう》笑《しょう》している連中のことを考えていたら、眠れなくなるのがオチだった。

それまで彼が担当してきた銃器盗難事件は一件落着し、ヴァランダーは銃器販売店の老夫婦の娘から花束をもらったのだった。復帰して彼が最初に担当した大きな仕事は、これまたひどい暴行事件だった。現場はイースタとポーランドの間を走行するフェリーボートで、めったにないほど残酷でうんざりするような暴力事件だったが、信じるに足る目撃者がいないこと、関係者全員が互いを責め合うという、典型的に面倒な事件だった。暴力が振るわれたのは狭い船室で、犠牲者はスコーネ地方のスクールップから来た若い女性。彼女はこの旅行をボーイフレンドといっしょに楽しむ予定だったが、そのボーイフレンドというのが嫉妬深く、その上ビール愛飲者だった。船旅でこのカップルはマルメから来た若者たちと知り合った。若者たちの旅の目的はただ一つ、どんちゃん騒ぎをすること。ヴァランダーは報告書を読みながら首を傾げた。旅の目的が仲間と思いっきり飲んで酔っ払うこと、しかもその後は何も憶えていないというのはどういうことか?

最初、ヴァランダーはこの事件を一人で担当していたが、途中でマーティンソンが加わった。だが、それ以上の捜査官は必要なかった。というのも犯人はその若い娘が船で知り合った若者たちの中にいるに違いなかったからだ。しっかり揺すれば、果実は地面に落ちるだろう。そうすれば、無実の者と、娘を殺すほど殴り左耳をほぼ引きちぎった者を区別することは簡単にできるはず。

ホーカン・フォン゠エンケに関しては何も進展がなかった。ヴァランダーはほぼ毎日ストックホルム警察の捜査官イッテルベリと電話で話した。イッテルベリは依然としてフォン゠エンケが自発的に姿を消したとは思えないという説をとっていた。残されたパスポートと、クレジットカードがこの間使われていないことがそれを物語っている、何より、フォン゠エンケは自発的に姿を消すような人間ではない、妻を置いて出て行くような男ではない、と。

ヴァランダーは頻繁《ひんぱん》にルイースと話をした。ルイースのほうからしばしば電話をかけてきたのだ。たいていは夜の七時ごろ、彼が帰宅していい加減に作った夕食を食べているころに。その話し方から、ヴァランダーは彼女が今や夫は死んだものと覚悟を決めていると感じた。そう訊くと、彼女はこの頃ようやく睡眠導入剤の力を借りて眠れるようになったと言う。彼女ははっきり知りたいのだ、とヴァランダーはルイースとの会話が終わるといつも思う。いまはとにかくホーカンは跡形もなく消えてしまっている。まさに煙と消えた男なのだ。その体はどこかで腐っているのだろうか？　いや、それともピンピン生きていて、この時間食事をしているのだろうか？　どこか別の星で、他の名前で、誰かといっしょに？

自分はどう考えているのか？　経験から言って、すべての状況を考え合わせてみれば、老いた潜水艦艦長は死んでいると見るのが当然だと思う。何か、いかにもありそうなできごと、例えば転倒して打ちどころが悪くてそのまま呼吸が止まってしまったというようなことではないかという気がしていた。が、もちろん確信はなかった。もしかするとフォン＝エンケは自分から進んで姿を消したのかもしれない。たとえその原因は誰にもわからなくても。

ホーカンは殺されたという仮説にはっきり異を唱えるのはリンダだった。「あの人は簡単に殺されるような人じゃない」とリンダは感情的になって言い張った。いつものようにいっしょにイースタの町でケーキ屋に入り、赤ん坊を乳母車に乗せたままコーヒーを飲んでいるときのことだった。しかし、だからと言って、彼が自分から姿を消したということにも彼女は疑問を持っていた。ハンスとは直接話をしてはいなかったが、リンダの口調からハンスが彼女の意見に同意しているようにヴァランダーは感じていた。もちろん、ヴァランダーはハンスの考えはどうなんだとは訊かなかった。二人の暮らしに首を突っ込むつもりはなかった。

スティーヴン・アトキンスは約束どおりしばしば長いメールを書いてきた。そのメールが長ければ長いほど、ヴァランダーの返事は短くなった。できれば長いメールを書きたかったのだが、英語が得意ではないので、長い文章が書けなかったのだ。だが、アトキンスがカリフォルニア州のサンディエゴの近くにあるポイント・ロマという大きな海軍基地の近くに住んでいるということはわかった。そこは海軍の退役軍人たちだけが住んでいるようなところだった。その付近は、アトキンスによれば、「潜水艦の一隻や二隻に必要な人員はここで簡単に確保できる」ようなところらしい。ヴァランダーは近所中が引退した警察官ばかりのようなところに住むことを想像しただけで身震いした。

アトキンスはメールで自分の暮らし、妻、子どもたち、孫たちに至るまでを詳しく書き、写真まで添付してきた。ヴァランダーは添付が開けられず、リンダに頼んで開けてもらった。晴れ上がった日、艦船を背景にして大きく笑っているアトキンスと大勢の家族の写真だった。アトキンスは頭の毛が薄く痩身で、同じように痩せていて大きく笑っている妻の肩を抱いていた。まるで洗剤とか朝食のシリアルのコマーシャル写真のようだとヴァランダーは思った。輝けるアメリカン・ファミリーが写真から彼に手を振っていた。

その日ヴァランダーは、ホーカン・フォン＝エンケがグレーヴガータンのアパートメントのドアを閉めて出て行ったままになってからちょうど一ヵ月が経っていることに気がついた。五月十一日。彼はその日イッテルベリと電話で長いこと話をした。ストックホルムは大雨ということだった。イッテルベリは機嫌が悪かった。雨のせいなのか、捜査が進まないためなのかはわからなかった。ヴァランダー自身はフェリーボートでの暴力事件の犯人をまだ特定できていないことに苛立っていた。つまり、不機嫌な警察官二人の会話だった。ヴァランダーは公安がまだフォン＝エンケの失踪に関心を示しているかと訊いた。

「ときどきウィリアムという男が顔を見せる。その名前が彼の姓なのか、ファーストネームなのかはわからん。ま、正直、どっちだっていいんだ。この間おれはなぜかその男を締め上げたくなってしまった。おれはあいつに何か捜査の役に立ちそうな情報はあるかと訊いた。この民主主義の国スウェーデンでは当たり前の情報交換だ。何があったのかを明らかにするための、決して過小評価できない仕事の一つと言っていい。もちろんやつは何もないと言った。本当かどうかはわからない。公安《セーポ》のやつらはいつも嘘と裏切りで業務とやらを遂行しているからな。おれたち普通の警察官を翻弄《ほんろう》するのは仕事の一部というわけだ。だが、本当のことを言って、公安《セーポ》などどうでもいい、おれたちとは関係ないね」

イッテルベリとの電話のあと、ヴァランダーは机の上に資料を広げた。激しい暴力を振るわれた女性の顔の写真が現れた。おれが警官の仕事をするのはこのためだと彼は思った。何者かが彼女を死ぬ寸前まで殴りつけた、その犯人を見つけるのがおれの仕事だ。

午後家に帰ると、ユッシがぐったりしていた。犬小屋に寝そべり、食欲はなく、水も飲まない。ヴァランダーは慌てて知り合いの獣医に電話をかけた。一度イースタ近くの牧場で仔馬を追いかけ回し殺そうとした男を捕まえるのを手伝ってくれたことがある獣医だ。さほど遠くないコーセベリヤに住んでいて、すぐ来ると約束してくれた。診察後、ユッシは単に何かおかしなものを飲み込んだだけで、少し休めば元気になると言った。その晩ユッシは暖炉の前に用意した毛布の上に横になり、ヴァランダーはときどき起きて様子を見た。朝になると、弱々しくはあったが、どうにか立ち上がった。

ヴァランダーは安心し、署に行って自室のパソコンを開くと、アトキンスからの連絡が最後にあったのが五日前であることに気づいた。もう伝えたいことは全部伝えたということか、見せたい写真は全部見せたのか、と思った。その日のランチタイム、家に帰って食べるか、それとも近くのレストランで食べるかと迷っていたとき、受付から電話が入った。来訪者がいるという。

「名前は？　用事はなんだ？」

「外国人です」受付係が言う。「警察官のようですよ」

ヴァランダーは急いで署の入り口に行った。すぐに誰かわかった。その人物が身につけているのは警察官の制服ではなく、アメリカ海軍の制服だった。制帽を脇の下で押さえてそこに立っていたのは、スティーヴン・アトキンスだった。

「予告なしに訪問するつもりはなかったのだ。コペンハーゲン到着の時間を間違って憶えていた。君の自宅電話と携帯電話に電話したのだが、通じなかった。それで直接来たというわけだ」

「驚きましたよ」とヴァランダー。「もちろん、大歓迎です。これが初めてのスウェーデン訪問ですか？」

「そのとおり。残念なことに行方不明になっている我が友ホーカンは、何度も訪ねてくるように言ってくれたが、いままでその機会がなかった」

二人はヴァランダーが選んだレストランへ行って昼食をとった。アトキンスは気さくな人物で、興味深そうにレストランを見回し、単なる社交辞令ではない的を射た質問をし、ヴァランダーの答えに耳を傾けた。ヴァランダーは最初アトキンスが潜水艦の艦長であったとは信じがたかった。それもアメリカ海軍の所有する中でももっとも巨大な、原子力で走行する潜水艦の艦長だったとは。スティーヴン・アトキンスは気軽で、飄々《ひょうひょう》として見えた。もちろん、ヴァランダーに潜水艦の艦長にはどんな人物がふさわしいかという見識があったわけではないのだが。

アトキンスをスウェーデンに来させたのは、友人の行方の心配以外のなにものでもなかろう。アトキンスの心配を察知して、ヴァランダーは心を打たれた。一人の老人が同じく老齢に入っている友人の不在を心配している。二人の間の友情は間違いなく深いものだったに違いない。アトキンスはコペンハーゲンのカストルップ空港近くにあるヒルトンホテルに部屋を予約していた。そこでレンタカーを借りて、そのまま対岸のスウェーデンに渡りイースタまで車を走らせてきたのだ。

「もちろん、新しくできたばかりのウーレブロー橋を渡ってみたかったこともある」と言って、アトキンスは笑った。

ヴァランダーは彼の真っ白い歯が羨ましかった。食事のあと、イースタ署に電話をかけ、今日はこのまま戻らないと伝えた。そのあと二人は、ヴァランダーの家のあるルーデルップへ向かった。アトキンスは犬好きであることがわかった。ユッシはすっかり喜んで客を歓迎した。

それからユッシをリードに繋いで散歩に出かけた。広い麦畑、遠くに見える海、そして豊かに広がる丘陵をアトキンスはほめたたえた。

突然アトキンスはくるりと振り向き、ヴァランダーの目を覗き込んだ。

「ホーカンは死んだのだろうか？」

ヴァランダーは彼の真意がわかった。ヴァランダーが曖昧《あいまい》な返事をする隙を与えたくないのだ。はっきりした返事がほしいのだ。その瞬間アトキンスは、友人が死んでしまったのか、生きているのか、はっきり知りたいのだとヴァランダーは思った。

「我々は何も知らない。ホーカンは跡形もなく姿を消してしまったのです」とヴァランダーは答えた。

アトキンスはしばらく黙ってヴァランダーと目を合わせていた。それからゆっくりとうなずいた。そのまままた歩き続け、三十分後家に戻った。ヴァランダーはコーヒーを淹れ、二人はキッチンテーブルについた。

「以前ホーカンと最後に話したときのことを言いましたね。結論が出たと言っていたとか。何の結論かも知らないあなたに。なぜそんな電話をしてきたのだと思いますか？」

「人は何を考えているかを相手が知っていると思い込んでいることがある。もしかするとホーカンは私が彼の考えを知っていると思ったのかもしれない」

「ずいぶん話をしたのでしょうね、お二人は。何度も繰り返された話はありましたか？　他のことより重要なこととか？」

ヴァランダーは質問を用意していたわけではなかった。問いが自然に口をついて出てきたのだった。

「我々は同年輩だ。冷戦時代の子どもだよ。知ってるかね、コールド・ウォーと呼ばれた時代を。スプートニクをソ連が打ち上げたとき、私は二十三歳だった。彼らに抜かれたと思って恐怖を感じたものだ。ホーカンも同じように感じたと言っていたが、彼の感じ方はもっと無邪気なもので、臓腑が締め付けられるようなものじゃなかったようだ。彼にとってロシア人は、私が感じていたようなモンスターのような存在ではなかったようだ。とにかく我々はあの時代の影響を強く受けていた。私の知るかぎりホーカンはスウェーデンが北大西洋条約機構《NATO》に加入しなかったのは間違いだと憤っていた。それは決定的な間違いだと。中立は危険であり間違いであるばかりでなく欺瞞《ぎまん》であるとさえ言っていた。その点でホーカンと私は立場が同じだった。スウェーデンはどんなに政治家が演台で大口を叩いて主張したところで、中立などと言っていられる国ではなかった。スウェーデン人スパイ、ヴェンネルストルムが捕まったとき、私はホーカンから電話を受けた。いまでもはっきり憶えている。一九六三年六月のことだ。当時私は潜水艦の副艦長で、我々は太平洋に向かっていた。ホーカンは空軍大佐のヴェンネルストルムがソ連側に情報を流していたことに腹を立ててはいなかった。それどころか喜んでいたよ。ようやくこれでスウェーデン国民は現実に何が起きているかがわかる、と。当時ソ連はスウェーデンの国防軍が構築したものすべてを把握《はあく》していた。裏切り者はあらゆるところにいた。NATOに加盟することだけがスウェーデンがソ連から身を守る手段だ、とホーカンは思っていたのだ。さっき君はホーカンが繰り返し取りあげた話題はなかったかと訊いたね。政治だよ。我々は常に政治の話をしていた。とくに政治家たちが常に軍事体制を縮小するせいで、ソ連側とバランスをとるのがいかに難しいか話していた。いや、むしろはっきり言って、我々は政治的な話題でないことを話したことはなかったと思う」

「もしそうなら、彼の最終的な結論はなんだったのですか？　これだ、というような、歓喜に震えるような結論に到達したのですか？」

「いいや、私の思い出せるかぎり、そんなことはなかった。しかし我々の付き合いは五十年近くになるからね。中にはすっかり忘れてしまったこともある」

「出会いはどういうものだったんです？」

「ごたぶんに漏れず、偶然だよ。大事な出会いというものはすべて偶然の賜物《たまもの》だからね」

アトキンスがホーカン・フォン＝エンケと初めて会ったときのことを話し始めたとき、雨が降りだした。この男はあの窓のない部屋で話をした彼の友人と比べて、じつに雄弁だった。だがそれは言語のせいかもしれない、とヴァランダーは思った。英語はスウェーデン語よりももっと多くを雄弁に物語るような気がするのだ。

「まもなく五十年になる。正確に言えば一九六一年の八月のことだ。一生の友にめぐり合うとは考えられないような場所だった。私は当時陸軍大佐だった父とソ連の支配下にあったベルリンを見るためにヨーロッパへ行った。ベルリン。そこは狭い、周囲から切り離された砦《とりで》だった。

ハンブルクからパンナムの飛行機に乗ったのを憶えている。乗客はほぼ全員が軍人で、民間人はほとんどいなかった。二、三人の牧師を除けば、だが。到着してみると、ベルリンには緊張がみなぎっていたが、戦車と戦車が向かい合って発砲寸前という状態まではいっていなかった。ある晩、フリードリッヒシュトラーセの近くで、父と私は群衆の中にいた。我々の向かい側で東ドイツの兵隊たちが有刺鉄線を張り巡らせていて、煉瓦《れんが》とセメントで壁を作っているところだった。私の隣には私と同年輩の制服を着た青年が立っていた。どこから来たのかと訊くと、スウェーデンと答えた。それがホーカンだった。私たちはそのようにして出会った。そして、そこに立って、まさにベルリンが半分に分断される様を見ていた。世界が真っ二つに割られるのを。東ドイツの指導者ウルブリヒトは、それは自由を守り社会主義の国の末長い繁栄の礎《いしずえ》を築くために必要な措置だと言った。だが、ベルリンの壁が作られたその日、我々は年老いた女性が号泣している場面に遭遇した。貧しい身なりで、顔に大きな傷跡があり、髪の毛に隠された片方の耳はもしかするとプラスティックか何かの偽耳だったかもしれない。あとでホーカンと私はそう言い合ったが、二人とも確信はなかった。だが、そのとき二人とも決して忘れられない光景として心に刻んだのは、目と鼻の先で石壁を築いていた兵隊たちに向けて胸も裂けんばかりの表情で片方の腕を伸ばし指差していたその姿だった。ボロボロの衣服をまとった老女は十字架に釘付けにされていたわけではない。ただ片手を伸ばし、その手は兵隊たちではなく私たちに向けられていたのだ。いま思うに、その瞬間、私たちは二人とも自由世界を守るのは私たちの任務だと、どの国であれこれ以上牢獄のような壁の中に囲われることのないように体を張って守るのは自分たちの使命だと確信したのだ。そして私は配属されていた海軍基地グロトンに戻り、ホーカンはスウェーデン行きの列車に乗った。これがいままで続いている友情の始まりだ。ホーカンはそのとき二十八歳、私は二十七歳だった。四十七年の長い付き合いになる」

「ホーカンはアメリカにあなたを訪ねたことがあるのですか？」

「もちろん。しばしば訪ねてくれた。十五回、いや、もっとかもしれない」

ヴァランダーは驚いた。ホーカン・フォン＝エンケがアメリカへアトキンスを訪れたとしても一、二回だろうと思っていたのだ。リンダが何かそのようなことを言ったのだろうか？　とにかくそうではなかったことをいま彼は知った。

「それじゃ、彼は三年に一度ぐらいアメリカに行っていたわけですね？」

「そう。ホーカンはアメリカが大好きだったからね」

「それで、行くと長く滞在したんですか？」

「そう。三週間はいたね。ルイースもいつもいっしょだった。ルイースと私の妻は気があってね。二人が訪ねてくるのを私たちは本当に楽しみにしていたものだ」

「息子のハンスがコペンハーゲンに住んでいること、知ってますね？」

「ああ。彼には今晩会うことになっている」

「ハンスが私の娘のリンダといっしょに暮らしていることも？」

「もちろん知っている。だが、彼女とは次の機会に会うつもりだ。ハンスは仕事が忙しいらしい。今晩十時過ぎにホテルに来てくれることになっている。明日の朝、私はストックホルムへ飛ぶ予定だ。ルイースに会うことになっている」

雨が止んだ。スツールップ空港への着陸態勢に入っている航空機が屋根の上を低く飛んでいる。窓ガラスがカタカタ揺れる音がした。

「何が起きたとあなたは思いますか?」ヴァランダーが改めて訊いた。「あなたは私よりもホーカンのことをご存じでしょう?」

「わからない。答えるのがためらわれる。私は通常躊躇《ちゅうちょ》することがない人間なのだが。ホーカンが自分から姿を消すとは。妻にも息子にも何も言わずに、しかもいま、孫が生まれたばかりのときに、どのような心配事や苦しみがあったとしても、考えられないからだ。白い旗を掲げるしかない。そんなことはしたくないのだが」

アトキンスはコーヒーを飲み干すと立ち上がった。コペンハーゲンに帰る時間だった。ヴァランダーはマルメ経由でコペンハーゲンへ運転する道を簡単に説明した。玄関まで出たとき、アトキンスはポケットから小さな石を取り出してヴァランダーに渡した。

「プレゼントだ。昔、先住民が一族の伝統を話すのを聞いたことがある。キオワ部族だったと思う。困難に遭遇したら、重い石を身につけよというのだ。そして解決するまでその重い石といっしょに暮らし、解決したらそれを地面に戻す。問題解決で軽くなった心と同じく身も軽くなるというわけだ。この石をポケットに入れておくのだ。ホーカンの身に何が起きたのかがはっきりするまで」

アトキンスを外で見送りながら、取り立てて特徴のない灰色の石だとヴァランダーは思った。そういえば、ホーカンのアパートメントの机の上にも石が置かれていたとぼんやりと思い出した。アトキンスが話してくれたホーカンとの出会いについて想像した。一九六一年の夏？　自分が十三歳のときだ。何も覚えがない。唯一憶えているのは体が大人になりかかっていて、ただただ想像上の、ときには実在の女性のことを夢想していたことだけだ。

ヴァランダーは一九六〇年代に少年から大人になった世代に属する。だが彼自身はまったく政治的な運動には関心がなかった。マルメでデモに参加したこともなく、ベトナム戦争のことなどもよくわからなかったし、存在さえも知らない遠いアジアの国々の解放などにも興味がなかった。リンダはよく言う。パパは本当に何も知らない人間だと。政治は、社会の秩序を守る警察を動かす、高所にある力、というくらいしか考えたことがなかった。確かに選挙には行くし、投票もしてきた。だがいつも最後まで迷う。父親はいつも社会民主党を確信的に支持してきた。そしてヴァランダーもたいていはその党に投票してはきたが、迷いなく、というわけではなかった。

アトキンスと会って彼は不安になった。記憶の中にベルリンの壁を探したが、見つけられなかった。自分は本当に外の世界の大きなできごとにほとんど影響を受けない、それほど閉鎖的な人生を送ってきたのだろうか？　人生において、自分は何に腹を立ててきたのだろう？　もちろん、虐待を受けた子どもたちの写真には怒りを感じてきたが、個人として行動するほどのことはなかった。自分には忙しい仕事がある、というのがいつも言い訳だったと彼は思う。自分は犯罪を犯す人間を捕まえ、そのような人間を取り締まるということによって人助けをし、社会に参加してきた。だが、それ以上のことは？　彼は目の前の、まだタネも蒔かれていない広大な畑を見渡した。そこに答えはなかった。

その晩、ヴァランダーは机の整理をした。その後、前年の誕生日にリンダからもらったジグソーパズルのピースをすべて机の上にふるい落とした。モチーフはドガの踊り子の絵だ。ピースの色分けをし、左の下の部分からピースをはめ合わせ始めた。

ホーカン・フォン＝エンケの行方を考え続けた。が、本当に考えていたのは自分自身の運命だった。

彼は自分の中に存在しないベルリンの壁を追い求めていた。

10

六月初めのある午後のこと、ヴァランダーは名前に聞き覚えはあるがどうしてもはっきり思い出せない老人から電話を受けた。しかし、どこの、どの関係の人かが思い出せなかった。あとでわかったことだが、それはおかしくはなかった。ヴァランダーはその老人に十年以上会っていなかったし、それもほんの二、三回立ち話をした程度だったからだ。

最後に会ったのは父親の葬式のときだった。老人の名前はシグフリード・ダールベリと言い、父親の近所に住んでいて、ときどき雪かきをしたり庭の枯葉を集めたりして父を手伝ってくれていた。その礼として、父は毎年一回、絵を老人にプレゼントした。ヴァランダーは何度か父親に、隣人は同じ絵を十年以上も毎年もらって迷惑しているのではないかと言ったが、父はムッとした顔をし、聞こえないふりをした。父親が死んで家も売られてからは、ヴァランダーはダールベリ家とはまったく付き合いがなかった。だがいまその老人が電話で用件を伝えてきた。妻のアイナが、ヴァランダーは一度しか会ったことがなかったが、あまり長くないのだという。がんの末期で、治療手段はなく、アイナは運命を受け入れていると老人は語った。

「しかし、妻はあんたに会いたがっているんだ。あんたに何か言い残したいことがあるらしい。何のことだかわしは知らんが」

ヴァランダーは迷ったが、何を言い残したいのか好奇心が湧き、車を走らせて会いに行った。場所はハンメンフーグの介護施設だった。受付にいた介護士は、ヴァランダーの顔を見ると、小学校のときリンダと隣のクラスだったと言って微笑み、アイナ・ダールベリの部屋まで案内してくれた。世間から切り離された静けさの中で、歩行器に摑まって歩いている人たちや、じっと座って壁を見つめている人たちを見てヴァランダーは気が沈んだ。歳をとることへの恐怖は弱まるどころか、年々強くなってきていた。恐怖はまるで見えないうちにいつのまにか音もなく人を締め付け持ち上げてしまう、制御不能のレバーのようなもの。新聞を読めば、そしてテレビを観れば、老人への虐待が増えていることが報道されている。たいていは個人経営の老人ホームでだが、そこではまともに仕事ができる介護要員が極端に切り詰められているのだ。

介護士は一室の前で足を止めた。

「あまりよくないのです。でも警察官は様々な状態の人に接する職業ですよよね？」

その瞬間、ヴァランダーは来なければよかったと思った。アイナ・ダールベリはその部屋に一人横たわっていた。骨と皮ばかりに痩せ、口を開け、そのぬめぬめと光る目はヴァランダーを見つめている。恐怖の表情のように彼には感じられた。父の最期のときと同じように尿の臭いが漂っていた。イェートルードが席を外し、彼が父と一人で向き合ったときのことを思い出した。ヴァランダーはベッドに近づき、アイナの手を取った。見覚えはまったくなかったが、どこかに一度だけ会ったときの面影があるような気がした。だが彼女の方はすぐに彼だとわかった様子で、まるで時間がないように急いで話しだした。実際時間はあまりなかったのだが。

ヴァランダーは言葉を捉えようと体を乗り出した。アイナの口から吐き出されたのは言葉というよりも荒い息だった。何度か繰り返してもらってようやく聞き取れた。当惑しながらも、彼はお元気ですかと訊いた。そんな言葉をこの状態で言うことの場違いさを思ったが、すでに遅かった。最後にもう一度彼女の手に触れて、ヴァランダーは部屋を出た。

廊下に出ると、女性が一人植木鉢の葉を丁寧《ていねい》に撫でていた。ヴァランダーは走るようにしてその場を去った。施設の外に出て初めて、彼はアイナ・ダールベリから聞いた言葉を考えた。

お父さんはあんたをとても愛していたよ。

なぜ彼女は自分を呼び出してまでこの言葉を伝えたかったのだろう？　答えは一つしかない。アイナは隣人の息子がそれを知らないと思っていたのだろう。そして、いま死に瀕して、彼女はそれをしっかり伝えたいと思ったのだ。

ヴァランダーはイースタまで戻り、車を小型ボート専用の港に停めた。桟橋の突端のベンチまで行って、腰を下ろした。そこは何か問題に遭遇したときに彼がやってくる神聖な場所だった。聖職者のいない懺悔《ざんげ》の場所と言ってもいい。何か問題を抱え、ゆっくり一人で考えたいときに彼は必ずそこにやってくる。この春は気温が上がらず、よく雨が降り、風も強かったが、いまやっと夏の高気圧がスウェーデンにもやってきた。上着を脱いで顔を太陽に向けた。が、そのとたん、すぐに目を開けた。アイナ・ダールベリの顔が彼のまぶたと太陽の間にあった。

お父さんはあんたをとても愛していたよ。

自分は父に愛されているのだろうかと思うことがよくあったのを思い出した。息子が警察官になったことは父には決して受容できないことだった。だが父とおれの人生はそれがすべてではなかったはず。モナは父のことを毛嫌いしていた。父を訪ねるときは決していっしょには来ず、いつも自分はリンダと二人でルーデルップの父の家を訪ねていった。父親はリンダに対してはいつも優しかった。自分も姉のクリスティーナも子どものときに一度もそんなふうには扱われなかったと思ったものだ。

父親はいつものらりくらりとしてつかまえどころがなかった、とヴァランダーは思った。おれもそんなふうになっているのだろうか？

自分と同じくらいの年齢と見える男が小さな漁船の縁に座って網の手入れをしていた。集中して網をかがりながら鼻歌を歌っている。ヴァランダーはその男を眺めながら、この瞬間、彼と立場を交換したいものだと思った。このベンチからあのボートへ、警察署からきれいに手入れされているあの小舟に移りたい。

父。自分にとって父親はずっと理解できない存在だった。自分もリンダにとって謎だろうか？　孫は自分についてなんと言うだろう？　おれはこれから家にこもり、知っている人も少なく、訪ねてくる者もいない灰色の無口な老警察官になるのか？　おれの恐れはそれだ、とヴァランダーは思った。そして、恐れて当然だと思った。おれは友人を大事にしなかったし、他の人間たちと付き合うのを喜びもしてこなかった。

とにかくもう遅すぎる。近しかった人間はすでに亡くなってしまった。先輩警察官のリードベリも競馬馬の訓練場を営んでいたステン・ヴィデーンも。人が死んでも付き合いは終わるわけじゃない、灰になってからも会話は続くものだと言う人々もいるが、ヴァランダーは一度もそんなことをしたことがなかった。死んだ人々の顔はほとんど思い出せなかったし、声も聞こえなかった。

重い気持ちでベンチから立ち上がった。署に戻らなければ。フェリーボートでの暴力事件は解決した。だがヴァランダーは犯人の単独行為という点に疑問を持っていた。被害者の顔の形が変わるほどの暴力を振るったのは一人ではない、二人ではないかという気がしてならなかった。一人は有罪、もう一人は嫌疑が晴れて無罪ということになったが、その結論でよかったのか。ヴァランダーは自信がなかった。

港の避難所から署に戻ったのは午後の三時過ぎだった。机の上にイッテルベリから電話があったというメモが残されていた。急ぎの用事、と添え書きがあった。警察での仕事で急ぎでないものなど一つもない。急ぎでない用事の電話連絡など受けたことがない。そう思って、ヴァランダーはまずマッツソン署長から意見をくれと頼まれた警察組織委員会から来た覚え書《プレメモリア》に目を通した。それはスウェーデンの地方警察の行動計画に関するものだった。今後週末に街頭の警備を強める、都市部だけでなく地方でも、とあった。ヴァランダーは全部に目を通したが、ややこしい官僚言葉に苛立ち、また、何のためにこんな措置が必要なのかと疑問を感じた。しかしそうは書かず、当たり障りのないコメントを書いて覚え書を封筒に入れ、家に帰る前に署長の郵便受けに入れておこうと思った。

その後、イッテルベリに電話をかけた。

「電話をくれたそうだが？」

「彼女も消えてしまった」

「彼女？　誰のことだ？」

「ルイースだ。ルイース・フォン＝エンケ。彼女もまたいなくなったんだ」

ヴァランダーは耳を疑った。もう一度言ってくれと頼んだ。

「ルイース・フォン＝エンケが失踪した」

「どういうことだ？　何が起きた？」

電話の向こうで紙をめくる音がした。イッテルベリがメモの中から要点を読み上げた。

「ここ数年、フォン＝エンケ夫妻はブルガリア出身の家政婦を雇っている。滞在許可証を持っている海外からの労働者だ。名前は首都名と同じ、ソフィア。月水金と、週に三回午前中フォン＝エンケ家で働いている。今週の月曜日、ソフィアはいつもどおり働いた。何の異状もなかったという。信頼できる女性という印象だ。話がはっきりしていて、事実をそのまま言っているように見える。また驚くほど上手にスウェーデン語を話す。それもなぜだか知らないがストックホルムの南区独特の訛りで。どこで覚えたんだろうな。今週の月曜日の一時、彼女がフォン＝エンケ家を出るとき、ルイースはそれじゃまた水曜日に、と言った。水曜日いつもどおり午前九時に行くと、ルイースはいなかった。だが、ルイースがその時間に外出していることはよくあったので、ソフィアはおかしいとは思わなかった。だが今日金曜日、彼女は何かがおかしいと感じた。そしてルイースは水曜日から家にいなかったのだと確信した。ソフィアが水曜日の午後一時にフォン＝エンケ家を出てから、家の中のものは何も動かされていない。いままでルイースは一度もソフィアに何も言わずにこんなに長い間留守をしたことはなかった。だが書き置きなどは一切なく、ただがらんとした人のいないアパートメントだけが残されていた。ソフィアはコペンハーゲンにいるフォン＝エンケ家の息子のハンスに電話をかけた。ハンスは最後に母親と話したのは日曜日、つまり五日前だと言ったという。そしてハンス自身がこっちに電話をかけてきた。ついでだが、ハンスの職業、何だかあんたはわかるか？　おれは聞いたがなんだかよくわからなかった」

「金融関係だ」ヴァランダーが言った。「金を扱う商売だよ」

「ふーん。なんとも魅力的な仕事のようだな」イッテルベリが奥歯に物が挟まったような言い方をした。それからまた話に戻った。

「ハンスがソフィアの電話番号を教えてくれたので、我々は彼女を呼び出し、フォン＝エンケ家のアパートメントの中をいっしょに歩いてもらった。ソフィアはクローゼットの中身まで驚くほど詳細に知っていた。そしておれがこういう場合にもっとも聞きたくないことを言った。それが何か、あんたはわかるか？」

「ああ。何もなくなっていない、ということ」

「そのとおり。ハンドバッグも、服も、財布も、パスポートも。パスポートはいつもルイースがしまっておく引き出しの中にちゃんとあった」

「携帯電話は？」

「キッチンで充電されていた。それを見たとき、これはとんでもないことになったとおれは初めて悟ったんだ」

ヴァランダーは振り返って考えた。いままで一度もホーカン・フォン＝エンケの失踪に続いてもう一人、人が姿を消すとは考えたこともなかった。

「いや、まったく不可解だな。何か納得のいく説明ができるものだろうか？」

「わからない。ルイースの親しい友人たちにも電話をして訊いてみたのだが、誰一人彼女と日曜日以降に話をした人間はいない。日曜日にルイースと話をした友人は、ノルウェーのフィヨルドにあるホテルのことを聞かれたと言っている。友人が一度そこに泊まったことがあるのをルイースは知っていて、話を聞きたいと言って電話してきたのだそうだ。その友人カタリーナ・リンデンによれば、ルイースはいつもと変わらなかったという。その会話のあと、ルイースと話をした者はいない。我々はホーカン・フォン＝エンケ失踪事件を扱っている班に担当者を増やして妻のルイースの失踪の捜査も任せようと思う。あんたにはそのことを伝えたかっただけだ。正直言って、あんたはどう思うか聞きたいと思ってね」

「最初に頭に浮かんだのは、ルイースは夫の居場所を知っていて、そこへ行ったということだ。だが、そうだとすると、パスポートも携帯電話も持たないで行ったというのが変なんだ」

「ああ。おれも最初は同じことを考えた。だが、わからない。どういうことだろう？」

「何かはっきりした答えがあるのだろうか？　道で倒れたとか、具合が悪くなったとか？」

「病院はすぐにチェックした。ソフィアの話では、それに関してはまったく疑う必要もないと思うが、ルイースは常に上着のポケットにIDカードを持ち歩いていたそうだ。家の中にルイースのIDカードはなかったから、出て行くときに彼女がそれを持っていったことは疑いない」

ヴァランダーは、なぜルイースは週三回働きに来る家政婦がいることを自分に話さなかったのだろうかと思った。ハンスからも聞いていない。だが、それは大したことではないのかもしれない。上流階級は家政婦の話などしないのかもしれない。

イッテルベリは今後の進捗状況を知らせると約束した。電話を切ろうとしたとき、ヴァランダーはアトキンスがストックホルムでイッテルベリに会う予定だったことを思い出した。

「アトキンスが何か知っているというのか?」イッテルベリが怪訝《けげん》そうな声で言った。

その言い方に、イッテルベリはアトキンスがフォン＝エンケ夫妻とごく親しい間柄だったということを知らないのかもしれないとヴァランダーは思った。それともアトキンスはイッテルベリには自分に言ったのとは違うことを話したのだろうか。

「カリフォルニアの時間はいま何時だろう？　夜中だったら電話して起こすこともないだろうから」イッテルベリが言った。

「スウェーデンとアメリカ東海岸との時差は六時間だ。西海岸のカリフォルニアとの時差は知らない。だが、それを調べた上であとでおれが電話する」とヴァランダーは言った。

「そうしてくれ。電話代はこっちが払うから、面倒でも電話局経由で電話してくれ」

「おれの電話が使える。電話代が払えないからと言って潰れるほど警察の経済状態は悪くないさ。まだそこまではダメじゃないはずだ」

電話局に電話して、西海岸との時差は九時間であることがわかった。サンディエゴは朝の六時。電話をするには早すぎる。ヴァランダーは二時間ほど待つことにした。代わりにリンダに電話をかけた。彼女はすでにコペンハーゲンにいるハンスから話を聞いていた。

「こっちに来てよ。クラーラは乳母車で眠っているから」

「クラーラ?」

リンダは笑い声で言った。

「ええ。昨日の晩決めたのよ。この子、クラーラという名前になったの。もう私たちはそう呼んでるわ」

「おれの母親の名前だ。お前のおばあちゃんの」

「おばあちゃんにはわたし、一度も会っていないの。生まれる前に亡くなったから。だから、おばあちゃんの名前をもらったというより、美しい名前だと思ったからよ。私たちそれぞれのファミリーネームとも合うから。クラーラ・ヴァランダー、クラーラ・フォン＝エンケ」

「どっちの苗字を採るんだ?」

「さし当たり、ヴァランダー。大きくなってから自分で選べばいいと思って。こっちに来ない? 急ごしらえの洗礼式に」

「冗談じゃない。お前たちはその子を洗礼させるつもりか?」

リンダは答えなかった。洗礼は微妙な問題だ。ヴァランダーはそれ以上追求するのをやめた。

十五分後、ヴァランダーはリンダとハンスの家の前に車をつけた。庭が色とりどりの花で美しかった。ヴァランダーはまったく手入れしていない自分の庭のことを思った。イースタの街の中に住んでいたころは、田舎に家を構えたら庭の土の上を這い回って、かぐわしい花の香りを満喫しながら草取りをするのだと思っていたことを思い出した。

クラーラは梨の木の木陰で乳母車の中で眠っていた。ヴァランダーは透けて見える薄布の下の赤ん坊の顔を覗き込んだ。

「クラーラという名前は美しいとおれも思う。どうして見つけたんだ?」

「新聞で見つけたの。クラーラという名前の女性がウステルスンドのビッグバンドで活躍しているって。それを読んで二人ともこれだ、と思ったのよ」

庭を歩きながら父娘は話をした。ルイースの失踪はまったく青天の霹靂《へきれき》だった。なかんずく驚いたのはハンスだった。前兆はまったくなかった。ルイースが密かに身を隠すことを企んでいたと思わせる気配は皆無だったという。

「これもまた何者かが仕組んだことだと考えることはできないか? ホーカンが自ら姿を消したのではなく、何者かに連れ去られたと考えたら」

「二人ともを消し去ろうとした者の仕業? 動機は? 何のためにそんなことをするの?」

「まさにそれこそが焦点なんだ」満開のバラの茂みを見ながらヴァランダーが言った。「あの二人は誰も知らない秘密を共有していたのだろうか?」

父と娘は沈黙しゆっくり歩き続けた。リンダはいまの父の問いの答えを探した。

「人って、相手のこと、何も知らないのよね」と、家の正面に戻り、乳母車をそっと覆っている薄布の中を覗き込みながら、ようやくリンダは言った。

　クラーラは上掛けの端《はし》をしっかり握って眠っていた。

「ある意味、わたしはあの二人のこと、この小さな子ほども知らないのかもしれない」と乳母車の中を覗き込みながらリンダは言った。

「ルイースとホーカンはお前にとって謎の多い人たちだったのか？」

「全然。その反対よ！　二人ともいつもオープンで率直だったわ」

「人によってはそれが芝居ということもあり得る」ヴァランダーが静かに言った。「オープンで率直に見えるということは、二人がお前に見られたくない面を隠すための外面だったとも考えられる」

　庭でコーヒーを飲んでから、アトキンスに電話をかける時間を待った。そのまま警察署に戻り、自室の電話からアトキンスの番号を打った。四回ベルが鳴ってから、アトキンスが応えた。まるで司令を受けるときのような緊張した低い声だった。ヴァランダーは用件を話した。アトキンスはしばらく何も言わなかった。回線が切れたのかとヴァランダーが疑い始めたとき、アトキンスの声が響いた。高揚した甲高い声に変わっていた。

「あり得ない！」

「そうです。それでもルイースは月曜日あるいは火曜日から姿が見えない」

　アトキンスは興奮しているようだった。激しい息遣いが聞こえた。ルイースと最後に話したのはいつか、とヴァランダーは訊いた。少し考える間があってから答えが来た。

「先週の金曜日。スウェーデンの午後、こちらの朝だ」

「どちらが電話をしたのですか?」

「ルイースだ」

ヴァランダーは眉間にしわを寄せた。意外な答えだった。

「彼女から? 用件は?」

「妻の誕生日を祝っての電話だった。妻も私も正直驚いた。うちは誕生日を祝う習慣がないから」

「それ以外にも何か理由があったのでは?」

「妻も私も、彼女が寂しそうだと感じた。誰かと話したかったのかもしれない。それもまたよくわかるが」

「思い返してみて下さい。ルイースは話の中で何か失踪と結びつくようなことを言ってはいなかったですか?」

ヴァランダーは自分のもどかしい英語に苛立った。だがアトキンスは意味を汲み取ってくれたようだった。一呼吸してから答えが来た。

「何もなかった。ルイースはいつもどおりだった」

「しかし、何かあったでしょう」とヴァランダーは食い下がった。「まずホーカンが、そしていまルイースが失踪したのですから」

「まるで十人のインディアンの歌のようだ」アトキンスが言った。「一人ひとりいなくなるんだ。いま二人がいなくなった。これで家族が半分になったわけだ。残りはあと二人だ」

ヴァランダーは驚いた。聞き間違いか？

「残りは一人でしょう？」と彼は静かに訂正した。「リンダを数えているのでなければ」

「姉妹《シスター》を忘れちゃいけない」アトキンスが言った。

「シスター？　ハンスにシスターがいる？」

「もちろん。シグネという名前の。発音が正しいかどうか知らないが。スペルを言おうか？　両親といっしょに住んではいない。理由は知らない。他人の生活をとやかくいうのは好まないものでね。私自身は一度も彼女に会ったことはない。だが、ホーカンから娘がいることは聞いている」

驚きのあまり、ヴァランダーはあいさつもそこそこに電話を切った。警察の自室の窓の前に立ち、ウォータータワーを眺めた。シグネという名前の姉妹《シスター》がいる？　なぜいままでそのことを誰も言わなかったのだ？

その晩ヴァランダーはキッチンのテーブルに向かい、フォン＝エンケが失踪してから自分が書いたメモのすべてに目を通した。どこにもフォン＝エンケ家に娘がいることを暗示する言葉はなかった。シグネはいない。まるで初めから存在していなかったかのようだ。

第二部　水面下のできごと

11

ヴァランダーは腹を立てた。それで、ふだんのやり方をとらず、すぐに行動に出た。おれは二人の人間が姿を消し、一人の人間が突然出現した家族に弄ばれているのだと感じた。上流階級の人間どもがよくやるごまかし、表面の繕《つくろ》いに巻き込まれた、彼らの世界の、外の人間にはまったく関係のない、彼らが必死になって隠していた家族の秘密とやらに付き合わされているのだと感じた。

アトキンスと電話で話したあと、家に帰り、ベッドに横たわって、もう一度新たな怒りをもって、ホーカン・フォン＝エンケの七十五歳の誕生祝いからいままで、何が起きたか、どんな話を聞いたかをつぶさに頭の中で検証した。その後ヴァランダーはようやく重い眠りについた。そして目が覚めるとすぐに、朝の七時という時間もかまわず、娘のリンダに電話をかけた。本当はハンスと話したかったのだが、その日にかぎってハンスは六時に家を出ていた。

「こんなに早く出かけるなんて、どんな仕事なんだ？」ヴァランダーは苛立った。「どこの銀行も開いてないだろう、株の売り買いだってまだ始まっていないだろうし」

「地球の裏側の日本やニュージーランドは別よ。経済というものは眠らないんだって。アジアで株の大きな売り買いがあったらしいわ。こんな時間に出かけることもよくあるの。でも、こんな時間に電話を受けることはめったにないわ。わたしに怒らないでよ。いったい何があったというの？」

「シグネのことを聞きたい」ヴァランダーがズバリ言った。

「誰？」

「ハンスの姉妹《シスター》だよ」

受話器からリンダの息遣いが響いた。一つ一つの吸う息、吐く息が驚きを伝えていた。

「ハンスには姉さんも妹もいないけど？」

「確かか？」

リンダは父親をよく知っている。それですぐにこれは冗談ではないとわかった。悪い冗談を言うために朝の七時に電話をかけてくるような人ではない。

そばでクラーラがぐずり始めた声が聞こえた。

「こっちに来てくれない？　クラーラが起きたわ。朝はこの子、機嫌が悪いの。これ、隔世遺伝かしら？」

一時間後、ヴァランダーはリンダの家の前の砂利道に車を停めた。クラーラは授乳後で機嫌がよくなっていた。リンダも着替えていた。ヴァランダーはリンダが子どもを産んでからだいぶ経っているのにまだ顔色が悪いこと、元気がないことが少し心配だったが、そのことはもちろん口には出さなかった。娘は自分に似ている。人にとやかく言われるのが嫌いなのだ。

キッチンテーブルに向かって腰を下ろすと、テーブルクロスに目が留まった。それは子どものころ、家にあったものだ。その後は父のルーデルップの家で使われ、そしていまリンダの家にある。子どものとき、彼はよくこのクロスの赤い縁かがりを指で追っていったものだ。

「何が言いたかったの？　説明してくれる？」リンダが切り出した。「繰り返して言うけど、ハンスは一人っ子で、男のきょうだいも女のきょうだいもいないわ」

「ああ、お前の言葉に嘘はないだろう。お前はハンスの姉妹《シスター》のことは知らない。それはいままでおれも同じだった」

ヴァランダーはアトキンスからハンスには姉妹《シスター》がいると聞いたことを伝えた。シグネという名前まで教えてくれた、と。おそらくアトキンスがそのことを漏らしたのはまったく偶然だったに違いない。会話の方向によっては、シグネの存在を口にすることはなかっただろう。リンダは父親の話を黙って聞いていたが、その目は次第に大きく開かれた。

「姉妹《シスター》がいるなんてこと、ハンスから一度も聞いたことがないわ」ヴァランダーの話が終わると、リンダはゆっくり、静かに言った。「これ、まったくあり得ないと思う」

ヴァランダーは電話を指差して言った。

「ハンスに電話をして訊いたらいい。なぜ姉妹《シスター》がいることを話してくれなかったのかと」

「その人、ハンスの姉なの、それとも妹？」

ヴァランダーは考えた。アトキンスはシスターがいるとだけ言った。年上なのか、年下なのかは言わなかった。それでもなんとなく、年上、つまり姉ではないかという気がした。その女の子がハンスよりあとに生まれた子だったら、ここまで隠し通すことはできなかったのではあるまいか。

「いまは電話したくない。彼が帰ってきたときに話すわ」

「いや、いま話すんだ。警察は二人の行方不明者を捜している。いいかい、これはもはや個人的な範疇《はんちゅう》のことじゃない。警察の扱う事件なんだ。お前が電話しないというのなら、おれがするまでだ」

「そう。それじゃそうして」リンダが言った。

ヴァランダーはリンダの言う番号をそのまま押し、コペンハーゲンに電話をかけた。通信音がクラシック音楽に変わった。リンダが受話器に耳を寄せて言った。

「ハンスの直通電話のお待たせミュージックなの。この音楽選んだのはわたしだから。以前はひどいアメリカン・カントリーミュージックが流れてたのよ。ビリー・レイ・サイラスとかいう男の。その音楽が流れているかぎり、わたしは電話しないからと言って脅して変えさせたのよ。もうじき応えるわよ」

リンダが最後の言葉を言い終わらないうちにハンスの声が聞こえた。忙しそうな声だった。走ってきたように息切れしていた。アジアの株式市場で何が起きたというのか、とヴァランダーは胸の内で呟いた。

った。「生まれつきハンディキャップのある女の子で、ホーカンの言葉によれば、かなり重度の障がいだそうだ。その子には生まれたときから特別のケアが必要だったため、家で世話をすることは初めからできなかった。その子についてはその後一度も聞いたことがない。彼らの気持ちを慮って、僕も尋ねたことがないんだ」

「その子の名前はシグネという？」

「そのとおり」

「いつごろ生まれたか、わかりますか？」

ノルドランダーは少し考えた。

「たぶんハンスより十歳は上だろうな。ホーカンもルイースもかなりショックを受けたので、また子どもがほしいと思うまでに相当時間がかかったらしい」

「ということは、シグネは少なくとも四十歳以上ということになる。いまどこにいるかわかりますか？　どこか、施設に入っているとか？」

「何かのときに、ふとマリエフレードにいるとホーカンが呟いたことがある。マリエフレードの郊外と言ったかな。施設の名前は知らないが」

ヴァランダーは急いで電話を切った。急がなければならないという気がした。これは自分の仕事ではないということはわかっていたのだが。何よりもまず、このことをイッテルベリに連絡するべきなのだ。だが、好奇心の方が強かった。手垢《てあか》でボロボロの電話帳を引っ張り出し、その中にイースタ自治体の社会福祉協議会で働く知り合いの女性の名前を探した。その女性は以前警察で働いていた職員の娘で、ヴァランダーは数年前にその女性に幼児暴行事件で協力してもらったことがあった。名前はサーラ・アマンダー。電話に応えたアマンダーはまず丁寧《ていねい》に季節のあいさつなどをしてからヴァランダーの質問に答えた。

「マリエフレードの郊外に障がい者のための県営の施設はあるかな？　もしかすると一箇所ではないかもしれないが。住所と電話番号を知りたいのだが」

「もう少し情報をくれますか？　もしかすると生まれつきの脳性麻痺《まひ》であるとか？」

「うーん。身体的な障がいではないかと思う。生まれたときから人の手を借りなければならないほどの障がいと聞いている。精神的な障がいもあるかもしれない。とにかく重度の障がいで、その子自身がどれほどひどい状態かを理解できないほどだと思う」

「他の人間のことを話すときは気をつけましょう」アマンダーが言った。「重度の障がいを持っている人の中には驚くほど喜びがいっぱいの暮らしをしている人たちもいますよ。とにかく調べてみますね」

電話を切り、コーヒーを取りに行くと、廊下でクリスティーナ・マグヌソンにばったり出会った。明日の晩、彼女の家でサマー・パーティーがあることを忘れないでと言ってくれた。同僚たちが多勢来るらしい。ヴァランダーはすっかり忘れていたが、そうは言わず、もちろん参加すると答えた。部屋に戻って大きな字で明日の晩クリスティーナ・マグヌソンの家でパーティーとメモを書いて電話のそばに置いた。

二時間ほど経ってアマンダーから電話があった。二箇所、該当の施設があると言う。一つはマリエフレードの市街から少し離れたところにある私立病院でアマリエンボリィと言い、もう一つはグリップスホルム城の近くにあるニクラスゴーデンという県立の施設だった。住所と電話番号を書き、早速最初の私立病院の方から電話をかけようとしたとき、少し開いていたドアの隙間からマーティンソンが顔を覗かせた。ヴァランダーは受話器を戻して、入ってくるようにマーティンソンに合図した。マーティンソンの顔が歪んでいる。

「なんだ？　何があった？」

「ポーカーをやっていた男たちが騒ぎを起こし、一人がナイフで刺され、いま病院に運び込まれたそうです。パトカーが一台行っているはずだが、もっと人手が必要らしい」

ヴァランダーはジャケットをつかみ、マーティンソンのあとに続いた。その日は、ポーカーゲームをしていた連中が刺傷事件を起こすに至った経緯を調べることに夜までかかった。八時過ぎに署に戻り、ようやくサーラ・アマンダーからもらった番号に電話することができた。

まずアマリエンボリィに電話をかけた。親切な女性が応答した。だが、話し始めてすぐに、とんでもない間違いをしたとヴァランダーは気がついた。答えを得られるはずがない。重度の障がいのある人々の世話をしている施設が、電話での質問に答えられるはずがない。実際、そのとおりだった。名前はもちろん、そこは子どもを専門にしているのか、大人もいるのかという質問にさえ相手は答えなかった。電話口の親切な女性は懇切《こんせつ》丁寧に、質問には答えられないと言うばかりだった。お答えしたいのは山々ですが、規則ですので、と。ヴァランダーは礼を言って受話器を置き、ここでイッテルベリに電話するべきだろうと思った。だが、彼はそうしなかった。いま電話をかけて邪魔をすることはない。明日でいい、明日電話しようと思った。

　空気は暖かく、静かで、気持ちのいい晩だった。ヴァランダーは食事を外の庭で食べることにした。ユッシが足元に寝そべり、ときどきヴァランダーがこぼした食べ物を噛んでいた。家をぐるりと囲む畑には菜の花が満開だった。なぜかわからないが、父親が菜の花はラテン語でブラシッカ・ナプスというのだと昔教えてくれたことがある。そのラテン語はいまでも彼の頭に残っていた。また、何年も前に菜の花畑で少女が焼身自殺した忌まわしい記憶もよみがえった。だが、いまはそれを思い出したくなかった。夏の宵をゆっくりと楽しみたかった。人生は間違いなく暴力と耐えがたい屈辱と死に満ちているけれども、せめて今晩だけは優しい夏の宵を楽しみたいと思った。

　だがハンスの姉妹《シスター》のことが気になって仕方がなかった。なぜ誰も彼女のことを話さなかったのだろう？　もしモナと自分が生まれたときから重度の障がいをもつ子どもを授かったとしたら、どうしただろう？　想像することもできないと思った。深く考えに沈んでいたときに電話が鳴った。リンダだった。ハンスは眠っていると低い声で言った。

「とてもショックだったみたい。最悪なのはその人のことを誰にも訊けないということ。訊ける相手が二人ともいないんだもの」

「いま、調べているから、あと二、三日でわかるだろう。少なくともどこにいるかはわかると思う」

「ホーカンとルイースがどうしてこんなことをしたのか、理解できる？」

「いや。だが、そうするより他なかったのじゃないか。重度の障がいのある子はいないことにする、忘れることにするしか」

そう言ってから、ヴァランダーはいま目の前にある菜の花畑とはるか遠くの地平線のことをリンダに話した。

「あと何年かしたら、クラーラがここを走り回るんだな。楽しみだ」

「あのね、やっぱり誰か女の人をつかまえるといいんじゃない？」

「女の人はつかまえるものじゃない！」

「その気になって探さなければ、見つけられないと言いたいの。そんなふうに一人で暮らしていると、体の内から孤独に食い尽くされてしまうわ。不機嫌なヨボヨボのじいさんになるだけよ」

ヴァランダーはそのまま十時ごろまで外に座り、リンダに言われたことを考えた。しかし、その晩はそのあとまもなく眠りにつき、翌朝五時に気持ちよく目を覚ました。そして早くも六時半にイースタ署に到着した。すでにある考えが頭にあった。手帳を取り出し、夏至の日までの予定を見た。イースタにいなければならない予定は入っていない。ポーカーでケンカした男たちの件は誰か他の者が対応すればいい。レナート・マッツソン署長は朝が早い。署長の部屋に行ってドアをノックしてみると、マッツソンはすでに来ていた。ヴァランダーは翌日から三日間の休暇を申し出た。

「急なことですが、じつはちょっと個人的なことでどうしても休暇をとりたい。その代わり、夏至祭の土日は本来は休みにしていたんですが、出勤してもいい」

レナート・マッツソン署長はとくに反対せず、ヴァランダーは望みどおり三日間の休暇がとれた。部屋に戻り、インターネットでアマリエンボリィとニクラスゴーデンの場所を確かめた。施設の説明を読んでもどっちにシグネがいるのか見当がつかなかった。両方とも重度の障がいを持っている人々のための施設であるらしかった。

その晩、ヴァランダーはクリスティーナ・マグヌソンの家のパーティーに出かけた。リンダも招待されていて、九時過ぎに庭先に現れた。クラーラが寝つき、ハンスが帰宅してから出てきたのだろう。ヴァランダーはすぐにリンダのそばに行き、計画を話し、明朝早く出発するつもりだと言った。ヴァランダーが手にソーダー水入りのグラスを持っているのを見てそういうことではないかと思ったとリンダは言った。十時ごろ、ヴァランダーはパーティーを引き揚げることにし、クリスティーナは彼を見送りに表まで出てきた。それを見て、彼は急に彼女を抱きしめたくなったが、かろうじて堪《こら》えた。クリスティーナは少し酔っていたので、彼のそんな態度に気づかない様子だった。

パーティーに出かける前にあらかじめ隣人にユッシを預けておいた。帰って隣家を見ると、すでに庭は暗かった。ベッドに横たわり、目覚ましを三時にセットして数時間眠ることにした。

翌朝四時ごろ、彼は車を出し、北に向かった。朝霧が一面に立ち込めていたが、このあとはいい天気になるだろうと思った。十二時過ぎにマリエフレードに到着した。沿道のレストランで簡単な昼食をとり、少し車の中で休んだあと、アマリエンボリィに向かった。その建物は以前は校舎で、その一隅がいまは保護施設になっていた。受付で身分証明証を出して警察官であることを告げたあと、ここがシグネが入っている施設であることがわかりさえすれば、今日は引き揚げようと思った。受付にいた若い女性は不安そうな顔をし、施設の所長を呼んできた。所長はしかめ面でヴァランダーの警察官の身分証明証をしげしげと見た。

「シグネ・フォン゠エンケ」とヴァランダーは言った。「この女性がここにいるかどうか。私が知りたいのはそれだけです。この女性の両親が行方不明になったことに関連しての捜査なのです」

所長の胸に名札があった。アンナ・グスタフソンと書かれていた。

ヴァランダーの説明を聞きながら、アンナ・グスタフソンは彼をしげしげと見た。

「海軍司令官、ですか？　あなたの言ってらっしゃるのは海軍司令官のことですか？」

「ええ、そうです」と答えながらも、ヴァランダーは驚きを隠せなかった。

「新聞でその人のことを読みましたよ」

「いま私はその人の娘を探しているのです。シグネ・フォン゠エンケといいます。ここにいるでしょうか？」

アンナ・グスタフソンは首を振った。

「いいえ。ここにはその名前の人はいません。誓って言いますが、司令官の娘などという人を私どもは預かっていません」

ヴァランダーは車を走らせた。雷が鳴り響く大雨の中を走ったが、前方が見えないほどの大降りになったので、小道に入り、車を止めて雨宿りをした。雨の音がドラムのように聞こえる車の中で、今一度行方不明になった二人のことを考えた。ホーカン・フォン＝エンケは自ら姿を消したのか、誘拐されたのか、あるいは事故にあったのか。いずれにせよ、ルイースがいなくなったことは彼の行方不明とは関係ないということもあり得ると思った。それは先輩のリードベリから学んだことだった。何度も同じ事件のことで関連ある事象が発見されたとしても、それは時系列的に発見の順序で起きたこととはかぎらないということ。最後に発見されたことあるいは最後に起きたことが事件の最後とはかぎらないということだ。フォン＝エンケの机の中の乱雑さを思い出した。あれはなにか意味のあることなのか。どう考えてもわからなかった。

すべてが勝手な思い込み、想像上のできごとかもしれなかった。フォン＝エンケには何か心配事がありそうだったという自分の見方さえも、現実には何の関係もないのかもしれない。ヴァランダーはそれまで幽霊というものを何度か見たと思っていた。実際にはたいていは落ち着いて考えれば想像や空想に過ぎないものだったが。警察官という職業上、失踪した人間の捜索は何度も経験していた。たいていの場合、失踪の原因、あるいは戻ってくるかこないかは、ほぼ最初からわかるものだ。だが、いま雨が止むのを待ちながら、ヴァランダーはホーカンとルイースの場合、まったく見当もつかないと思っていた。前が見えないほど激しく雨が降っても、いずれ止むだろうと思って車の中で待つのとはまったく話が別だった。

ようやく雨が止み、ニクラスゴーデンへ向かった。その施設はヴォングシューという眺めのいい湖のほとりにあった。なだらかな傾斜面に立つ白い木造の建物で、周囲は高い針葉樹が茂り、遠くに麦畑と放牧場が見えた。車を降りて、雨が降ったあとの新鮮な空気を胸いっぱいに吸い込んだ。あたりの景色はまるで、リンハムヌで小学校に通っていたときに、クラスルームに貼られていた古いポスターのようだった。ポスターはたいてい聖書に出てくるような景色で、牧場に放たれた羊の群れがモチーフだった。それとスウェーデンの様々な畑の景色がよく似ているのだ。ニクラスゴーデンはヴァランダーの目の前にそんなポスターのように美しく現れた。一瞬そんな〝学校のポスター時代〟に引き戻されたような気がしたが、すぐにそんな記憶を追い払った。過去をノスタルジックに思うことは、これから自分が向かう老いの時代をやたらに苦しいものに、そして怖いものにするだけだと思った。

リュックサックから双眼鏡を取り出し、施設の建物群とまるで公園のような庭をぐるりと見渡した。この美しい夏の景色の中に自分はまるで陸に上がった潜望鏡のように、薄汚いプジョーに乗って浮かび上がってきたのだと思い、思わず苦笑いした。施設の周りの木陰にいくつか車椅子が見えた。双眼鏡の焦点を合わせ、そこに映る景色がぶれないように双眼鏡をしっかりつかんだ。

ふたたび車に乗ってニクラスゴーデンの主建物に向かった。スルムランド県の県庁がようこそとあいさつする案内板が見つかった。ヴァランダーはそれを横目で見ながら受付へ行き、受付ベルを押して待った。どこからかラジオの音が聞こえてきた。女性が一人、隣の部屋のドアから現れた。四十歳ほどだろうか。ヴァランダーはいきなりその美しさに目を奪われた。短くカットした黒い髪の毛、瞳は黒い。その目で優しくヴァランダーを見た。微笑んでいる。話し始めたとき、外国語の訛りがあるとすぐにわかった。おそらく中近東出身だろうとヴァランダーは見当をつけた。警察官の身分証明証を取り出し、用件を言った。女性はすぐには返事をせずに微笑み続けた。

「警察の方がいらしたのは初めてです。それもずいぶん遠くからいらしたのですね。でも、残念ながらお答えすることはできません。ここに住んでいる人にはみんなプライバシーがありますから」

「ええ、それはわかります」ヴァランダーが言った。「必要となれば、検事から許可を得てこの一つ一つの部屋、一枚一枚の書類、一人ひとりの人間を調べることができますが、そんなことはしたくないのです。あなたが首を振るか、うなずくかしてくれればいいのです。そしたら私は引き揚げます。二度と戻ってこないと約束します」

女性はしばらく考え込んだ。ヴァランダーはまだ彼女の美しさに目を奪われていた。

「質問を出してみてください。おっしゃることはわかりました」と、しまいに女性は言った。

「ここにシグネ・フォン＝エンケという女性はいますか。年齢は四十歳ほどで、出生時から重度のハンディキャップを負っている人です」

女性は一度だけうなずいた。ヴァランダーにはそれで十分だった。これでその女性が存在すること、ここにいることがわかった。これ以上の捜査はイッテルベリに知らせてからでなければならない。

女性から目を離し背を向けて歩きだそうとしたとき、もう一つ訊きたいことがあると気がついた。もしかしたら答えてくれるかもしれない。ヴァランダーは振り返って質問した。

「もう一つ、教えてほしいことがあります。シグネが一番最近訪問を受けたのはいつですか？」

女性は一瞬考えてから返事をした。今回は、うなずきではなく、言葉で答えた。

「数ヵ月前ですね。四月ごろだったと思います。正確な日にちは調べればわかります」

「是非そうしてください。助かります」

女性はさっき出てきた部屋に入っていった。数分後、手に一枚紙を持って戻ってきた。

「四月の十日でした。それが最後の訪問でした。そのあとは誰も訪ねてきていません。彼女はまったくひとりぼっちです」

ヴァランダーは考えた。四月十日。その翌日、ホーカン・フォン＝エンケが姿を消した。そしていまだに戻ってきていない。

「その日訪ねてきたのは、父親、でしょうね？」とヴァランダーは静かに言った。

女性はうなずいた。そのとおり、ということだ。

ヴァランダーはニクラスゴーデンをあとにし、ストックホルムへと向かった。グレーヴガータンのフォン＝エンケ家が入っているアパートメントの建物の前まで来ると、車を降り、リンダから預かった鍵で入り口のドアを開けた。

もう一度始めからやり直しだと感じた。始め？　いったい何の始めなのだ？

建物の中のフォン＝エンケ家のドアを開け、居間の真ん中に立ち、長いことそうしていた。

まずホーカン、そのあとルイースの失踪。いったいこれはどういうことなのか？　だが、その問いは問いのままで、答えはなかった。

アパートの中は静まり返っていた。深く沈んだ潜水艦の静けさ。そこには陸の騒ぎはまったく届かない。

12

その晩ヴァランダーは誰もいないフォン＝エンケ家の部屋に泊まった。

空気が重苦しく感じられるほど暑かったので、窓を少し開けた。風が少し入ってきた。街路からときどき人声が聞こえてきた。いつのまにか、打ち捨てられた家やアパートに入るときいつもやるように耳を澄ましていることに気がついた。リンダに義父母のアパートの鍵を貸してくれと頼んだのは、ホテル代を浮かせるためではなかった。犯罪捜査をするとき、最初の印象が常に重要であるとヴァランダーは知っていた。現場の再調査によってわかることはめったにないのだ。今回の場合、彼は何を探すか、目当てがあった。

階下の住人に怪しまれないように、靴を脱いで静かにアパートの中を歩き回った。まずホーカンの部屋、それからルイースの部屋にある二つのタンスの中を探った。居間にある大きな書棚やアパートの中にある他の小さな棚や引き出しも探ってみた。夜の十時ごろ、外に何か食べに出た時分にはすでに確信があった。ハンディキャップのある娘の痕跡は完全に消されている、と。

外に出て、ハンガリー料理のレストランに入ったつもりだったが、従業員は皆イタリア語を話していた。フォン＝エンケ家に戻り、エレベーターで三階に上がりながら、今晩はどこで寝たらいいものだろう、と思った。ホーカンの書斎にもソファがあったが、迷った末ルイースと紅茶を飲んだリビングルームのソファに横たわり、スコットランド製のタータンチェックのブランケットを掛けて休んだ。

夜中の一時ごろ、外の道路を大声で歩いている者たちの声で目を覚ました。薄暗いその部屋で突然頭がはっきり冴えた。ニクラスゴーデンに入れられている娘の形跡がまったくないなどということがあるだろうか？　写真一つ、書類一つ見つからないことに苛立った。そんなはずはない。どこかに何かあるはずだ。スウェーデン人なら必ず出生とともに市民ナンバーが与えられる。役所の書類がどこかにあるはずだ。そう思い、彼はまた家中を探し始めた。ときどき懐中電灯で暗い部屋の隅を照らした。天井の照明はつけず、いくつかある卓上ランプを最低限つけるだけにした。煌々と電気がついたら道路の向かい側のアパートの住人が不審に思うかもしれないと警戒した。だが、ホーカン・フォン＝エンケはいつも机の上や玄関近くの電気は夜中でも消さなかったことを思えば、そんな用心は不必要だったかもしれない。いや、彼は本当に灯りを消さなかったのだろうか？　もしかするとフォン＝エンケ家においては嘘と真実の間の境界線は曖昧《あいまい》だったのかもしれない？　キッチンの真ん中に立って、ヴァランダーは答えを探した。そしてまた家の中を探し続けた。彼の中の疲れを知らない探究心が目を覚ますことがある。いまはまさにそんなときだった。シグネの存在を証明するものを見つけるまで、決してあきらめないといわんばかりの勢いだった。

朝の四時、ついにそれを見つけた。書棚に、厚い美術本数冊の背後に写真のアルバムが一冊あった。写真は多くはなかったが、しっかり糊付けされていた。ほとんどは色が褪《さ》めたカラー写真だったが、中にはモノクロ写真もあった。アルバムには写真だけで、書き込みは一切なかった。姉弟がいっしょに写っている写真はなかったが、それは期待もしていなかった。シグネは最初から施設暮らしで、ハンスが生まれたときには家にいなかったからだ。存在そのものが消されているのだ。全部で五十枚の写真。ほとんどの写真にシグネは一人で写っていた。寝ている姿だ。だが、最後の写真にルイースがシグネを抱いて写っていた。その目はカメラのレンズではなく、横を向いていた。ルイースはシグネを抱いている写真を撮られたくなかったのだろうとヴァランダーは思い、気持ちが沈んだ。言いようもない悲しみがその写真から伝わってきた。ヴァランダーは首を振った。なんとも嫌な気分だった。

ふたたびリビングのソファに横になった。疲れは感じたが写真を見つけたことで気持ちは軽くなり、眠りについた。朝八時ごろ、道路でトラックが警笛を鳴らす音で驚いて目を覚ました。馬の夢を見ていた。野生の馬の一群がモスビー・ストランド海岸を走ってきて、水の中に勢いよく飛び込んでいった。この夢にはどういう意味があるのだろうとしばらく考えたが、わからなかった。夢の意味などめったに考えたことがなかった。風呂に入り、コーヒーを飲み、九時過ぎにイッテルベリに電話をかけたが、すでに会議中で話せなかった。ヴァランダーは伝言を伝え、そのあと携帯電話のメッセージ機能を使って十時半にイッテルベリと市庁舎のメラレン湖の側で会う約束を取りつけた。

ヴァランダーが約束の場所に行くと、イッテルベリが自転車でやってきた。二人は市庁舎の中のカフェに入った。

「ここで何してるんだ?」とイッテルベリ。「あんたは田舎の方が好きだと思ったが」

「ああ、そのとおり。だが、ときには止むを得ず出てくる。やらねばならないことがあってね」

ヴァランダーはシグネのことを話した。イッテルベリは言葉を挟まず、真剣な面持ちで話を聴いた。ヴァランダーは前夜、いや明け方、シグネと思われる赤ん坊の写真を見つけたことも話した。ビニール袋に入れて持ってきたそのアルバムをいまテーブルの上に置いた。イッテルベリはコーヒーカップを脇に押しやり、手を拭いて、ゆっくりとアルバムをめくった。

「この子はいま何歳だろう? 四十歳ぐらいか?」

「ああ。アトキンスの話どおりなら」

「ここには彼女が二歳か三歳以上の写真はないな」

「そうなんだ」とヴァランダー。「もう一冊アルバムがあればいいんだが。だが、きっとないだろう。その時代だけなんだ、記録があるのは。それ以降は彼女はもう存在しないことになっているんだろう」

イッテルベリは顔をしかめ、そっとアルバムをビニール袋の中に戻した。リッダルホルメンのあたりを白い客船がゆっくりと通っていった。ヴァランダーは日差しを避けて椅子を動かし日陰に座った。

「ニクラスゴーデンにもう一度行ってみようと思う。おれの娘とフォン＝エンケの息子との関係で、おれとそのシグネという娘は遠縁の関係と言えるのだ。だが、あんたの了解がほしい。

おれの行動を知っていてほしいのだ」

「その娘に会って何がわかると思う？　何を期待しているんだ？」

「わからない。だが、シグネの父親は姿を消す前日に彼女を訪ねているんだ。その日以降、彼女を訪ねてきた者は一人もいない」

イッテルベリはしばらく考えてから答えた。

「ホーカン・フォン＝エンケが失踪してからもルイースが一度もシグネを訪ねていないということはじつにおかしいと思う。あんたはどう思う？」

「わからない。だが、おれもやっぱりおかしいと思う。あんたもいっしょに来るか？」

「いや、あんたが一人で行くのがいい。おれはあんたが職務上シグネに会えるように手を打っておく」

ヴァランダーは波打ち際まで降りていき、イッテルベリが電話をしている間、メラレン湖の湖面を眺めていた。太陽が明るく澄みきった空に輝いている。もう真夏だとヴァランダーは目をつぶり、太陽の日差しを顔に受けた。イッテルベリが戻ってきて、すぐそばに立った。

「連絡しておいたよ。だが、一つだけ知っておく方がいいことがある。おれが電話口で話した女性が教えてくれたんだが、シグネ・フォン＝エンケは話さないそうだ。話したくないからではなく、話すことができないんだ。女性の話によれば、どうもシグネは生まれたときから声帯も機能しないらしい」

ヴァランダーはイッテルベリを見返した。

「声帯も、とは？」

「シグネは多臓器機能不全とでも言ったらいいのかな。いろいろな機能が不全らしいんだ」

「ニクラスゴーデンの女性、外国訛りがなかったか？」市庁舎の外に出ながらヴァランダーが訊いた。

「ああ、あったな。声がじつにきれいだった。ファティマと自己紹介していたと思う。イラクかイランあたりから来たんじゃないかな」

ニクラスゴーデンを訪問したらすぐに報告すると言って、ヴァランダーは駐車場へ向かった。ちょうど警備員が駐車代未払いで駐車している車をチェックするために回ってきたところで、払わずに停めていたヴァランダーはかろうじて免れた。一時間後、ニクラスゴーデンに着き、車を停めて受付に向かった。年配の男がいて、アルツール・シェルベリと名乗った。午後から真夜中までは彼が受付の当番だと言った。

「初めから話を聞かせてもらいたい。そもそもシグネ・フォン＝エンケにはどんな障がいがあるのか？」

「彼女のケースはじつに深刻です」とアルツール・シェルベリは言った。「生まれたとき、この子は長くは生きられないだろうと誰もが思ったそうです。だが、人によっては誰も予測できないような生命力があるものです」

「いや、もっとはっきり言ってほしい。どんな障がいなのですか？」

アルツール・シェルベリはためらった。ヴァランダーが真実を聞くことに耐えられるか怪しむように、いや、真実を聞くに値する人間であるかどうか、値踏みするようにヴァランダーを見た。ヴァランダーは苛立った。

「どうなんです？　話を続けてください」ヴァランダーが促《うなが》した。

「彼女には両腕がありません。声帯が壊れていて声が出せない。また生まれたときから脳に障がいがある。背骨が発達異常です。そのためにほとんど動けないのです」

「ということは？」

「首と頭は少しだけ動かせる。例えば瞬きすることはできる」

これが例えばクラーラだったらどうだろうとヴァランダーは想像した。例えばリンダがクラーラの状態がこうであると説明しているのだったら？　自分はどう反応しただろう？　ホーカンとルイースが遭遇したことを自分だったらどう受け止めただろう？　ヴァランダーは自分がそんな立場に置かれたらどうするか、考えることができなかった。

「彼女はどのくらいここにいるのですか？」

「生まれてからの数年間は、リーディングウーにある重度障がい者のための施設にいました。ですがそこは一九七二年に閉鎖されたのです」

ここでヴァランダーが手を上げた。

「正確な話を聞きたい。この女の子について私は名前以上のことは何も知らないと思ってください」

「それじゃまず、シグネを〝女の子〟と呼ぶのをやめることから始めましょう。彼女は四十一歳ですから。誕生日がいつかわかりますか？」

「私がそんなこと知るはずもない」

「今日なんです。いつもなら父親がやってきて午後中いっぱい彼女といっしょに過ごすのですが、いまは誰も来ない」

シェルベリはシグネ・フォン＝エンケが訪問者もなく、誕生日を一人で過ごすことになったことを悲しんでいるように見えた。ヴァランダーは彼の気持ちがわかるような気がした。

一つ、どうしても訊かなければならない重要なことがあった。が、それはあとに回すことにした。ヴァランダーはポケットからよれよれの手帳を取り出した。

「彼女の誕生日は六月十日なんですね？　一九六七年ですか？」

「ええ、そのとおりです」

「彼女が両親の家に行ったことは？」

「記録によれば産院からまっすぐにリーディングウーにあったニーハガヘンメットという施設に送られたらしい。施設の増築計画が持ち上がると、近隣住人が土地価格が下がると騒いだ。どんな経緯があったのか知りませんが、とにかく計画は中止された。それだけでなく施設そのものが閉鎖されたということです」

「その後シグネはどこへ？」

「あっちこっちにたらい回しにされたらしい。一時期ゴットランド島のヘムセ郊外にもいたらしい。ここに来たのは二十九年前で、それからはずっとここです」

ヴァランダーはメモをとった。両腕のないクラーラが何度もしつこく頭に浮かんできた。

「いまの状態について話してください。身体的な状態についてはわかりました。意識の方はどうですか？　どの程度話が理解できるんですか？　何かわかるのでしょうか？」

「それが我々にもよくわからないのです。最低限の反応しかありませんし、それも体の動きで表すだけで、慣れていない者にはまったく理解できないのです。我々の目に彼女は長い人生経験を持った赤ん坊のように映ります」

「考えは？　彼女が何を考えているかはわかりますか？」

「いや、わかりません。しかし、もしかすると、彼女は自分がどんなに大変な障がいを持っているのか、それさえわかっていないかもしれない。痛いとかどうしていいかわからないとかいうような反応を示したこともないんです。もし本当に自分の障がいのことがわかってないとしたら、それは幸福なことかもしれないとも言えます」

ヴァランダーはうなずいた。この男の話はわかる、きっとそうなのだろうと思った。それから、もっとも重要な質問をした。

「父親が会いに来ていたらしいですね。どのくらいの頻度で？」

「少なくとも一ヵ月に一度。ときにはそれより頻繁《ひんぱん》に。来れば必ずゆっくりしていました。たいてい二時間以上はいましたね」

「シグネに会って、何をしていました？　二人は話ができなかったんですよね？」

「話ができなかったのはシグネだけで、父親は会いに来るといつも部屋で彼女に話しかけていました。じつに感動的でしたよ。なんでも話してましたね。日々のこと、自分の周りのこと、世界のこと。大人に対する話し方でした。決して疲れることなく熱心に話していました」

「海に出ていたときはどうしていたんでしょう？　父親は長い間潜水艦の艦長とか、海軍の役職についている人間でしたが？」

「当分来られないとシグネに必ず言っていましたよ。一生懸命説明していましたね」

「そういうときは、代わりに誰か来たのですか？　母親とか？」

シェルベリの返事はすぐに来た。声の調子が硬かった。

「母親は一度もここに来たことがありません。私は一九九四年からここで働いていますが、母親は一度も自分の娘に会いに来たことがない。訪ねてきたのはいつも父親一人でした」

「ルイースは一度も娘に会いにきたことがないというのですか？」

「はい、一度も」

「それは、はっきり言って、普通ではないのでは？」

シェルベリは肩をすくめた。

「いや、そうは言えませんね。中には障がいのある人を見るのに耐えられないという人間もいますから」

ヴァランダーは手帳をポケットにしまった。この走り書きの文字はあとで読めるだろうかと自分でも疑いながら。

「シグネに会いたい。もし彼女が不安がらなければ、の話ですが」

「言い忘れましたが、彼女はほとんど目が見えないのです。一面の灰色の中でぼんやりと動くもの、それが彼女にとっての人間というものだと、少なくとも医者たちはそう見ています」

「ええ、それじゃ父親が来れば声でわかったんですね」

「ええ、おそらく体の動きからそう判断したのだと思います」

ヴァランダーは立ち上がった。が、シェルベリは動かなかった。

「本当に彼女に会いたいんですか？」

「ええ、会いたいです」とヴァランダーは答えた。

それは本当ではなかった。本当に見たいのは彼女の部屋だった。

二人は事務室のガラスの仕切りドアの外に出た。ドアは背中で音もなく閉まった。廊下に出るとシェルベリは廊下の突き当たりの部屋のドアを開けた。部屋の中は明るく、プラスティック製のマットが床に敷かれ、椅子が数脚、本箱が一つ、そしてベッドがあり、シグネ・フォン＝エンケが体を丸くして横たわっていた。

「ここからは一人にさせてもらえませんか？」ヴァランダーが言った。「外で待っていてください」

シェルベリがいなくなると、ヴァランダーは素早く部屋の中を見渡した。目が見えない、その上意識もない人間の部屋になぜ本箱があるのだろう。一歩ベッドに近づき、シグネを見た。金髪のショートカット。弟のハンスに顔の造りは似ている。目は開いているが、瞳が動かない。呼吸は不規則で、まるで息をすること自体が苦痛であるかのようだ。ヴァランダーは喉が詰まった。なぜこんな苦痛を与えられ続けなければならないのか？　そのままシグネを凝視し続けたが、彼女の方はまったく気づかないようだった。時間が止まっているようだ。いま自分は不思議な美術館にいるような気がする、とヴァランダーは思った。壁に塗り込まれた人間を見ているような気分だった。塔の壁に塗り込められた少女、か？

窓のそばに椅子が一脚あった。おそらくホーカンは面会に来たときこれに座ったのだろう。ヴァランダーは本箱の前まで行って、しゃがみこんだ。童話や絵本があった。シグネ・フォン＝エンケは赤ん坊のときのまま、発育が止まっているのだろう。ヴァランダーは本棚の中の本を一つ一つ手にとって見ていった。本の中や本棚の奥に隠されているものがないかどうか調べた。

ババールのシリーズ本の一冊の中に、探しているものを見つけた。今回は写真のアルバムではなかった。もっとも初めからそう思ってはいなかったが。と言っても、はっきりと何を探しているか、わかっていたわけではなかった。だが、グレーヴガータンのアパートから何かが持ち出されていると彼は確信があった。何者かがあのアパートの中から何かを持ち出したのだ。あるいは、ホーカン・フォン＝エンケ自身が持ち出したか。もしそうだとしたら、ホーカンはそれをどこに隠したか？　この部屋以外には考えられなかった。案の定、リンダがまだ小さいときにヴァランダーが読んであげたババールのシリーズ本の中に大きなバインダーがあった。その中に黒色の硬い表紙のホルダーがあり、二本の太いゴムバンドでしっかり束ねられていた。その場で開けてみたかったが、やめて上着を脱いで大きなバインダーを包んだ。そばでシグネが大きく目を開けたままあらぬ方向を見ていた。微動だにしない。

ヴァランダーはドアを開けた。シェルベリは廊下で鉢植えの乾いた土をいじっていた。

「なんとも悲しいことですね」ヴァランダーが言った。「彼女を見るだけでどうしていいかわからなくなる」

二人は受付に戻った。

「何年か前に美術学校の女子学生がここにやってきたんですよ。なんでも彼女の兄弟がここに入っているとかで。もう亡くなってしまいましたが。少しでも手伝いたいから、ここの患者たちの絵を描いてもいいかと訊きました。私はすぐに賛成したのですが、理事会は患者のプライバシーの問題があると言って、断ったのです」

「個々の患者たちは、亡くなったらどうなるのですか？」

「たいていの入居者には家族がいます。しかし、中には家族がいない人もいて、そういう場合は施設で働く私たちが葬式を行います。できるだけ多くの従業員が葬式に参加するようにしますが、ここで働いている人の数は少ないのです。患者さんたちとはたいてい家族のような親しい関係になるのですよ」

施設を出ると、マリエフレードの町まで行き、ピッツェリアで簡単な食事をした。街路にテーブルが出されていて、食後ヴァランダーはそこに座ってコーヒーを注文した。雷雲が遠くに見えた。小さなデパートの前で男が一人アコーディオンを弾いていた。音がまったくデタラメだった。ストリート・ミュージシャンなどではなく物乞いだなと思った。これ以上聞くに堪えないところでヴァランダーはコーヒーを飲み干して立ち上がり、ストックホルムへ車を走らせた。グレーヴガータンのフォン＝エンケ家のアパートメントに入ったとき、電話が鳴りだした。人けのないアパートの中にベルの音が響いた。留守番電話に切り替わったが、相手の声は聞こえなかった。ヴァランダーはそれまでに録音されている留守電を再生した。歯医者と仕立て屋からのメッセージ。歯医者はキャンセルがあったので、ご希望の日に予約を入れるとのこと。これはいつのメッセージだろう？　ヴァランダーは歯医者の名前を書き控えた。シュルディン。仕立て屋は「スーツができあがりました」とだけ言った。名前も日にちも言わなかった。

突然雨が降りだした。かなり強い雨だった。ヴァランダーは窓際に立ち、通りを見下ろした。自分を外から無理やり押し入った人間のように感じてならなかった。だが、ルイースとホーカン・フォン＝エンケの失踪は、ヴァランダーにとって大切な人間たちに関係する重大なことだった。だからこそいま自分はここにいるのだ。

およそ一時間ほどで、雨は小降りになった。首都に降ったその夏一番の大雨だったらしい。地下室に雨水が浸水したり、電線が切れて交通信号がつかなかったりしたが、ヴァランダーはもちろんその時点ではそんなことは知らなかった。彼はホーカン・フォン＝エンケが娘の部屋に隠したと思われるバインダーの中身を見るのに夢中だった。バインダーは少し見ただけで様々なメモや印刷物などがごちゃごちゃに綴《と》じられている寄せ集めだとわかった。ホーカンが書いたと思われる短い俳句、一九八二年秋に書かれたスウェーデン国防軍最高司令官の日記の一部のコピー、ホーカン自身が考えついた警句《アフォリズム》、新聞の切り抜き写真、描きかけの水彩画。

これはある種の日記といってもいいのかもしれない。ヴァランダーはその奇妙な綴じ込みを眉をしかめながら見ていった。これがホーカン・フォン＝エンケの手によって作られたものとはまったく信じられないという思いでページをめくっていった。一度急いで全体を見ると、今度は一枚一枚ゆっくり見ていった。バインダーの中のホルダーをすべて見終わると、背中を伸ばした。これはいったいなんなのか。全部に目を通してもまったくわからなかった。

外に食事に出かけた。激しい雨はすっかりおさまっていた。空っぽのアパートに戻ったのは夜の九時だった。

彼はもう一度いくつもある黒いホルダーを引き寄せて、ゆっくり中身を見ていった。すでに三度目だった。

目に見えないものを探すのだ。書かれていない文章を行間から読み取るのだ。あるに違いなかった。彼は確信していた。

13

朝三時、ヴァランダーはソファから立ち上がり、窓辺に立った。また雨が降り始めていた。昼間から濡れていた路面に追い打ちをかけるように小雨が降っている。これで何度目かわからなかったが、彼はまたユーシュホルムで開かれたホーカン・フォン＝エンケの誕生パーティーで、フォン＝エンケ自身が潜水艦の話をしたことを思い出していた。あのパーティーのときにはすでに黒いホルダーはシグネのバルバールの本の間に隠されていたに違いないのだ。あそこはフォン＝エンケにとって金庫よりも安全な場所だったに違いない。彼がそう確信する根拠は、バインダーの中に綴《と》じられていた書き物の一部に日付が記されていたからだった。最後の日付は彼の七十五歳の誕生パーティーの前日だった。そのあと、少なくとももう一日、姿を消す一日前に彼は娘を訪ねているが、そのときは日付をどこにも書き記していない。

ホルダーの中の日記風の書き物の中に、これ以上は前に進めない。だが十分に行けるところまで行った。という文章があった。それが最後の文章だった。それ以外にも、おそらく日が経ってから書かれたと思われる一語があった。ペンの色も違っていた。沼地。それだけ。一語だけだ。

おそらくこれは彼が最後に書いた言葉だろうとヴァランダーは思ったが、確信はなかった。

それに、これを読んだときはその言葉が重要だという印象は持たなかった。他にバインダーの中に綴じられていた多くの言葉や物が、筆者についてたくさんのことを語っていたからである。

中でもスウェーデン国防軍最高司令官だったレナート・ユングの軍事日誌のコピーは特別だった。とくに興味深かったのは軍事日誌そのものではなく、フォン＝エンケが余白に書き込んだコメントだった。赤色のインクで、ときに線で消され、あるいは言葉を加えて訂正され、別の機会に、ことによっては最初の書き込みがあってから数年ののちに、新たに書き加えられていた。行間に斧や火かき棒を持った悪魔などの小さなイタズラ絵が書き込まれているところもあった。一箇所に縮小したホーシュフィヤルデン湾の海図が貼り付けられていた。どの船のためであろうか、いくつかの航路に赤いペンでところどころに印がつけられていたが、それらは上から斜めの線で消され、別の航路が示されていた。その海図にはまた数個の発射された爆雷や魚雷の進路、ソナーコンタクトも記されていた。それらはヴァランダーの疲れてきた目には意味不明な塊に見えることもあった。そういうときはキッチンへ行って冷たい水で顔を洗い、また作業に戻った。

ときにフォン＝エンケは字を強く書きつけたらしく、ところどころ紙にペン先で破れた穴が空いていた。書き込まれたメモはヴァランダーが会ったフォン＝エンケからは考えられない激しい気性を示していた。かつての潜水艦の艦長はまるで悪魔に取り憑かれたか、頭がおかしくなったかのようだった。窓のない小部屋でヴァランダーを相手に静かに話したあのフォン＝エンケとはまったく別人としか思えなかった。

ヴァランダーはそのまま窓辺に立って、外を通る若い男たちの下卑た叫び声を聞いていた。ああいう声を出す者は、今晩の相手が見つからなかった男たちだろうと思った。仕方がなく一人で家に帰る者たちだ。四十年前、おれもよくそうしたものだ。

ヴァランダーはフォン＝エンケがレナート・ユングの軍事日誌から抜粋したものを精読した。よくよく読み込んだので、今や紙を見ないでも内容が言えるほどだった。一九八〇年九月二十四日水曜日。その日スウェーデン国防軍最高司令官レナート・ユングはストックホルム郊外の防空連隊本部を訪れた。莫大な予算が割り当てられているにもかかわらず、依然として士官の数が足りないことが心配であると記している。この件《くだり》にはフォン＝エンケは一言も書き込みをしていない。そのページの一番下の段落から赤いペンで激しい書き込みがある。まるで紙に剣が縦横無尽に斬りつけたように見える。「スウェーデン領の海域に侵入した潜水艦は新たに今日また活動した。先週、明らかにスウェーデン海域の中、ウートウー島の近辺で潜水艦が一艦発見された。そのときその潜水艦は他の部分もつけたまま水上の位置にいたと目撃されている。調査でこの潜水艦はミスキー級のものであるということが判明している」。

ここでフォン＝エンケの書き込みがごちゃごちゃになり読めなくなる。ヴァランダーはフォン＝エンケの机から拡大鏡を持ってきて、なんとか読むことができた。フォン＝エンケは〝他の部分もつけたまま〟の他とは何か、と疑問符をつけていた。潜望鏡のことか、それとも潜水艦のタワーのことか？　どれほどの時間潜水艦は水上にいたのだろうか？　この潜水艦を見たのは誰か？　潜水艦の航路はどの方向からきてどの方向に向かったのか？　フォン＝エンケは最高司令官の記載がこの決定的な部分で貧弱であることに腹を立てていた。〝ミスキー級〟という言葉に関して、フォン゠エンケはこう書いている。NATOとウィスキー。つまり実際の潜水艦に西欧側がつけた仇名だ。次に赤ペンで最下段の行に下線を引いていた。この時点で爆雷とクナップ弾とが発せられ、警告シグナルは出されていた。潜水艦は無理に水上に浮上する必要はなかったのだ。その後スウェーデン領海から外海に出たものと思われる。ここまで読んでヴァランダーはクナップ弾とはどういうものかと思ったが、それを説明するものは自分の知識の中にもいま読んでいる目の前の日誌にもなかった。紙の余白部分に新たな書きつけがあった。潜水艦を海面に浮上させるのに警告発砲はしない。実際の発砲だったはずだ。なぜその潜水艦を逃げさせたのか？

日誌は九月二十八日まで続いた。その日ユングはユーゴスラヴィア訪問から帰ったばかりの海軍司令官と面談していた。それにはホーカン・フォン゠エンケは関心がないらしく、メモも悪魔の絵も感嘆符も書き込まれていない。だが同じページの下の方にユングは海軍の情報部の発言に不満を漏らしていた。責任者を叱責するように海軍司令官に命じていた。その文章のそばに赤ペンでフォン゠エンケの字で他の失敗案件の方を先に取り上げるべきとあった。ウートウー島近辺に現れた潜水艦。それに関しては、ユーシュホルムのあのパーティーで聞いていた。あそこで始まったのだとホーカン・フォン゠エンケは言っていた。だがヴァランダーは話のどの部分でこの言葉が発せられたのか、はっきり憶えていなかった。

ユングの軍事日誌からの他の部分の抜粋はもっと長文だった。始まりは一九八二年の十月五日、終わりは同年の十月十五日だった。あれはまさに盛大なる晩餐会とでも呼ぶにふさわしい騒ぎようだった、とヴァランダーは思った。スウェーデンはあのとき世界の中心になっていた。スウェーデン海軍とヘリコプターが潜水艦を、いや、潜水艦かもしれないものを、いや、潜水艦ではないかもしれないものを全力で探すのを全世界が注目していたのだ。その最中、スウェーデンは政権交代が行われた。スウェーデン国防軍最高司令官レナート・ユングはそれまでの首相と新しい首相の両方に情報を出さなければならなかった。それまでの首相トルビュルン・フェルディンはいつのまにか自分は退く身であることを忘れたらしく、オーロフ・パルメは自分は何も知らされていない、いったいホーシュフィヤルデン湾で何が起きているのか、自分は誰からも情報を得ていないと怒りまくった。最高司令官レナート・ユングは寝る暇もなかった。いがみ合う新旧内閣の間を行ったり来たりして説明に大わらわだった。その上、内閣の外にいる穏健党にも事の次第を説明しなければならなかった。穏健党のアーデルソンはなぜ潜水艦を水面に上がらせないのか、そのわけを説明せよと迫る。ホーカン・フォン＝エンケは、〝皮肉なことにここに自分と同じ意見の人間がいる〟とコメントを書き入れていた。

ヴァランダーはくしゃくしゃの手帳を取り出し、バインダーの中に書かれている登場人物の名前と時を書くことにした。なぜそうしようと思ったのか、自分でもわからなかったが、次第に厳しく苦々しいものになっていくフォン＝エンケのごちゃごちゃの書き込みを少しでも理解しようと思ったのかもしれない。

もしかすると、フォン＝エンケは実際に起きたことと並行してもう一つの物語を描きたかったのかもしれない。フォン＝エンケは歴史を書き換えようとしていたのかもしれない。彼はもしかすると、精神病院で四十年間ある古典を熟読し、しまいに、あまりにも悲劇的だという理由で結末を書き直したというあの有名な頭のおかしな男と同じなのかもしれない。フォン＝エンケはこうなるはずだったということを書いているのではないか。そしてそうなるはずだったのに、なぜそうはならなかったのかと問いたかったのかもしれない。

その日誌のコピーとフォン＝エンケの書き込みを読むことに没頭しながら、ヴァランダーはシャツを脱ぎ半分裸の姿でソファに座り、ひょっとしてホーカン・フォン＝エンケは偏執症だったのではないかと思い始めた。だが、すぐにその考えを否定した。欄外の白紙部分への書き込みは確かに怒りに満ちてはいたが、その考えは明白だったし、論理的だった。少なくともヴァランダーにはそう見えた。

ユング最高司令官の文章の間に、突然簡単な言葉が書き込まれていた。まるで俳句のようだった。

水面下のできごと
誰も気づかない
起きたことに

水面下のできごと

潜水艦は隠れる
海面に上げようとはしない

そういうことだったのか？　すべては観客のための芝居だったのか？　あの潜水艦の正体を明らかにしたいという願望は初めからなかったのか？　だが、ホーカン・フォン＝エンケには別の、もっと重要な目的があった。潜水艦を探すこととは別に、人を探すことだった。それは太鼓の音のように何度も彼の書き込んだメモに繰り返し記されたことだった。誰が最終決断を下したのだ？　誰が最後に変更したのか？　いったい誰なのだ？

一箇所だけ、フォン＝エンケがこんなコメントを書き込んでいるところがあった。最終結論を下したのは誰か、単数か、複数かを知るためには、なぜあんな結論を下したのかその理由を知らなければならない。これを書いたとき、フォン＝エンケは怒ってはいなかった。苛立ってもいなかった。まったく冷静だった。綴じられている紙にはペン先で穴を開けた跡もなかった。

潜水艦事件に関するホーカン・フォン＝エンケの理解ははっきりしていた。最終命令が下され、それを実行するための準備が整えられた。だが突然何者かがそこに割って入り、その命令を無効にした。そして潜水艦は？　消えてしまった。フォン＝エンケは名前を挙げていない。疑わしい人物の名前を挙げていないのだ。だが、ときどきXとかYとかZとかに置き換えてメモを書いていた。名前を隠しているのだとヴァランダーは思った。そして、このバインダーをシグネのババールの本などの間に隠した。そして姿を消した。さらにいま、妻のルイースもいなくなった。

軍事日誌のコピーを読み、その中に答えを探すことにその晩のほとんどを費やした。他にも、バインダーの中にあったすべてに注意深く目を通した。そこにはホーカン・フォン＝エンケの一生涯を物語る記録が綴じ込まれていた。海軍士官の道を行くと決めたときからのものだった。写真、旅行のみやげ物、絵葉書、学校の成績、軍隊での試験、表彰。ルイースとの結婚写真、ハンスの幼少時からの写真。すべてに目を通したあと窓辺に立ち、夏の雨を眺めながら、ヴァランダーは考えた。知識は増えた。だが、よりはっきりしたとは言えない。何よりわからないのは、なぜ彼がいなくなったのかということだ。すでに数ヵ月になる。また、なぜルイースまで姿を消したのかも依然として謎のままだ。この二つの問いに対する答えは見つけられなかった。ただ、ホーカン・フォン＝エンケという人物に関しては少し知識が増えたと言える。

そう総括すると、彼はソファの上に横たわり、毛布をかけて眠りに就いた。

翌朝目が覚めると、頭が痛かった。八時になっていた。口の中が乾いていた。まるで昨夜パーティーをして酔っ払ったかのようだった。だが、目を覚ました瞬間にするべきことはわかっていた。コーヒーを飲む前に電話をかけた。ステン・ノルドランダーは最初の呼び出し音で応えた。

「ストックホルムに来ています。会えますか？」

「ちょうど出かけるところだった。木製の小型モーターボートで一回りしようかと。あと十分遅かったら、私はきっと応えなかっただろうよ。よかったらボートで一周に付き合わないか？　ゆっくり話もできる」

「ボートに乗れるような服装ではないですが」

「それは心配ない。私が持っているから。いま、どこにいる？」

「グレーヴガータンです」

「それじゃ、あと三十分で迎えに行く」

　ヴァランダーを迎えにきたステン・ノルドランダーはスウェーデン海軍のエンブレムをつけたかなりくたびれた灰色のオーバーオールを着ていた。後部座席には食べ物とコーヒーポットが入っている大きなカゴがある。ストックホルムの街を抜けると、ファーシュタに向けて走り、ノルドランダーがボートを留めている小さなマリーナに向かう小道に入った。ノルドランダーはヴァランダーが持っていた黒いバインダーが入っているビニール袋にちらりと目をやったが、何も言わなかった。この話はボートに乗ってからしよう、とヴァランダーは思った。

　桟橋に立つと、木製のモーターボートが見えた。ニスを塗ったばかりでピカピカ光っていた。「本物のペッテルソンだ」ノルドランダーが言った。「正真正銘だよ。このようなボートはもう作られていないんだ。プラスティック製のボートなら、春にボートの手入れをするときほとんど手がかからない。だが、プラスティック製のボートを人は心から愛したりしないさ。ペッテルソンのボートは花の香りがするんだ。さあ、ホーシュフィヤルデンを見せてあげよう」

　ヴァランダーは驚いた。ストックホルムの街から出たとき、彼はまったく方向感覚をなくしてしまっていた。ボートで出かけると言っても、どこか近くの湖か、メラレン湖ぐらいだろうと思っていたのだ。だがいま目の前の湾は確かにノルドランダーが海図で示すとおり、ウートウー島の方に向かって広がっていた。そしてその北側にミーシンゲンとホーシュフィヤルデン湾があり、スウェーデン海軍の聖地ムスクウー島基地がある。

ヴァランダーはステン・ノルドランダーと同じような灰色のオーバーオールを身につけ、頭には紺色のつばのある帽子をかぶった。

「うん、なかなかいいね」とノルドランダーは着替えてきたヴァランダーを見て冷やかした。

ノルドランダーのモーターボートには焼玉エンジンが設置されていた。モーターがはずみ車《フライホイール》の力でスタートしたとき、ヴァランダーはガクンと体のバランスを崩した。湾に出たら強い風が吹かないようにと本気で祈った。

ステン・ノルドランダーは片手を美しいカーブを描いている木製のハンドルに軽くかけて、フロントウィンドーの方に少しかがみこんだ。

「十ノットだ。ちょうどいい速度だよ。この速度だと海を堪能できるんだ。ただただ水平線をめがけてスピードを出すだけじゃつまんないからね。さて、話とは何かな?」

「昨日シグネに会いに行きました」ヴァランダーは言った。「ある施設に、です。シグネはベッドに体を丸くして横たわっていた。子どものように。実年齢は四十歳を超えているのでしょうが」

ノルドランダーは素早く手を上げた。

「それ以上聞きたくない。ホーカンもルイースも、もしその話を君にしたかったら、とっくに話していたはずだよ」

「わかりました。これ以上言いません」

「彼女の話をするために電話してきたのかい？　ちょっと信じられんが」

「見つけたものがあるのです。ボートが揺れなくなったら、お見せします」

ヴァランダーは何を見つけたかを話したが、内容については何も言わなかった。それはノルドランダーが自分で見ればわかることだった。

「なんだか奇妙な話だな」話を聞いてノルドランダーがポツリと言った。

「何がですか？」

「ホーカンが日記を書いていたとはね。彼はものを書くのが苦手だった。一度彼といっしょにイギリスへ旅行したことがあるんだが、彼は一度も旅先からハガキを出さなかった。何を書いたらいいのかわからないと言っていたよ。彼の航海日誌など、読めたものじゃなかった」

「中には誇らしきものまで書かれています」

「本当かね？　ちょっと信じがたいな」

「自分の目で見てください」

「なんについて書いてるんだ？」

「たいていはこれからこのボートが向かう先のことです」

「ムスクウー島について？」

「いや、ホーシュフィヤルデンです。具体的には潜水艦のことです。ホーカンは一九八〇年代の初めに起きた一連のできごとから目を背けることができなかったらしい」

ノルドランダーはウートウー島の方に向かって両手を開いた。

「あの沖合で一九八〇年代の初めに繰り広げられた潜水艦追跡劇にホーカンはまるで取り憑かれたようになっていた」

「九月、でしたね」とヴァランダー。「ＮＡＴＯがウィスキーとコードネームで呼んでいるタイプの、おそらくはソ連製の、いやもしかするとポーランド製の潜水艦でしたね」

ノルドランダーは眉を上げた。

「だいぶ読み込んだと見えるね」

ノルドランダーはヴァランダーに舵を譲り、コーヒーカップとポットを取り出した。ヴァランダーはノルドランダーが示した一点に向かってボートを進めた。沿岸警備隊の船が反対方向からやってきて、通り過ぎるときに波を立てた。ノルドランダーはコーヒータイムの間モーターを止めてボートを浮かせておいた。

「あのとき腹を立てたのはホーカンだけじゃなかった。我々はみんないったいどうなっているのだと訝《いぶか》った。ヴェンネルストルムのスパイ事件からすでに数年経ってはいたが、噂がかなりあったからね」

「噂？　どんな噂ですか？」

ステン・ノルドランダーは首を斜めに傾げてヴァランダーを見た。わかっているだろう、と言いたげな顔だった。

「スパイについて、ですか？」

「明らかにスウェーデンの領海に入り込んだ潜水艦が、我々より一歩先んじてなにもかも知っているなんてことがあるはずがなかった。彼らの行動はまるで我々がどう作戦を立てるか、我我の魚雷がどこに配置されるかを知っているかのようだった。まるで上官たちの言葉のやり取りを聞いているかのようだった。ヴェンネルストルムよりもう一ランク上のスパイがいるらしいという噂もあった。当時ノルウェーでアルネ・トレホルトという政府高官のスパイが暗躍していたことも忘れちゃいけない。また西ドイツの首相だったヴィリー・ブラントの秘書が東ドイツのスパイだったこともある。だが疑いは決して晴らされることはなかった。明らかにされることはなかったのだ。誰一人スパイとして検挙されることはなかった。だが、だからと言って、スパイはいなかったということにはならないがね」

ヴァランダーはX、Y、Zという記述があったことを思い出した。

「あなたたちが疑いをもった人もいたわけですね？」

「海軍に一人、パルメ首相自身がスパイだったと言っていた士官がいた。僕自身はナンセンスだと思ったが、もしかするとそうだったのかもしれなかった。もう一つ、我々海軍が当時批判されていたことがあった」

「批判？」

「海軍の予算が削られた。予算はロボット操縦の機器や空軍の方に割り当てられた。海軍はどんどん縮小された。当時は〝金を食う潜水艦〟とずいぶん皮肉られたものだよ。海軍がもっと優れた設備が必要だなどと言おうものならでたらめ言うなと怒られたものだ」

「あなたはどうなんです？　疑いを持ちませんでしたか？」ヴァランダーが訊いた。

「何に？」

「どこかの潜水艦が潜んでいるということに」

「一度も。あそこにソ連の潜水艦がいたことは確かだった」

ヴァランダーは持ってきたビニール袋から分厚いバインダーを取り出した。ステン・ノルドランダーがいままで一度もこれを見たことがないことは確信していた。ノルドランダーの訝しげな表情は作り物ではないと思った。ノルドランダーは手を拭くと、バインダーをそっと膝の上に置いて開いた。海面を柔らかく吹き付ける風でページが揺れていた。

ノルドランダーはゆっくりとページをめくっていった。ときどき目を上げて、ボートが向かう方向を確かめては、またバインダーに目を落とした。最後まで見終わるとヴァランダーにそれを返し、首を横に振った。

「驚いたな。いや、驚きはしなかったかもしれない。ホーカンがあのことを調べていることは知っていたからね。だが、こんなに徹底的に調べていたとは知らなかった。これをなんと呼んだらいいのかな？　日記？　個人的忘備録？」

「それをどう読むかは二とおりあると思います。一つはまずここに書かれていることをそのまま受け止める。もう一つはそもそもあのとき何が起きたのかの実録。未完成ですが」

「未完成とは？」

ノルドランダーが訊き返したのはおそらく正しい。なぜおれは未完成などと言ったのか？このバインダーはおそらくその反対なのだ。これで完成している、そして永遠に閉じられるのだ。

「きっとあなたが正しいのでしょう。ホーカンは書き上げていたのかもしれない。だが、彼はいったいこれを書いてどうするつもりだったのですかね？」

「彼が史料室に座り込んで報告書、調査報告書、書籍などつぶさに読んでいたということはずいぶん経ってからわかった。それだけじゃない。大勢の人間とこのことについて話をしている。ときには人から電話があって、いったいホーカンは何をしているんだと訊かれることもあった。本当は何が起きたのかを知りたいだけでしょうと答えたがね」

「真実を探し求める行為はよく思われなかった。少なくとも彼は私にそう言ってました」

「うーん。どうだったかな。もしかすると、しまいに彼は信用できないと思われたかもしれない。残念なことだ。というのも彼ほど正義感が強く、良心的な男は全海軍を見渡してもいなかったからね。そのような見方をされたことで、彼は深く傷ついたと思うよ。決して口には出さなかったが」

ノルドランダーはモーターの蓋を開けて中を見た。

「これはまさに美しい、鼓動する心臓なんだ」と言って、蓋を閉めた。「一度僕は二つの駆逐艦からなるハランド級駆逐艦の一方の駆逐艦スモーランドの機関室長として働いたことがある。

その機関室に入ったときの感激は忘れられないな。僕の人生で最高の経験だった。デラバルの蒸気タービンが二つあって、その出力はほとんど六万馬力もあった。最大三十五ノットで満載排水量三千五百トンもの駆逐艦を走らせたんだ。すごかったよ。生きている意味があると思ったな」

「一つ訊きたいことがある。これは大事なことです。いま見たものの中に、ここにあるはずがない、おかしいと思うものがありましたか？」

「何か秘密のもの？」と言って、ノルドランダーは眉をしかめた。「なかったと思うが」

「驚くようなものはありましたか？」

「細かいところまでは見なかった。余白に書かれていた字は細かくてほとんど読めなかった。だが、驚くようなものはなかったと思うよ」

「これをなぜホーカンが隠していたのか、わかりますか？」

ノルドランダーはすぐに返事はせず、遠く離れたところを走行するヨットをしばらく見ていた。

「正直言って、これの何がそんなに秘密だったのか、僕にはわからない」ようやく口を開いて言った。「誰の目から隠したかったのだろう？」

ヴァランダーはハッとした。いま自分の隣に座っている男が言った言葉の何かが引っかかった。だがそれが何かはっきりしないうちにふっと消えてしまった。だが彼はいま聞いた言葉を記憶しておこうと思った。

ステン・ノルドランダーはふたたびボートをミーシンゲンとホーシュフィヤルデンに向かってフルスピードで走らせ始めた。ヴァランダーは彼の隣に座った。それから数時間、ノルドランダーはムスクウー島とホーシュフィヤルデン水域を案内してくれた。爆雷をどの辺に落としたのか、不審な潜水艦の群れが魚雷のラインを避けてどの辺から逃げおおせたのか説明した。海図を見れば、どのあたりが深いか、どのあたりに暗礁があるのかがわかった。ホーシュフィヤルデン近辺をナビゲートするにはよほどこの辺に精通した人間でなければならないことがわかる。

十分に案内したと思ったのか、ノルドランダーはオルネウー島とウートウー島の間の小さな海峡に位置する小島や礁の方にボートを向けた。その前方には大海原が広がっていた。ノルドランダーは巧みにモーターボートをごく小さな小島の入江に入れ、岸壁のそばに係留した。

「この入江を知っている者はほとんどいない」と言ってモーターを止めた。「だから僕が自由に使っているんだ。岩に飛び移って！」

ヴァランダーは舫綱《もやいづな》を手に持って岩に飛び降り、食べ物の入ったカゴとポットを受け取った。海と岩の間で揺れる海藻の匂いがした。急に子ども時代に返ったような気分になった。知らない島を探検する旅だ。

「この島の名前は？」

「島とは言えないな。岩の塊といったところだね」

そう言うと、ノルドランダーはパッと服を脱ぎ、裸で海に飛び込んだ。まもなく水面に頭が浮かんだかと思うと、また深く潜っていく。まるで潜水艦だ、とヴァランダーは思った。深い潜りと海面への浮上を繰り返す。水が冷たいかどうかなどまったく関係ないのだ。

岩の上に上がってくると、ノルドランダーはポットとサンドウィッチを入れてきたカゴの下から大きな赤いタオルを取り出した。

「君もやってみるといい。冷たいが気持ちいいよ」

「別の機会に。水温は何度ぐらいですかね？」

「コンパスの後ろに水温計がある。測ってみてくれないか、僕が着替えている間に」

ヴァランダーは言われたとおりに水温計を探した。すぐに小さなゴムの浮きボールをつけた水温計を見つけた。それを岩の間の水面に浮かせて温度を測った。

「十一度」と、ピクニックの用意をしているノルドランダーに伝えた。「私には冷たすぎる。冬も泳ぐんですか？」

「いや、泳いだことはないが、泳いでみようと思っているんだ。あと十分で食事の用意ができる。それまでその辺の岩場を歩いてきたらいい。もしかすると沈没したソ連の潜水艦から投げ込まれた瓶入りの手紙が見つかるかもしれないよ」

ヴァランダーはその言葉に何か特別の意味が隠されているのだろうか、と勘ぐった。が、すぐにそんなことはないだろうと思った。ステン・ノルドランダーはそんな面倒な二重の意味などを言う人間ではなさそうだ。

突き出た岩の上に座り、はるかかなたの水平線を見て、足元に転がっている石を拾ってはカーブをつけて海に投げた。最後に水切り遊びをしたのはいつのことだろう？　ステンスフーヴドにリンダを連れて出かけたことを思い出した。まだ彼女が十代のころで、外になど出かけたくないとプリプリしていたのを憶えている。あのときに水切りをしたのが最後だ。リンダの方がよっぽどうまかった。いまはもう母親になっている。そばに男性がいて、彼女をいつも待っている。リンダにふさわしい男性だ。そうでなかったらおれはいまこの岩の上に座って彼の行方不明の両親のことなど考えてはいなかっただろう。

いつかクラーラにも水切り遊びを教えてあげよう。まるでカエルのように素早く水の上を飛ぶのをいっしょに見るのだ。

立ち上がろうとしたとき、ノルドランダーが呼ぶ声が聞こえた。ヴァランダーは平らな石を手に、いつのまにかそこに座り込んでいた。灰色の小さな、スウェーデンの平らな石。そのときふと思い出したことがあった。最初はぼんやりしたものだったが、次第にはっきりしてきた。そのまま座り続けていた彼を、ステン・ノルドランダーはもう一度大きな声で呼んだ。その声で彼は我に返り、きれいに用意されたピクニックテーブルに向かった。浮かんだ考えは頭の中にしっかりしまいこんだ。

グレーヴガータンまで送ってもらうと、ヴァランダーは急いで階段を駆け上がった。

やっぱり思ったとおりだった。ホーカン・フォン＝エンケの机の上にあった小さな灰色の石はなくなっていた。

確かだった。彼の記憶に間違いはなかった。そこにあった石は消えていた。

14

ボートでの遠出は疲れるものではあったが、いろいろと考えるヒントを与えてくれた。なぜあの平たい灰色の石がなくなったのかだけではない。ステン・ノルドランダーが発した言葉に気になるものがあった。誰の目から隠したかったのだろう？　そうなのだ。ホーカン・フォン＝エンケがあのバインダーを隠したかった理由は一つしか考えられない。すなわち、いまでも何かが続いているということなのだ。

フォン＝エンケは過去のことをほじくり返しているだけでなく、隠されて閉じ込められた真実を明るみに出そうとしていたのだ。あのときに起きたことは間違いなく現在まで生々しく繋がっているということなのだ。

ヴァランダーは身動ぎもせずにソファに座っていた。挽き臼が挽きもらしたものはなんだろう。いや、何かではなく誰か、人間に違いない。ずっと前に死んだ人間ではなく、いまでもまだ生きている人間。書き記した紙の中にヴァランダーの目には意味があるようには見えなかった人間たちの名前がずらりと書き出されていたものがあった。いや、一人だけ例外があった。海軍の高官で一九八〇年代にマスメディアによく登場していた男、名前はスヴェン＝エリック・ホーカンソン。その名前の後ろに十字架と感嘆符、そして疑問符がつけられていた。あれはどういう意味だったのだろう。書き込みは偶然によるものではない。ヴァランダーにはほんの一部しかその意味が理解できなかったが、すべて念入りに考えられたものだったに違いないのだ。

メモ帳を取り出し、名前の一覧を見た。そしてこれらの人々はあのときスウェーデン領に侵入しようとした潜水艦事件になんらかの形で関与していたのだろうか、と考えた。いや、関与ばかりではなく、疑いを持たれていた人物たちだろうか？　もしそうなら何の疑いか？

ヴァランダーはここで息を呑んだ。ようやく理解した。ホーカン・フォン＝エンケはソ連スパイを追っていたのか？　ソ連の潜水艦に十分な情報を与え、スウェーデンの追跡を煙に巻く、それればかりかスウェーデンの攻撃を意のままにコントロールすることができた人間。その人間はまだその行為を暴かれもせず、生きているのかもしれない。その人間のためにフォン＝エンケはこのバインダーを隠したのか。彼が恐れていたのはその人間だったのだろうか。あり得る。ユーシュホルムのパーティー会場の垣根の向こうにいた男が頭に浮かんだ。フォン＝エンケが嗅《い》ぎ回るのを厭《と》う人間。あの男だろうか？

ヴァランダーはフロアランプの光を厚いバインダーに向け、いま一度初めからページをめくり始めた。そしてもしかするとこれはスパイについての記載かもしれないと思われる数箇所で目を留めた。それはまた、誰かがホーカンの書斎にあったはずの書類を持ち出しているのではないかという疑いに対する答えかもしれない。つまり、書斎から重要な書類を持ち出したのは、他でもないホーカン自身である可能性がある。まるでロシアのマトリョーシカ人形のようだ。

人形の中にまた人形があり、その人形を開けるとまた人形が入っているあの入れ子の人形だ。ホーカンは書いたノートをそこに隠したばかりでなく、そのノートに何を書いたのかも外部の目から隠そうとしたのだ。覆い布をかけたというわけだ。いや、むしろ必要とあれば、外部の何者かが近づこうとしたら、いつでも発射できる魚雷を潜ませておいたのかもしれない。

ようやくソファに横たわった。が、まったく眠れなかった。そこで急に思い立って、ふたたび服を着て外に出た。若いころ、孤独に苛まれていた時期、夜中に散歩することで苦しさを解消したことがあった。マルメの町中の道でそのようにして彼が歩かなかった道は一つとしてなかったと言ってもいいほどだった。いまストックホルムの中心街で、彼は外に出るとまずストランドヴェーゲンへ向かって下り、その道に出ると左へ曲がって、ユールゴーデンに向かう橋を渡った。夏の夜は暖かく、まだ人が外に出ていた。酔っ払って声高にしゃべっている人々。その人々の間隙を縫って歩きながら、ヴァランダーは自分はこの街に属さない異邦人だと感じていた。そのままグルーナルンドの前を通り、ティーリスカ・ギャラリー美術館の入り口近くまで行くと、そこで引き返した。とくに考えに沈むこともなく、眠れないために少し散歩しただけだった。

アパートに戻ると、すぐに眠りについた。夜の散歩は明らかに功を奏した。

翌日、ヴァランダーは帰路に就いた。スコーネには夕方には着き、途中食料品を買って隣家にユッシを引き取りに行った。犬は大喜びで飛び上がり、彼のスーツはユッシの土だらけの足ですっかり汚れてしまった。食事をして数時間眠ってから、キッチンテーブルに向かい、バインダーを広げた。一番倍率の高い拡大鏡を用意した。それは中学生のころに昆虫に興味を持った彼に父親が買ってくれたものだった。それは父親からもらった数少ないプレゼントで――犬のサーガだけは例外だったが――ヴァランダーはそれを大事にしていた。いまそれを取り出し、黒いホルダーの中にある写真をよく見ようとした。今回は長い記述や印刷物の欄外にある書き込みなどは無視するつもりだった。

写真の中に一つだけ、他のものとは関係ないように見える写真があった。前に見たときには気がつかなかったが、どう見てもそれは海軍とは関係ない、民間人を撮ったもののようだった。ホルダーの中にあるものはすべて、たまたまそこにあるものではなく、意味があるに違いなかった。ホーカン・フォン＝エンケという人物は用心深い、そして決して狙ったものをあきらめない狩人だ。

その写真はモノクロで、どこか港のようなところで撮られたものだった。背景には窓のない建物があった。倉庫のように見える。写真は暗く、その一隅にトロッコが二台と魚用の箱が積み上げられている。カメラは漁船の近くに立った二人の男たちに焦点を合わせていた。漁船は旧式のトロール船だ。男たちの一人は老人で、もう一人は若者だった。おそらく六〇年代の写真だろうとヴァランダーは思った。まだウールのセーターにレザージャケット、手製のチョッキ、雨合羽の時代だ。白い船体の周囲にぐるりと黒い線が塗られているのがはっきり見える。年配の方の男の背景と足の間に船の登録番号と思われるものが少し見える。末尾の文字がGであるのは間違いなかった。最初の文字は二人の男の後ろに隠れてまったく見えない。真ん中の文字はR、あるいはTに見える。数字の方は簡単だった。１２３と読める。ヴァランダーはパソコンの前に座ると、そのトロール船がスウェーデンのどの地方で登録されたものか、登録番号から調べることにした。そしてそれはすぐにわかった。当てはまるものは一つしかなかった。文字の組み合わせはＮＲＧで、そのトロール船は西海岸のNorrköpng（ノルシュッピング）で登録されたものだった。さらに調べて沿岸警備隊と漁業組合を見つけた。電話番号を書き控えて、キッチンテーブルに戻ったとたん、電話が鳴った。リンダだった。ストックホルムから帰ってきたはずなのに、なぜ電話をしてくれないのかと不審に思っての電話だった。

「何の連絡もしてくれないなんて。行方不明になったかと心配したわ」

「おれのことなら心配しなくてよかったのに。数時間前に帰ってきたんだ。お前には明日電話するつもりだった」

「いま話してちょうだい、わたしだけでなくハンスもストックホルムでどんな発見があったのか知りたいんだから」

「ハンスは帰宅しているのか？」

「いいえ、まだ。今朝わたし怒ったのよ、彼に。あなたは全然うちにいないって。育児休暇が終わったら、わたしだって働き始めるんだから。そうしたらどうなると思うのって」

「どうなるんだ？」

「協力しなきゃやっていけないのよ。さ、ストックホルムの話、してちょうだい」

ヴァランダーはシグネに会ったことを話そうとした。金髪の、ひとりぼっちの、体を丸めて横たわっている大人の女。だが、話し始めてすぐにクラーラが泣きだしたので、リンダは電話を切らなければならなくなった。ヴァランダーは明日連絡すると言って電話を切った。

翌朝、イースタ署に行って彼が最初にしたのは、マーティンソンに会って、夏至の日に自分が当直かどうかを訊くことだった。マーティンソンに訊けばしょっちゅう変更される出勤日のスケジュールを数分以内に教えてくれる。マーティンソンは夏至のときは一番下の娘とデンマークのヨガ道場に行くつもりだと言った。

「正直言って、ヨガ道場ってところはどういうところなのか、私は知らないんですがね」とマーティンソンは心配そうに言った。「十三歳の娘がヨガにすっかり夢中なんて、まともなんだろうか?」

「うーん。他のことに比べれば、いいのかもしれないな」

「他の二人は乗馬に夢中で、その方がずっと安心できる。だが、この末っ子は上の子とはちょっと違うんですよ」

「人はみんな違うものだよ」とヴァランダーは謎めいたことを言ってマーティンソンの部屋を出た。

前の晩調べた電話番号に電話をかけた。そしてNRG一二三という船はエスキル・ルンドベリという、グリーツの南側の群島に位置するボークウーという島に住む漁業者のものであることがわかった。エスキル・ルンドベリという名の漁師に電話をかけたが留守番電話に切り替わった。ヴァランダーは急ぎの用事だというメッセージを残して電話を切った。

そのあとリンダに電話をかけて、前の晩の話を最後までした。リンダはすでにハンスに話していて、二人はできるかぎり早くシグネに会いに行くと決めていた。そう聞いて、ヴァランダーは驚きはしなかったが、その訪問がどういうものになるか二人は知っているのだろうかと思った。自分自身、何を期待していたのだろう?

「わたしたち、いつものように夏至を祝うことにしたわ。いろんなことがあって、ホーカンとルイースの二人とも行方不明である現実は変わらないけど。パパの家で夏至のパーティーをしてもいい?」

「もちろん」ヴァランダーは意気込んだ。「これは思いがけないことだ。楽しみだな」

ヴァランダーはコーヒーを買いに自動販売機に行った。珍しいことに自動販売機は壊れていなくて、すぐに買えた。そこにいた鑑識の男は、少し頭がおかしくなった女性が行方不明になったため、彼は沼地で一晩中その女性を捜して過ごしたと言う。オーバーオールのポケットから沼地のカエルを取り出してヴァランダーに見せ、妻はこれを見て気持ち悪がったと言った。

ヴァランダーは自室に戻り、未整理のまま電話番号を書きつけたノートの中からまた一つ番号を探し出した。これが、消息を絶ったフォン＝エンケ夫妻のためにかける今回最後の電話だ、これが終わったら通常の警察官の仕事に戻るのだと自分に言い聞かせながら、受話器を取った。その日の朝、彼はすでに一度ある人物の固定電話に電話をかけたのだが出なかったので、今度は携帯電話番号を探し出し、電話をかけた。すぐに反応があった。

「ハンス＝オーロフですが?」

ヴァランダーはそのか細い、小さな子どものような声ですぐに当人とわかった。数年前に仕事で知り合った若い地質学者の声だ。以前スヴァルテで発見された男の死体のポケットにあった石粉の分析を頼んだことがあり、重要な情報をもらったことがある。ハンス＝オーロフ・ウッドマルク。あのときは、迅速に、しかも正確な分析をして石粉は三つの種類の石の混合物だと教えてくれた。その結果殺害現場を特定することができ、それは死体が発見された場所とは別のところだったが、犯人を捕まえることができたのだった。

受話器から航空機の出発時間の知らせが聞こえた。

「ヴァランダーですが、いま空港ですか？」

「コペンハーゲンのカストルップ空港。チリで地質学会議に出席していま戻ったところです。どうも、私のスーツケースが紛失したようで」

「手伝ってもらいたいことがあるのです」ヴァランダーが言った。「石を見てもらいたい」

「いいですよ。ただし、明日まで待っていただきたい。長いフライトで疲れているので」

たしかこの男は、若いのに五人の子持ちだったはず、とヴァランダーは思い出した。

「子どもたちへのおみやげがスーツケースの中に入っていたんじゃないですか？」

「それもありますが、いくつか美しい石を持ち帰ったんで、それが気になって」

「住所は変わっていませんか？　以前仕事をしてもらったときの住所と。以前と同じなら今日中にこっちから石を送りますが」

「石の種類の判定をしてほしいのですね？　他には？」

「この石がアメリカのものかどうか、見てほしいのです」

「アメリカのどこの石かというだいたいの見当はついているのですか？」

「カリフォルニア州のサンディエゴ、あるいは東海岸のボストン付近かと」

「見てみましょう。だが、いささか面倒な作業になりそうだ。世界にはどれほどの石の種類があるか知ってますか？」


いや、知らないと答え、うまい具合にスーツケースが見つかるようにと言って電話を切ると、ヴァランダーはすでに始まっている捜査会議に急いだ。重要な会議だから必ず出席するようにという誰かが書いたメモが机の上にあった。会議室に入ると窓が開いていた。その日は暑くなるという予報だった。彼が一番最後の出席者だった。自分が捜査会議を仕切っていたころのことを思い出した。いまは仕切らなくて済む。だが、気持ちは複雑だった。自分が捜査責任者だったころは、その重責を担わなくても済む日を夢見ていたものだ。いま、その任務は他の人間がやっている。だが、捜査官たちを励まし、捜査遂行の作業、仕事の分担を指示することなどがなくなったのが少し寂しかった。

今日は犯罪捜査官オーヴェ・スンデが会議を取り仕切っていた。一年前にヴェクシューから転移してきた男だ。噂によれば、以前はスモーランド県にいたのだが、彼自身の面倒な離婚訴訟と事件捜査の失敗が原因で転勤を希望したということだった。もともとはヨッテボリ生まれで、ヨッテボリ方言をいつも堂々としゃべっていた。スンデは優秀な捜査官ではあったが、少し怠け者のようだった。他にも、彼にはイースタに来るなり懇意にしている女性がいて、それも自分の娘ほど歳が離れているという噂があった。ヴァランダーは自分と同年輩の男たちが二十歳も歳の離れた若い女性と付き合いたがるのには賛成できなかった。それはめったにうまくいかない。たいていは面倒な離婚沙汰になる。かと言って、彼自身がいつも独り身なのはより良い選択かといえば、それはそれでまた別の話だった。

スンデが取り仕切る捜査会議が始まった。沼地で行方不明になっている女性の件だった。女性は自分から沼地へ行ったわけではなく殺されたのではないかと思う、とスンデは言った。彼女の夫もまたマーシュヴィンスホルム付近の小さな村の彼らの家で殺されているのが見つかった。夫は数日前にイースタ署にやってきて、妻に殺されるかもしれないと言ったという。だが、対応した警察官はそれを聞き流した。というのもその男の言うことは矛盾だらけだったし、頭が混乱しているように見えたためだった。スンデ捜査官は、男の訴えをもう一度検証し、この間の事情を理解しなければならないと言った。さもなければ、マスコミが嗅ぎつけ、男の訴えを放置したと言って警察を責め立てるだろう、と。ヴァランダーはスンデの言い訳がましい説明にうんざりした。マスメディアがこの件をどのように報道するかを恐れるのは臆病としか言いようがない。間違いをしたのであれば、それを認めればいいだけの話ではないか。

それならば自分が穏やかに事実にそってしっかりと、ユーモアを失わずに話すべきだと思った。だが、何も言わなかった。向かい側に座っているマーティンソンがにっこりと笑顔でこっちを見ていた。マーティンソンはおれがいま考えていることがわかっているんだと思った。おれがいまそれを口に出して言おうと言うまいと、おれの考えは正しいと思っているに違いない。

会議のあと、一同はそのまま殺害現場へ向かった。写真を手に持ち、靴にビニール袋をかぶせて、ヴァランダーはマーティンソンと鑑識係といっしょに現場検証した。そしてそこでなぜか以前一度この家に来たことがあって、レナート・マッツソン署長からいい加減な現場報告をしたという小言を食らったことがあるような既視感に陥った。もちろん現実にはそんなことはなかった。ただ、いままで何度も現場検証をしていたので、ここに来たことがあるような気がしただけだった。数年前に十九世紀初頭の犯罪捜査について書かれた本をブックセールで買った。読み始めたときは、どうせ眉唾ものだろうと思ったが、次第にうなずく気持ちが強くなり、しまいには自分も役人たちといっしょにストックホルム郊外のヴァルムドウー島で殺害された夫婦の犯人探しに参加してもいい気分にさえなった。人間は変わらない。たいていの犯罪は、過去の犯罪の繰り返しだ。原因は金をめぐる諍い、嫉妬、もしかすると復讐もあるかもしれない。一昔前も警察、県の役人、国の役人あるいは検察官が同じような推理をしただろう。現代は捜査技術が発達してより正確になっている。だがいつの時代も自分の目で見るのが何より確実なのだ。

現場でヴァランダーははっと足を止めた。そこは夫婦の寝室だった。床とベッドの片方に血痕があった。だが、ヴァランダーの足を止めさせたのはベッドの枕の上の壁にかかっている絵だった。それは森の景色の中に描かれたオスの雷鳥の絵だった。いつのまにかマーティンソンがそばに立っていた。

「親父さんの絵、ですよね？」

ヴァランダーはうなずき、信じられないというように首を振った。

「まったく、いつもながら驚くね」

「親父さんは絶対の自信があったのでしょうね。自分の絵が人から愛されることに」とマーティンソンは考え深げに言った。

「ああ、それはそうだ。だが、芸術かと言えば、これは取るに足らないものだ」

「そんなこと、言うもんじゃないですよ」とマーティンソン。

「いや、単なる事実を言ってるだけだ。さて、凶器はどこにある？」

二人は庭に出た。ビニールに覆われた古い斧があった。血痕が持ち手の上の方までついている。

「何が動機だろう？　この夫婦はいつ結婚したのかな？」

「去年、金婚式を終えたらしいです。子どもが四人、孫が大勢いるらしい。みんな呆然としている様子です」

「金銭問題かな？」

「隣人たちの話では、夫婦とも金にはうるさく、ケチだったらしい。貯蓄がどのくらいかはまだわかりません。銀行が調べているところです。かなり溜め込んでいたんじゃないかな」

「現場から見て、かなり激しい争いがあったらしい」少し考えてからヴァランダーが言った。

「抵抗したんだろう。女性の方はどうなのか、見つければわかる」

「この沼地はさほど大きくない」マーティンソンが言った。「今日中に見つけられるだろうとみんな言ってますよ」

救いようのない、惨めな現場から署に戻った。ヴァランダーは夏の景色が黒く塗りつぶされたように感じていた。しばらくしてやっとエスキル・ルンドベリに電話をかける時間ができた。今回はエスキルの妻と思われる女性が、彼は漁に出ていると言った。背後から子どもの声が聞こえた。おそらくエスキルというのは、あのモノクロの写真の若い方の男だろうとヴァランダーは思った。

「きっと魚を釣っているんだろうね?」ヴァランダーが言った。

「他に何するって言うのよ? 一キロ半の網を張っているんだから。一日置きに、釣った魚をスーデルシュッピングへ届けるのよ」

「ウナギ、かな?」

女性はうるさそうに答えた。

「ウナギをとるつもりなら、ウナギとりの道具を持っていくわよ。でも、ここにウナギはもういないの。もうじきここには魚が一匹もいなくなるわ」

「船はまだあるのかな?」

「どの船のこと?」

「大きなトロール船のこと。NRG一二三」

女は用心深くなったようだ。疑い始めたと言ってもいいほどに。

「あれはずいぶん前に売ろうとしてたんだけど、ほしいという人がいなかった。それでもう船体が腐ってしまったわ。モーターだけは百クローナで売れたけどね。あんた、何の用事？」

「ちょっと話したいことがあって。彼は電話持っていったかな？」

「電話？　沖じゃ携帯は通じないよ。あと二時間で帰ってくるから、また電話してみたら？」

「ああ、そうする」

そう言って、ヴァランダーは、エスキルの妻がもう一度何の用事かと聞きかけたのを無視してそそくさと電話を切った。椅子の背に寄りかかって机の上に両足を上げた。これでもう今日は会議はなし、しなければならない仕事もさし当たりはない。上着をつかんで署の外に出た。念のため、駐車場を通って外に出た。最後の瞬間に誰かにつかまるのを恐れたのだ。町の中央部まで歩いた。急に足が軽くなったような気がした。自分はやっぱりまだ若い、なにもかもが終わったわけではないのだと思った。太陽と暖かさがあれば、たいていのことは我慢できる。

広場の一隅にあるレストランでランチを食べ、イースタ・アレハンダ紙を読み、夕刊紙も読んだ。そのあと広場のベンチに腰を下ろした。まだ電話をかけるまで十五分時間があった。ホーカンとルイースはどこにいるのだろう。生きているのだろうか、それとももう死んでいるのか？　二人は計画的に姿を消したんだろうか？　ソ連のスパイだったスウェーデン人ベリィリングのケースを考えた。だが真面目な海軍司令官とあの軽薄なベリィリングを比較することはできなかった。

ヴァランダーはまた、嫌々ながらも、決定的に重要と思われることを正面から見据えた。それは、ホーカンは定期的に娘のシグネを訪ねていたが、今回のように姿を消せばシグネを裏切ることになるとわかっていたのだろうか、ということだった。それを思えば、ホーカンは姿を消したのではなく、死んだと思うのが順当な結論だった。

もちろん、他にも考えられた。広場のマーケットで古いLPレコードを探っている人々をぼんやりと眺めながら、ヴァランダーは考え続けた。ホーカンは恐れていた。もしかすると、彼が恐れていた者たちに見つけられてしまったのだろうか？　答えはない。ただ問いがあるばかりだ。できるかぎり明確に、正確に問いを作るのみだ。

時間がきた。ヴァランダーは向かい側のベンチに少し酔っ払っている様子の男が腰を下ろすのを眺めながら、ふたたびボークウー島に電話をかけた。何度も呼び出し音が鳴ってから、男の声が応えた。ヴァランダーは包み隠さず、はっきり訊くことに決めていた。名前を言い、警察官であると告げた。

「ホーカン・フォン゠エンケという人物の所有する写真のことで訊きたいことがある。まず、ホーカン・フォン゠エンケを知っているか？」

「いや、知らない」

答えはすぐに、迷いなくきた。ルンドベリという男は緊張しているとわかった。

「フォン゠エンケの妻のルイースを知っているか？」

「知らない」

「いや、あんたはフォン゠エンケ夫妻を知っているはずだ。さもなければなぜフォン゠エンケがあんたとおそらくあんたの父親と思われる男がいっしょに写っている写真を持っていたのか？　そこにはＮＲＧ一二三と書かれた船も写っていた。おたくの船ではないのかね？」

「その船は一九六〇年代の初めに親父が中古のものをヨッテボリで買った。トロール船のサイズが大型に変わり、もはや木製のものは作られなくなったころ、親父はそれを安く買ったんだ。当時はイワシが大量に捕れてたから」

ヴァランダーは写真の説明をし、どこで撮られたものかと訊いた。

「フィールウッデンだろうな」ルンドベリが答えた。「当時はそこに船を舫《もや》いでいたから。船の名前はヘルガ。南ノルウェーで造られたものらしい。町の名前はツンスベリとか言ったな」

「写真を撮ったのは誰かわかるか？」

「おそらくグスタフ・ホルムクヴィストだと思う。舟作りの職人だったが、暇さえあれば写真を撮ってたから」

「あんたの親父さんはホーカン・フォン＝エンケを知っていたか？」

「親父はとっくに死んでる。だが、親父はああいう連中とは絶対に付き合わなかったよ」

「ああいう連中？」

「ああ、貴族だろう？」

「ホーカン・フォン＝エンケもまた海の男だった。あんたやあんたの親父さんと同じように」

「おれはその男を知らない。それは親父も同じだ」

「それじゃフォン＝エンケはどうやって写真を手に入れたのだろう？」

「知らない」

「直接グスタフ・ホルムクヴィストに訊く方が良さそうだな。電話番号を知っているか？」

「電話はできない。もう十五年前に死んでるからな。かみさんも逝っちまった。娘もいたが、それもまた死んじまった。一家全員死んでしまったんだ、あの家は」

それ以上は進もうにも進まなかった。エスキル・ルンドベリが嘘をついているようには思えなかった。だが、ヴァランダーは何かがおかしいと感じた。

邪魔してすまなかったと謝って電話を切り、受話器を持ったまましばらく座っていた。目の前の酔っ払い男は居眠りをしていたが、よく見ると見覚えがあった。数年前この男と他に数人の男を家宅侵入罪で捕まえたことがあった。刑務所で一定期間過ごしたあと、男はイースタから出て行った。だがまたこの町に舞い戻っていたのか。

ヴァランダーは立ち上がり、警察署の方に戻り始めた。頭の中でルンドベリとの会話を一言一句繰り返してみた。ルンドベリはまったく好奇心を示さなかった。本当に無関心だったのだろうか？　それとも、おれが何を訊くか、初めからわかっていたのだろうか？　署の自室に着くまで、頭の中で自問自答した。いや、答えはなかった。ただ問うばかりだった。だが、どの問いにも答えはなかった。

マーティンソンが顔を覗かせて、自問ゲームは終わりになった。

「例の女性、沼で見つかりましたよ」

ヴァランダーはマーティンソンの顔を見つめた。何の話かさっぱりわからなかった。

「誰のことだ？」

「だんなを斧で叩き殺した女ですよ。エヴェリーナ・アンダーソン。沼で見つかりました。これから行きますが、いっしょに来ますか？」

「ああ、行こう」

ヴァランダーは必死になって記憶を辿った。マーティンソンが何を言っているのか皆目わからなかった。

マーティンソンの車で出発した。だが、依然としてヴァランダーはどこに向かっているのか、なぜ自分がそこに行くのかその理由がわからなかった。パニックに襲われそうだった。マーティンソンがちらりと彼の顔を見た。

「気分が悪いんですか？」

「いや、大丈夫だ」

イースタの町を出たとき、初めて記憶が戻った。頭の中の黒い霧だ、あれが現れたのだとヴァランダーは思った。かっと怒りで頭に血が上った。あれが戻ってきたんだ。激しい勢いで。

「まずいな、歯医者の予約を忘れてた」ヴァランダーが言った。

「戻りますか？」

「いや、現場に着いたら、誰かに頼むからいい」

ヴァランダーは沼から引き上げられた女性の遺体を見もせずに、パトカーでイースタに戻った。警察署の前まで来ると、礼を言ってパトカーを降り、駐車場へ行って自分の車に乗った。気がつくと不快感で顔が真っ青だった。記憶の扉が閉まること。それが彼を恐れさせた。

しばらくしてから、彼は署の自分の部屋に行った。そのころには、突然頭が真っ白になり何も思い出せない状態についてかかりつけの医者に相談しなければならないと決心していた。椅子に腰を下ろしたとき、電話が鳴った。メッセージの受信を知らせる音だった。短い、正確な伝言が残されていた。「スウェーデンの石です。アメリカの石ではない。ハンス＝オーロフ」

ヴァランダーは身じろぎもせずに椅子に座っていた。このメッセージが何を意味するのか、一瞬わからなくなった。ただ、何かがおかしいということだけははっきりわかった。

一山越えたという気がした。だが、それが何を意味するのか、彼にはまったくわからなかった。

もう一つ、フォン＝エンケ夫妻がはるか遠くへ離れてしまったのか、それもわからなかった。それともゆっくり近づいているのか？

15

夏至の日の数日前、ヴァランダーは東海岸に沿って車を北に走らせた。ヴェステルヴィークを過ぎたころ、道路を横切っていたヘラジカにぶつかりそうになった。そのあとパーキングに入り、心臓の動悸が鎮まるまで孫のクラーラのことを思いながら長い時間休んだ。その沿道にかなり以前、疲れ果てたヴァランダーが裏の一室で休ませてもらったカフェがある。その後ときどきヴァランダーはそのカフェのオーナーの女性を少し切なく思い出したものだ。いま、そのカフェの前まで来ると、ヴァランダーはブレーキを踏み、店の裏の空き地に車を入れた。だが車を降りはしなかった。両手でハンドルをしっかり握りしめながら、迷っていた。結局車は降りず、そのまま北へ向かった。

もちろん彼は自分がなぜ逃げたのかわかっていた。誰か他の人間がそのカフェのコーヒーメーカーとレジのところに立っているのを恐れたのだ。それを見て、ここでも時間は容赦なく過ぎていて、もはや決して戻れないのだということを知るのが恐ろしかったのだ。

フィールウッデンの港には早くも十一時には着いた。いつもどおり、猛烈なスピードで運転してきたからだ。車を降りると、写真にあった倉庫と思われる建物が建っていた。改築され、窓がつけられてはいたが。魚を入れる箱の山はなかった。船着場にあった大きなトロール船も消えていた。桟橋近くの海辺は今やレジャーボートで溢れていた。ヴァランダーは沿岸警備隊の赤い建物のそばに車を停めると、船舶事務所で駐車料金を払い、桟橋の先端まで行った。

この小旅行はルーレットのようなものだと思った。エスキル・ルンドベリには来るということを伝えていなかった。もしあらかじめ電話をかけていたら、きっと断られたことだろう。船舶事務所のすぐ近くのベンチに座って電話をかけた。どうなるかは出たとこ勝負だと思った。もしヴァランダーが昔の騎士で、彫刻《インスクリプション》された文字付きの楯を持っていたとしたら、そこには自分のモットーとして、すべては出たとこ勝負と書かれていたはずだ。ヴァランダーはそのように生きてきた。

携帯に番号を打って、待った。

ルンドベリが電話に出た。

「ヴァランダーという者だ。数日前電話をかけたのだが」

「何の用事だ？」

驚いたとすれば、隠すのが上手だとヴァランダーは思った。ルンドベリは間違いなく、人生いつでもなんでも起きうる、いつ誰が電話してくるかわからないと常に構えている人間らしかった。それならイースタの警察官が電話してきたとしても驚きはしないだろう。

「いまフィールウッデンにいる」まっすぐにぶつけてみた。「会えるといいのだが」

「数日前電話で話した以上のことが聞けると思っているのか？」

これを聞いた瞬間、ヴァランダーはルンドベリは間違いなく数日前話した以上のことを知っていると確信した。それは警察官のカンだった。

「会って話したいのだが」

「それはおれを尋問するということか？」

「いや、とんでもない。ただあんたに会って、写真を見せたいんだ」

ルンドベリは考え込んだ。

「あと一時間でそっちに行く」と返事をした。

待っている間、ヴァランダーは小さな島々、遠くの海、水平線まで見える眺めのいいレストランで食事をした。レストランの壁にガラスの額縁に入った海図があって、それを見て、ルンドベリの住むボークウー島はここから南方に位置しているとわかった。レストランの窓から南方を見ると船が横行している。漁業に携わる人間ならきっとステン・ノルドランダーのような木製の小さなモーターボートに乗ってくるのだろうと思っていたのだが、実際にはまったく違った。エスキル・ルンドベリは後方で舵をとる合成樹脂製の大型のモーターボートでやってきた。プラスティックのバケツや網の入っているカゴなどが満載されていた。船着場にボートを寄せると、エスキル・ルンドベリはあたりを見渡した。滑りやすい船底で足がとられそうになりながら、ヴァランダーは用心深くボートに乗り込み、そこまできて二人は初めて握手を交わした。

「うちに来てもらおうと思っているんだ。ここはよそ者ばかりで、落ち着かないからな」

ヴァランダーの返事も待たずに、ルンドベリはモーターボートをバックさせてから走りだした。ヴァランダーには港から出る船にしては少し速すぎるのではないかと思うほどのスピードだった。港に止まっていたヨットに乗っていた男たちははっきりと嫌な顔をしてこっちを見ていた。エンジンの音が大きすぎてルンドベリの声が聞こえないほどだった。ヴァランダーはボートの舳先に座って大木が林立する島や岩だらけの礁の間を猛スピードで通り抜けるのを見ていた。モーターボートはレストランの海図で見たハルスウースンデットという名の洲の間を通り抜けて南へ向かった。依然として島々はボートから近い位置に固まってあった。島々の間からときどき遠くに水平線が見えた。ルンドベリはズボンを膝のところでちょん切った半ズボン、下まで折り曲げたゴム長靴、それになんとも珍しい『おれは自分のゴミは自分で燃やす』という文字が背中に大きく書かれたTシャツを着ていた。年齢はおそらく五十歳か、それより少し上か。年齢的にもあの写真の少年と思って間違いないだろう。

モーターボートはカシの木とカバの木が生い茂っているボークウー島の湾に入った。そして褐色に塗られたボートハウスの前まできてエンジンを止めた。コールタールの匂いがした。ツバメが飛び交っている。ボートハウスの外には燻製作りの大きな窯が二つあった。

「おかみさんがこの辺じゃもうウナギは捕れないと言ってたな」ヴァランダーが言った。「それほど魚は少ないのか？」

「もっとひどいさ」とルンドベリ。「もうじきここには魚という魚がいなくなる。うちのやつはそう言わなかったかね？」

水辺から百メートルほどの低地に褐色の外壁の二階建ての住宅が見えた。そこここにプラスティック製の子どもの遊び道具が散らばっていた。ルンドベリの妻のアンナは電話で話したときと同様、握手を交わしたときも距離を置いた態度だった。

家に入ると台所から魚と茹でたジャガイモの匂いが漂ってきた。ラジオから低く、ほとんど聞き取れないほどの音楽が聞こえていた。アンナ・ルンドベリはコーヒーの用意をしてから外に出て行った。亭主とは同年輩で、どこか顔も似ているように見えた。

そのとき、別の部屋から犬が一匹出てきた。きれいなコッカースパニエル種だった。ルンドベリがコーヒーを淹れている間、ヴァランダーは犬を撫でて遊んでいた。

ヴァランダーはテーブルにかけられていたビニールのクロスの上に写真を置いた。ルンドベリは胸のポケットから老眼鏡を取り出すと写真を見、すぐにヴァランダーの方に押し返した。

「これは一九六八年か六九年に撮られたものだろう。秋ではないかと思う」

「これがホーカン・フォン＝エンケの机の中にあったのだが？」

ルンドベリは鋭い目つきでヴァランダーを見返した。

「その男、おれは知らない」

「スウェーデン海軍の高官だ。司令官だった。あんたの親父さんは知ってただろうか？」

「そうだな。それはあるかもしれないが、おれは親父も知らなかったんじゃないかと思う」

「なぜ？」

「軍隊が好きじゃなかったから」

「あんたも写真に写っている」

「いや、そう言われても、答えられないな。答えたくても、だ」

ヴァランダーは質問を別方向からしかけることにした。

「あんたはこの島の生まれか?」

「ああ、そうだ。親父も同じ。おれで四代目だ」

「親父さんはいつ死んだ?」

「一九九四年だ。船の中で網を引き上げているときに発作が起きたようで、家に帰ってこなかった。おれは沿岸警備隊に連絡した。ラッセ・オーマンが見つけてくれた。船は親父を乗せたままビュルクシェールまで流されていた。親父は、もういいと思っていたと思う。死にたかったんじゃないかと思うよ」

その口調から、ヴァランダーは親子の仲はそれほどよくなかったのかもしれないという印象を受けた。

「親父さんが生きていたころ、あんたはいつもいっしょにここで暮らしていたのか?」

「いや、うまくいかなかった。肉親に使われるというのは難しいもんで、うまくいかなかったんだ。とくに親父のように、いつも自分が正しく、いつでもなんでも自分が決めるという親方じゃな。どんなに間違っていても、親父の言うとおりにしなくちゃなんなかったから」

エスキル・ルンドベリはここで大声で笑いだした。

「漁のときだけじゃなかったよ、親父が正しいと言い張るのは。ある晩テレビをいっしょに観ていたんだ。クイズ番組だった。ジブラルタルはどこの国にあるかという問題だった。親父はイタリアと言い、おれはスペインと言った。おれが正しいとわかると、親父はテレビを消してベッドに潜り込んだ。そんなやつだったよ、親父は」

「それで、あんたはここから出て行ったのかい？」

エスキル・ルンドベリは首を傾げて顔をしかめた。

「これ、重要なことか？」

「そうかもしれない」

「もう一度ちゃんと話してくれ。おれにわかるように。行方不明の人間がいるって？」

「ああ、二人。夫婦だ。フォン＝エンケという名前の。いまここにある写真はそのフォン＝エンケ家にあったものだ。男の方は海軍司令官だった」

「その夫婦はストックホルムに住んでいて、あんたはイースタに住んでいるんだろ。どういうことなんだ？」

「おれの娘がその夫婦の息子といっしょに暮らしていて、子どももいる。つまりいなくなったのは娘の義父母に当たる者たちなんだ」

エスキル・ルンドベリはうなずいた。その目から警戒心が消えたようだった。

「おれは義務教育が終わるとすぐに島を出た。本土のカルマールの近くの工場で働いた。一年ほどそこで暮らしてから島に戻ったんだが、親父とはうまくいかなかった。言われたとおりにしないと、親父はものすごい剣幕で怒った。それでおれはまた家を出た」

「また前の工場で働いたか？」

「いや、まっすぐ東へ、ゴットランド島へ行った。二十年間身を粉にして働いた。親父の具合が悪くなったんで戻ったんだが、そのころにはおれはもうアンナといっしょになっていて、子どもも二人いた。戻ったときはもう、親父はすっかり弱っていた。おふくろはとっくに死んでいたし、妹はデンマークに住んでいて、ここを継ぐことができるのは、おれたちしかいなかった。ここの土地は広いんだ。農地ばかりじゃあない、漁業も、三十六もの小島もある。数え切れないほどの礁もある」

「ということは、あんたは一九八〇年代の初めころは島にはいなかった？」

「ああ。夏の初めに二、三週間帰ってきたことはあったがね」

「もしかすると、親父さんはあんたが知らないときに海軍の士官と連絡をとっていたのかもしれないな？　あんたが知らなかっただけ、とかいうことはないかな？」

エスキル・ルンドベリは激しく首を振った。

「いや、そんなことは親父の性格から言って考えにくい。スウェーデン海軍のやつらには懸賞金をかけるべきだと言ってたからな。兵役の連中も、職業海軍軍人も、艦長たちにはとくに、な」

「なぜ？」

「演習のとき、やつらはやりすぎたんだよ。この島の反対側にも船着場があるんだが、そこに親父はトロール船をつないでいた。だが、二秋続けて海軍の船から押し寄せる大波が船着場を壊し、石棺さえも流れ出した始末だった。それなのに、海軍は弁償しなかった。それだけじゃない。海軍の連中は沖合の島の井戸の中に、残った食べ物を投げ捨てていった。それも一度や二度のことじゃない。島に住む者にとって井戸がどれほど大切なものか知っていたら、絶対にそんなことはしないだろう。だが、やつらはおかまいなしだった。他にもあった」

エスキル・ルンドベリは急に口をつぐんだ。ヴァランダーは急かさずに待った。我慢強いキツネのように。

「親父は死ぬ少し前に、一九八〇年代の初めのころだが、こう言ってた」エスキル・ルンドベリは話しだした。「そのころにはもう寝たきりになっていて、前よりは少し穏やかになってたと言えるかもしれない。まあ、自分が死んだあとはおれがここを引き継ぐことになるということもわかっていたんだと思う」

ここでルンドベリは立ち上がり、部屋を出て行った。ヴァランダーはこのぶんではやはり、何も話すつもりはないだろうと思った。まもなくルンドベリは手帳を数冊手に持って戻ってきた。

「一九八二年の親父の手帳だ。手帳には親父はいつもその日の漁と天候についてメモしてたんだが、ときに何か変わったことがあれば、それも書いていた。一九八二年の九月の十九日にそんな書き込みがあった」

ルンドベリはテーブル越しに手帳をヴァランダーに見せ、日付を指差した。そこにはキチンとした字で〝もう少しで呑み込まれるところだった〟とあった。

「これはどういう意味だろう?」

「このことなんだ、親父が死ぬ前にベッドに横たわって語り始めたのは。おれははじめ、親父の意識が混濁して、うわごとを言っているのだとばかり思っていた。というのも言うことがあまりにも細かくて、本当だとは思えなかったからなんだ。だが、それは親父のうわごとではなかった」

「初めから話してくれないか？　その年の秋のことには関心があるのだ」

エスキル・ルンドベリはコーヒーカップを脇に押しやった。話をするのに広い場所が必要であるかのように。

「そのとき親父はゴットランド島の東側で漁をしていたんだが、突然船が止まってしまった。網が何かに引っかかったように動かなくなり、船が転覆しそうになった。何が起きたのかわからなかったが、とにかく何かが網に絡まったのだと思い、すぐに警戒したという。というのも若いころ網にガス擲弾《てきだん》が引っかかった経験をしていたからだった。とにかく親父とあと二人の漁師は船をその引っかかりから解こうとした。そうしているうちに船はぐるぐる回って海底に固定していたトロール網がほどけてしまった。それで網を引き上げた。すると網の中に長さおよそ一メートルほどのスチール製のシリンダーが現れた。それは擲弾でも魚雷でもなく、どちらかといえば船舶の機械の一部のように見えた。スチール製のシリンダーはかなり重く、海の中に長い間放置されていたようには見えなかったという。親父たちはそれがなんなのかわからなかった。家に戻ると、親父はその正体を突き止めようといろいろ調べた。だが、どうしてもそれが何に使われるものなのか、わからなかった。親父はそのシリンダーのことはうっちゃっておいて、トロール網を修繕する方が先だと思った。親父は締まり屋だった。網が壊れたからといって捨てるつもりはなかった。だが、この話には続きがあるんだ」

エスキル・ルンドベリは手帳を手元に引き寄せると、九月二十七日のページを開いた。そしてさっきと同じように、またそのページをヴァランダーに見せた。『やつらは、捜している』と、そこにはこの二語のみが書かれていた。

「親父がシリンダーのことなど忘れかけていたとき、海軍の船がちょうど親父がシリンダーを引き上げたあたりに現れ始めた。親父は当時よくゴットランド島東の漁場で漁をしていた。親父はすぐにそれはいつもの海軍の演習ではないということがわかったという。海軍の船舶が数隻、おかしな動きをしていた。しばらく静止していたかと思うとゆっくり旋回する輪を縮めていったという。何分も経たないうちにそれは何のためなのか、親父にはわかった」

エスキル・ルンドベリはここで手帳を閉じ、ヴァランダーをまっすぐに見た。

「やつらは落としたものを捜しに来たんだ。そのものズバリ、間違いなかった。それ以外には考えられなかった。だが、親父はシリンダーを返すつもりはさらさらなかった。なんと言ってもそれのために網を破られたのだから。何食わぬ顔をして親父は漁を続けた」

「それで、そのあと何が起きた?」

「海軍はその秋中ずっとそこに船を浮かべ、潜水夫に捜し物をさせた。やつらは十二月までいたという。そしてようやく引き揚げた。潜水艦が一隻姿を消したという噂が立ったのはそのころだった。だが潜水夫たちが捜していたあたりは潜水艦が隠れることができるほど深くはなかった。海軍はシリンダーを見つけることはできなかったし、親父はシリンダーが何に使われるものなのか、最後までわからなかったが、壊された船着場の代償としてそれを手に入れたことで満足した。そんな親父が海軍の司令官となんらかの関係があったとは、おれには絶対に考えられない」

二人はしばらく沈黙したままそこに座っていた。犬は足で体を掻いていた。ヴァランダーはいま聞いた話とホーカン・フォン＝エンケがどう関係していたのだろうかと考えをめぐらせていた。

「それはいまもあると思う」ルンドベリがぼそりと言った。

ヴァランダーは耳を疑った。が、エスキル・ルンドベリはすでに立ち上がっていた。

「シリンダーだ。うちの物置の中にいまもあると思う」

彼らは犬を先頭に外に出た。風が強くなっていた。アンナ・ルンドベリは二本の桜の古木の間に張ったロープに洗濯物を干していた。風に吹かれて白い枕カバーが目にまぶしかった。ボートハウスの後ろの凸凹の岩の地面に物置が立っていた。裸電球が一個屋根から垂れ下がってぼんやりとあたりを照らしている。中からは海と魚の強烈な匂いがした。壁にだいぶ昔のものと思われる、先がフォーク状のウナギなどの捕獲道具が掛かっていた。エスキル・ルンドベリはかがみこんで物置の片隅を探し始めた。ボロボロになった網の切れ端《はし》、壊れた手桶、古いコルクの浮き、破れた網などがあった。そのごちゃごちゃの中をルンドベリはまるで父親が海軍の船に対して抱いていた怒りをそのまま受け継いでいるかのように、乱暴にかき分けて探し続けた。しまいにようやく足を止め、背中を伸ばして立ち上がり、指差した。ヴァランダーの目が、灰色で長いスチール製の、巨大な葉巻ケースのような、直径が二十センチもありそうな物体をとらえた。一方の端には蓋がついていて、少し開いていた。中から電線やコネクターなどが見える。

「外に出そう」とルンドベリが言った。「手を貸してくれ」

二人はその物体を船着場まで運んだ。犬がすぐにやってきてクンクンと鼻を鳴らし始めた。

ヴァランダーは、これは何のためのもの、何に使われたものだろうと考え込んだ。何かのモーターの一部であることは疑いない。もしかすると、レーダーか、魚雷や地雷の発射に関係のある装置かもしれない。

ヴァランダーはその場にしゃがみこんで、シリアルナンバーとか製造地などがどこかに記されていないか調べたが、何もなかった。ヴァランダーに寄ってきて顔を舐め始めた犬をルンドベリが追い払った。

「これはなんだと思う?」

ヴァランダーは立ち上がって、ルンドベリに訊いた。

「わからない。親父も最後までわからなかった。とにかく親父はこれを嫌った。その点でおれも親父と同じ意見だ。ただ、これがなんなのか答えがほしい」

エスキル・ルンドベリは一瞬口をつぐみ、それから続けて言った。

「こんなもの、おれはいらない。だが、あんたには何か使い道があるんじゃないか?」

その言葉がいま目の前にあるスチール製の巨大なシリンダーのことだと合点するのに少し時間がかかった。

「ああ、もちろん、喜んでもらうよ」

といい、頭の中で、もしかするとステン・ノルドランダーならこのシリンダーの正体がわかるのではないかと思った。

二人は灰色の巨大なシリンダーをモーターボートに運び入れ、ヴァランダーが舫綱《もやいづな》を解いた。ルンドベリはボークウー島からビュルクシェール島にある小さな海峡に向かって東へボートを走らせた。途中、木々がみっしりと生えている森の中にポツンと一軒だけ家が見える小さな島を通り過ぎた。

「あれはかつての狩猟小屋だ。昔あそこから海鳥の狩りをしたんだ。だが、おれの親父は一人でゆっくり酒を飲みたいときに、二、三日あそこに泊まっていたよ。浮世から少し離れたいときには絶好の隠れ場所なんだ」

船を船着場につけた。ヴァランダーは車を取りに行って、バックで船着場に車を寄せた。二人はシリンダーを後部座席に乗せた。

「一つ訊きたいことがある。そのフォン＝エンケという夫婦は両方ともいなくなったと言ったな？　いっしょにか？　もしかしてバラバラにいなくなったのか？」

「そのとおり、バラバラにいなくなったんだ。夫のホーカン・フォン＝エンケが四月に、そして妻のルイースの方はその二ヵ月ほど後に」

「少し変じゃないか？　何の足跡《あと》も残さないとは。どこに行ったのだろう？　二人とも」

「まだ何もわからない。生きているかもしれないし、もう死んでいるのかもしれない。なんとも言えないところだ」

エスキル・ルンドベリは首を振った。なにを考えているかわからないような男だとヴァランダーは思った。だが、もしかすると、なにもかもが凍りつくような厳しい季節を生き延びる人間たちには、このように自分の殻に閉じこもる人間が多いのかもしれないとヴァランダーは思った。

「まだ写真のこと、話を聞いてないな」とヴァランダーが言った。

「それについては、おれは何もわからない」

その言葉があまりにも早くルンドベリの口から出たためだろうか？　なぜか直感的に嘘だ、と思った。もしかして、まだ何か、ルンドベリが話していないことがあるのだろうか？

「もしかすると、あとで何か思い出すかもしれない」ヴァランダーが言った。「記憶というものは突然よみがえることがあるものだから」

ヴァランダーはルンドベリがモーターボートをバックさせるのを眺めた。手を上げてあいさつすると、相手も手を上げ、船はハルスウー島のそばの海峡の方に向かって猛烈なスピードで消えていった。

帰路、ヴァランダーは行きとは別の道を選んだ。もう一度あのカフェの前を通りたくなかった。

家に着いたときにはかなり疲れていたので、隣人のところからユッシを連れて帰る気にはならなかった。遠くで雷の音がした。雨が降ったのか、足元の草が濡れていて、いい匂いがした。

鍵を開けて家の中に入り、ジャケットを掛けて、靴を脱いだ。

そのまま玄関を動かず、息をひそめ、耳を澄ました。誰もいない。何も変わっていない。それでも留守中に人が家の中に入ったとわかった。そのままキッチンへ行ってみた。テーブルには何のメモも残されていない。もしリンダだったら、必ずメモを残していく。リビングへ行って、部屋の中をぐるりと見回した。

訪問者。誰かが家の中に入り、そして立ち去ったのだ。

ヴァランダーは長靴を履いて庭に出、家の周りをぐるりと一回りした。

誰も見ていないことを確認すると、彼はユッシの犬小屋に行き、その前にひざまずいた。

犬小屋の床下にそっと手を入れた。隠しておいたものはそのままそこにあった。

16

その金属製の箱は父親からもらったものだった。いや正確に言えば、もともとその箱にはいらなくなった絵や絵の具の瓶、絵筆などといっしょに捨てられていたガラクタが入っていた。父親の死後、遺品の整理をしていたときは打ちひしがれ、ただ涙がこぼれるばかりだった。父親が使っていた一番古い絵筆の柄には一九四二年と刻み込まれていた。第二次世界大戦の最中だ。これが親父の人生だった、とヴァランダーは思った。部屋の隅に次から次へと捨てられた絵筆の山。そして遺品整理のとき、捨てても捨てても終わりがないほどのガラクタについに腹を立て、コンテナー車に電話をかけて持っていってくれと頼んだときにヴァランダーはその金属製の箱を見つけたのだった。錆びていて、中には何も入っていなかったが、小さいときに見たことがあるような気がした。その箱の中には父親が子どものときに遊んだ、精巧にできている鉛《なまり》の兵隊や石膏《せっこう》で作られたおもちゃが入っていた。メカノ社製のおもちゃの一部もあった。

あのころに見た父親のおもちゃがどうなったのか、わからなかった。父親の死後、家の中も外も徹底的に探したが見つからなかった。しまいには家の裏のゴミ溜めを掘り起こし、スコップで掻き出してみたがやっぱりなかった。金属製の箱は空っぽのままだった。ヴァランダーはそれが象徴的に思えてならなかった。これは、中身は自分が見つけて入れろということなのだ、それが父親の言い遺したことなのだと思った。箱をきれいに拭き、ひどく錆びている部分はヤスリで錆びを落とし、当時住んでいたマリアガータンの地下室にしまっておいた。家を買って引っ越したとき、その金属の箱のことを思い出したのだった。そしていま、シグネの部屋で見つけたバインダーをどこに隠そうかと思ったとき、その箱の使い道がようやく見つかったのだ。バインダーはシグネのノートということもできた。シグネの部屋で見つけたからだ。シグネのノート。それがいま、もしかすると彼女の両親の行方を告げるものであるかもしれなかった。

ユッシがいつも寝ている床板下に、箱を隠すのに絶好の空間があった。いま、そこにシグネのノートがあるのを見て、彼はホッとした。すぐにユッシを迎えに行くことにした。隣人の土地は菜の花畑の向こう側にあって、その菜の花畑は彼の留守中にすっかり刈られていた。堤になっている細道やぬかるみの畑を歩き、たまたまそこでトラクターの故障を直していた隣人と言葉を交わし、隣人の家の裏で飛び上がって喜んでいるユッシを引き取った。

家に戻ると、シリンダーを車から降ろし、キッチンテーブルに古新聞を広げてその上に置くと早速調べ始めた。落ち着いてゆっくり見ていった。というのも、彼の中で警報が大きく鳴っていたからである。目の前の細長いシリンダーの中に何か危険なものが入っているのではないか？　細いケーブルや、いくつもの線を束ねている様々なプラグやコネクトをゆっくりと外していった。下の方に固定装置のようなものが外されているのが見えた。どこを見ても、シリアルナンバーとか、このシリンダーの製造地や所有者の名前を示すものはなかった。途中で一度手を休めて、缶詰のマッシュルームを入れたオムレツを作り、テレビの前に座って食べた。サッカーのゲームを見ながら、シリンダーのことも失踪した夫婦のこともできるだけ考えないようにした。ユッシがやってきて、彼のそばにうずくまった。ヴァランダーは残りのオムレツを犬に与えて、どこのチームがプレイしているのかもわからないまま、選手がゴールを決めたのを見、そのまま犬を連れて散歩に出かけた。気持ちのいい夏の夜だった。家の西側に置いてある白いテラスチェアに腰を下ろし、ちょうどそのとき夕日が沈んだばかりの景色を眺めた。

ギクッとして目を覚ました。テラスで座ったまま眠っていたことに驚いた。およそ一時間、深く眠っていた。口の中が乾いている。家に入って血糖値を計った。高すぎた。急に不安に襲われた。気をつけていたのだが。食べ物も散歩も薬の摂取もそして注射もちゃんとしていたのに。それでも血糖値が上がっている。その原因に心当たりがない。ただ、薬の量を増やさなければならないとは思った。決まった時間に摂取しているインシュリンの量をまた増やしてもらわなければならない。

キッチンテーブルに向かい、指に針を刺してもう一度血糖値を測った。気分の落ち込み、失望、年取ることへの腹立ちで、しばらく動けなかった。中でも記憶に関する不安、ときにまったく存在感が感じられないことが怖くてならなかった。おれはいま目の前のシリンダーをねじってみたり引っ張ったりしているが、本当は時間を惜しんで娘と孫といっしょにいるべきなのだという気がしてならなかった。

気分が落ち込んだときにいつもとる行動に出た。大きなグラスにウォッカ級の強い酒をなみなみと注ぎ、一気に喉に流し込んだ。一気飲みだ。これだけ。二杯目はなし。そのあともう一度シリンダーの中を覗き込み、今日のところはこれまでとばかりに立ち上がり、風呂に入って十二時前に眠りについた。

翌朝早く、電話をかけると、ステン・ノルドランダーはすでに海に出ていて、一時間以内に戻ってから連絡すると答えた。

「何かあったのか?」強風の中から高い声が聞こえた。

「そうだ」とヴァランダーは同じように叫び返した。「二人を見つけたわけではないが、見つけたものがある」

七時半、マーティンソンが電話で午前中に緊急の会議があると知らせてきた。悪名高いバイク族で知られる男がイースタの町外れに建物を購入しようとしている件に関して、マッツソン署長が緊急会議を招集したという。ヴァランダーは十時に会議に出ると約束した。

ノルドランダーには、シリンダーの話はしても、どこで見つけたかは言わないでおこうと思った。何者かが留守中に家に入り込んでいたことがわかってからは、誰も信用するまい、とにかく当分気を緩めてはならないと思っていた。もちろん、家に忍び込んだ人間は必ずしもホーカンとルイースとは関係ないかもしれない。が、それでは他にどんな理由があるのか?

目が覚めたとき、ヴァランダーは家の中を徹底的に調べた。東向きのゲストルームにしている――いままで一度も客が泊まったことはないが――部屋の窓が少し開いていた。自分がその窓を開けた覚えはなかった。泥棒がそこから入り込み、また同じ窓から出て行ったということは考えられる。だが、何も盗らなかったのはなぜか？　なくなったものは何もない。それは確かだった。その理由は二つ考えられる。一つは探しているものがなかったということ。もう一つは何かを置いていったということ。ヴァランダーはなくなったものがないかを見るだけでなく、何かよそから持ち込まれたものがないかも見て歩いた。椅子の下、ベッドやソファの下、壁に掛けてある絵の裏、本箱の本の中まで調べた。ほぼ一時間、ステン・ノルドランダーが電話してくる直前まで調べたが、何も見つからなかった。ニーベリに話してみようかと思った。イースタ警察署の優秀な鑑識官と話して、もしかすると盗聴器がしかけられているかもしれないと言おうかと思った。が、それはやめた。頼んだら、いろいろなことを訊かれるだろう。いろいろな噂も立つに違いなかった。

ノルドランダーが電話してきた。いまサンドハムヌでコーヒーブレークをしているという。

「いま北に向かっている。夏休みの船旅コースをヘルヌーサンドまで延ばし、その後フィンランド沿岸へ、そこからはオーランド経由で戻ってこようと思っている。二週間、一人きりで風と波に戯れるというわけさ」

「海の男は決して海に飽きないということですかね？」

「ああ、そうだね。それは言える。それで、君は何を見つけたの？」

ヴァランダーはスチール製のシリンダーのことを詳しく話した。折りたたみ式の定規で——それもまた父親から譲り受けたもので、絵の具がそこここについていた——シリンダーの長さを正確に計り、紐でシリンダーの太さも測っていた。

「どこで見つけたんだ、そのシリンダーを」話を聞き終わってステン・ノルドランダーが訊いた。

「ホーカンとルイースのアパートの地下室で」とヴァランダーはとっさに嘘をついた。「このシリンダー、何だかわかりますか？」

「いや、まったくわからないね。だが、よく考えてみるよ。ホーカンとルイースの地下室でだって？」

「そう。見たことないですか？」

「シリンダーは力学的な、また海洋的な性質をもっているから、陸でも海でもいろんな場所で使われる。だが、いまの話のようなシリンダーは聞いたことがない。ケーブルを開いてみたかね？」

「いや」

「やってみればいい。もう少しわかることがあるだろう」

ヴァランダーはナイフを持ってきて、黒いケーブルをそっと開いてみた。その中にはさらに細い、ほとんど糸のような細さの線が入っていた。それをノルドランダーに説明した。

「それは電流を通すケーブルじゃないな。むしろ通信用のものだと思う。だが、それが何なのか、もう少し考えてみる。いまは答えられないいな」

「わかったら是非教えてください」

「それがどこで作られたかの記載が一切ないというのは確かにおかしいね。シリアルナンバーと製造地は普通記載があるものだが。どんな経路でホーカンの家の地下室に収まっていたのかわからない。どこで手に入れたのだろうか、ホーカンは？」

ヴァランダーは時計を見た。イースタ署での朝の会議に遅れるわけにはいかない。ノルドランダーは港に入りかけているヨットについて不機嫌そうな声でコメントして電話を切った。

オートバイ暴走族に関する会議は二時間近くも続いた。ヴァランダーはマッツソン署長の議事進行の下手さ加減にうんざりした。これでは何も結論が出ない。とうとう彼はマッツソンの話に割って入り、暴走族が建物を買うのを止めるにはその物件を扱っている不動産屋に直接その売買をやめるように言えばいいだけではないかと発言した。そうしておいて、その後暴走族の活動を抑えるためにはどうしたらいいかを考えればいいと。しかし、マッツソン署長はへこたれず、ヴァランダーの言葉を無視してそのままダラダラと会議を続けた。しかし、ヴァランダーには他の誰もが知らないもう一つの切り札があった。その情報はリンダから聞いたもので、リンダはまたそれをストックホルムの警察官から聞いたということだった。彼は手を挙げて話し始めた。

「面倒なことが一つある。全国的に名前の知られた医者が、その黒ジャケットの連中に、それも十四人もの男たちに、疾病手当がもらえるような診断書を書いたらしい。全員が重度のうつ病という病名ですでに疾病手当をもらっているという」

部屋の中に動揺の声があがった。

「その医者は今は年金生活者で、こともあろうにイースタに移り住んでいるというのだ。街の中に瀟洒《しょうしゃ》な住宅を買って住んでいる。この医者がこれからもこの〝哀れな暴走族の男たち〟のために診断書を書き続けるおそれがある。この男たちは健康上の理由で働けないということになっている。この医者については福祉協議会が調査をしているが、福祉協議会の調査はかなりいい加減だということはよく知られているところだ」

ヴァランダーは立ち上がって、その医者の名前を皆の前で紙に書いて貼り出した。

「この医者は要注意人物だ」そう言って、彼は会議室を出た。

彼にとっては、すでに会議は終わったのだった。

その日の午前中、ヴァランダーはシリンダーのことを考え続けていた。車で図書館へ行き、潜水艦と海軍の艦船、それに近代的な海軍の戦術についてのファクトブックをすべて出してくれと図書館員に頼んだ。図書館員はリンダの昔のクラスメートだったが、カウンターいっぱいに本を持ってきてくれた。全部借りて図書館を出ようとしたとき、思い出してスパイのヴェンネルストルムの回顧録も借りることにした。本を全部車に積み込むと、サルトシューバーデンまで車を走らせ、海辺のレストランで昼食をとった。食べ終わったとき、クリスティーナ・マグヌソンがやってきて、同席してもいいかと訊いた。腰を下ろすと、ダラダラと続いた会議のことに不満を言い、ヴァランダーの態度に共鳴したと言った。

「頭がおかしくなりそうだったわ」

「まあ、慣れるもんさ」とヴァランダー。「ここにいるってどうしてわかった?」

「知らなかったですが、もう我慢できなくて、飛び出してきました」

昼食を終えると、海岸沿いの自転車専用道路を散歩した。ヴァランダーはほとんど何も言わなかったが、クリスティーナが主に話をした。彼女がイースタ署に大きな不満を感じているらしいことがわかった。中でも組織的な問題があると気がついていた。ヴァランダーは話を聞きながらしばらく歩き、足を止めて言った。

「君はやめようとしているのか、イースタ署を?」

「いいえ。でも変えなければならないことがたくさんありますよね。あなたが署長だったらどうかと思うんです」

「大混乱になるだろうよ。中央の官僚たちと付き合うのは苦手だし、彼らの決めた様々な規則や約束事は気にくわないことが多いし、予算を作成したりするのもおれにはまったく向いていないからね」

それでその話題はおしまいになった。レストランに戻る途中、もうじき始まる夏至祭のころの天気の話になった。クリスティーナは荒れ模様かもしれないと言った。それじゃクラーラをうちに呼ぶことはできないなとヴァランダーは密かに思った。

署に戻ると尋問記録と鑑識の報告をいくつか読み、ルンドの病理学者と電話で話し、そのあとは図書館で借りてきた本に目を通した。四時ごろ、ストックホルムのジャーナリストが電話をかけてきた。すっかり忘れていたが、彼は『スウェーデンの警察』という機関誌に、新入り警察官のためのスクーリングについてのアンケートに答えると約束していたのだった。取り立てて意見はなかったのだが、イースタ署ではかなり以前から先輩の警察官が新人の担当官となり、新人はなんでも訊いていいというシステムがあるのだと答えた。ただし、自分は十五年もその役割を担ってきたので、今年は勘弁してくれと言って断ったということまでは言わなかった。

五時、署を出た。途中買い物をして帰った。朝、家を出たとき、目立たないように透明の粘着テープを窓とドアに貼り付けておいた。すべて元どおりで剝がれていなかった。魚のグラタンを食べ、そのあとはキッチンテーブルに向かって図書館で借りた本を読み始めた。目が疲れてこれ以上読めなくなるまで読んだ。真夜中、ベッドに入ると、屋根に雨が激しく当たる音がした。すぐに眠りに落ちた。屋根に落ちる雨の音は大好きで、それを聞くと子どものころからすぐに眠くなるのだ。

翌朝イースタ署に着いたヴァランダーは、全身びしょ濡れだった。署まで歩くと決めていたので駅前の駐車場に車を停めて歩いたためだ。血糖値が高くなったことが頭にあった。もっと運動しなければ、と思っていた。途中でにわか雨に遭った。ロッカールームで濡れたズボンを脱ぎ、ズボンをはき替えた。すぐにウエストがきつくなっていることに気がついた。体重が増えているのだ。腹を立ててロッカーのドアを音を立てて閉めたとき、ニーベリが入ってきた。叩きつけられたドアの音に驚いてヴァランダーの方を見た。

「どうした？　機嫌が悪いのか？」

「いや、ズボンが濡れただけだ」

ニーベリはうなずき、彼独特の励ましとも悲観的ともとれる言い回しで言った。

「いや、わかるよ。足が濡れるのをカバーすることはできるが、ズボンはできないからな。まるで小便を漏らしたようになるんだ。最初は気持ちよくてもすぐに冷たくなって嫌なもんだ」

ヴァランダーは自室に入り、イッテルベリに電話をかけた。外出中で、留守電にはいつ戻るとも録音されていなかった。ヴァランダーはその前に彼の携帯電話にも電話していたが、やはり何の応答もなかった。コーヒーを取りに行ったところでマーティンソンとばったり出くわした。ちょうど外の空気を吸おうとして出てきたところだった。二人は外に出て、警察署の外のベンチに腰を下ろした。マーティンソンは追跡中の放火殺人犯のことを話した。

「今度こそ捕まえるか？」ヴァランダーが訊いた。

「いつだって捕まえることは捕まえますよ。問題はそのまま勾留できるかということ。だが、今回は信頼できる目撃者がいる。今度こそは絶対に挙げてみせますよ」

二人は署の中に入り、それぞれの部屋に戻った。その後数時間経ってからヴァランダーは帰宅した。イッテルベリと連絡はとれなかった。重要な点をメモしておいたので、今晩中に彼に伝えるつもりだった。フォン＝エンケ夫妻の捜索はイッテルベリの仕事だ。ヴァランダーは入手した資料を彼に渡すつもりだった。例のバインダーとスチール製のシリンダーのことだ。これらを調べるのは本来イッテルベリの仕事だ。ヴァランダーの仕事ではない。この件に関して彼は捜査官ではない。娘の義理の両親になる夫婦が跡形もなく消えてしまったために巻き込まれた父親に過ぎない。これから自分は夏至を祝い、その後は夏休みをとるつもりだった。

だが、ことはそううまくはいかなかった。家に戻ると、そこには車のボンネットにひどい傷のついた、窓枠も錆びている薄汚いフォードが停まっていた。まったく見覚えのない車だった。不審に思いながらヴァランダーは車を降りた。庭に回ってみると白塗りの木製のテラスチェアの一つに、それは一昨日《おととい》の晩彼が眠り込んでしまった椅子だったが、女性が一人座っていた。テーブルの上には口の開いたワインボトルが置かれていた。グラスはどこにも見当たらない。

ヴァランダーは不快さをこらえてその女性に近づき、声をかけた。

17

それはモナだった。別れた妻だ。最後に会ったのはリンダが警察学校を卒業したときで、その後は数回電話で、それも短く話をしただけだった。その晩遅く、ベッドルームにモナが休み、彼自身はゲストルームに——そこを初めて使うのがこの家の主人となってしまったが——寝具を用意して休んだ。気分は最低だった。モナの感情の動きが激しく、何度か泣きだしたり、感傷的になったりしたかと思えば急に怒りだしたりして、ヴァランダーにはとても御しきれなかった。ヴァランダーが帰宅したときモナはすでにかなり酔っていて、あいさつのハグを交わすために立ち上がったときはぐらりと体が揺れてほとんど倒れそうになったが、ヴァランダーが素早く支えたためなんとか転ばずに済んだほどだった。別れた夫に会うことで緊張して神経質になっているのがわかった。顔に濃い化粧をしているのもそのためか。四十年前にヴァランダーが恋に落ちたあの少女は化粧をしていなかった。気付け薬の酒も必要としなかった。

その晩モナが彼に会いにきたのは、ひどく傷ついていたためだった。誰かに会って話したかったのだ。彼女にはもうかつての夫しかいなかった。ヴァランダーはテラスで彼女のそばに座った。ツバメが彼らの頭上を飛んでいった。ヴァランダーは昔の時間が戻ったような、不思議な気分になった。五歳のリンダがパパ、ママと呼びながらどこからか現れるような気がした。

だが、実際には、彼がぼそっとあいさつの言葉をかけただけで彼女はわっと泣きだした。ヴァランダーはどうしていいかわからなかった。結婚が破綻しそうだったころ、モナはいつでもこうだったと思い出した。あのころ、彼はこんなことはモナの芝居だと思ったものだ。結婚という舞台で、彼女は芝居をしているのだ、と。だが、彼女はまったく合わない役を演じていた。彼女のキャラクターは悲劇的でも喜劇的でもなく、平凡で、劇的な感情の起伏を演じるのは不似合いだった。だがいま彼女はまた昔のように目の前でさめざめと泣き、ヴァランダーは家に入ってティッシュペーパーを持ってくることぐらいしか慰めようがなかった。しばらくしてモナは泣き止み、ごめんなさいと謝ったが、ほとんど呂律《ろれつ》が回らなかった。ヴァランダーはリンダがいたらよかったのにと思った。モナをどう扱うか、リンダならよく心得ている。

しかし、彼の心は揺れていた。自分でも認めたくなかったが、彼女の手を取って、そのままベッドルームに行きたいという気持ちが波のように押し寄せてくるのだ。彼女がそばにいるというだけで、体が興奮している。もうどうなってもいい、実行してしまえという声が耳に響く。だが、もちろん、そんなことはしなかった。モナはふらふらと犬小屋の方に行った。ユッシが喜んで飛び上がっている。ヴァランダーは後ろからついていった。いっしょに歩くというよりは、彼女が倒れそうになったら体を支えてやるために。しかし、犬に対する興味はまもなく薄れたらしく、寒いから家の中に入りたいとモナは言った。家に入ると、なにもかも見せてちょうだいと言った。まるで美術館にでも来て、すべての展示品を見たいとでもいうように。ヴァランダーの家は実際的にできていた。モナは彼らが結婚していた当時から使っているガタの来たソファを見てもまだステキ、ステキを連発していた。小ダンスの上に飾っていた二人の結婚記念写真が目に入ると、彼女はまた泣きだした。それがあまりにも芝居がかっていたので、彼は家の外に追い出したくなった。だが、もちろんそうはせず、コーヒーを淹れ、棚の外に出ていたウィスキーを急いで中にしまい、キッチンテーブルに向かってモナを座らせた。

コーヒーを前にして、この人をおれはかつて愛したことがあるのだ、と思った。もしいま愛する女性ができても、モナは自分にとってもっとも大事な女性だったという事実は決して変わらない。愛する人が変わることはあり得る。だが、もう愛していなくても、かつて愛した人であるという事実はいつまで経っても変わらない。人は二重底の人生を生きるのだ。片方の底が破れたとしても、もう一方の底はなくなりはしないのだ。

モナはコーヒーを飲んだ。そして思いがけないことに酔いが覚めたようだった。それもまた昔どおりだとヴァランダーは思い出した。モナは実際の酔い具合よりも大げさに振る舞う人だった。

「ごめんなさい。醜態を見せてしまって。お邪魔ね。帰ってほしい?」

「いいや、そんなことはない。だが、君がなぜ来たのか、わけを聞かせてほしい」

「ずいぶん冷たいのね。あたしがしょっちゅうあなたの邪魔をしにくるわけでもないのに」

その攻撃的な口ぶりにヴァランダーはすぐに身を引いた。ここ一年ほど、ヴァランダーはできるだけモナに近づかないようにしていた。というのも彼女はいつも不満げな責め口調で話したからだ。彼女の方から見れば、ヴァランダーの態度もそう見えたのかもしれない。実際そうだったこともある。つまり二人ともが犯人であると同時に犠牲者だったのだ。大ナタを振り下ろすこと。つまりそれぞれが離婚を真正面から受け止め、別の道を行く以外にないのだ。

「話を聞こう。なぜそんなに悲しいのか」

そこからモナが話したことは、長い長い後悔と悲しみの懺悔《ざんげ》だった。彼女は一年前に新しい男に出会った。それまで彼女は小金持ちでゴルフばかりやっている男と付き合っていた。ヴァランダーはかねてからその男はフロント企業の経営者に違いないと思っていた。今度の男はその男とは正反対で実際にマルメでスーパーを経営していて、モナと同年輩で離婚経験者だった。だがこのいかにも平凡に見えたスーパーの経営者もまた偏執的な性格の持ち主で、モナに対して異常なまでの執着を見せ、脅したり支配的に振る舞ったりし、しまいには暴力まで振るった。愚かにもモナはそんな彼の態度はそのうちに静まるだろう、嫉妬しなくなるだろうと思っていた。しかしそうはならなかった。それでようやく男と別れたのだ。男が追いかけてくるのではないかと怯えながら、自分が頼れるのはヴァランダーしかいないと思うようになった。それでいま、彼のところにやってきたのだ。

この話はどこまで本当なのだろうかとヴァランダーは思った。モナはいつも本当のことを言うとはかぎらなかった。ときには、必要もないのに嘘をつくことがある。だが今回の場合、彼女の話を信じるべきだと彼は思った。彼女が男に殴られたと聞いて腹も立った。

話し終わると、モナは気分が悪くなり、トイレに行った。ヴァランダーはドアの前に立って、中の音を聞き、芝居ではないとわかった。そのあと彼女はこのソファはとっくに捨てるべきだったんじゃないのと文句を言いながら昔二人が使ったソファの上に横たわり、しばらくさめざめと泣いてから毛布をかけてもらって眠りに落ちた。

ヴァランダーは読書用の椅子に座って図書館から借りてきた本を読もうとしたが、まったく集中できなかった。二時間ほどしてモナはビクッと体を動かして目を覚ました。自分がヴァランダーの家にいるのだとわかるとまた泣きだしたが、ヴァランダーからいい加減にしてくれと言われてようやく泣き止んだ。もし空腹ならいまいっしょに食べればいい、今晩はここに泊まって明日リンダと話せばいい、リンダは自分よりもずっといい話し相手だから、とヴァランダーは言った。モナは空腹ではないと断り、ヴァランダーは自分のためだけにスープを作って、ふだんよりも多い枚数のパンを食べて食事を済ませた。キッチンテーブルを挟んで二人は座った。すると、昔は本当に私たち仲が良かったわね、とモナはしみじみとした口調で言った。これが彼女の訪問の真意だったのか、とヴァランダーは思った。もしかすると彼女なりにもう一度やり直したいという願いを伝えにきたのか。これが一年前だったら、その誘いは成功したかもしれなかった。おれは本当に長い間、おれたちはやり直せる、もう一度いっしょに暮らせると信じていた。だがそれは幻想で、おれたちはすべて終わったのだ、もはや過去に戻ることをおれは望んでもいないし、相手に要求することもないとわかっている。

食事が終わった彼を見て、何か飲み物がほしいとモナは言ったが、ヴァランダーはきっぱり断った。この家では一滴たりともアルコールを飲ませないと。どうしても酒が飲みたかったら、タクシーを呼んでイースタの町に行ってホテルに泊まることだと言った。モナはそれでもアルコールが飲みたいと不満を言ったが、ヴァランダーが本気だとわかって渋々静かになった。

夜遅く、寝室に行くとき、モナはヴァランダーの気を引くような仕草をしたが、ヴァランダーは気づかないふりをして彼女の頭を撫でて寝室の前から離れた。何度か少し開いている寝室のドアの前に立ち、中の様子をうかがった。彼女はなかなか眠れない様子だったが、真夜中になってようやく寝ついたようだった。

ヴァランダーはユッシを連れて外に出た。ユッシのリードを解いて自由に走り回らせると、自分はブランコソファ（ソファそのものがブランコになっているスウェーデンのハンモック）に腰を下ろした。夏の夜は明るく、風もなく、草花の香りが漂っている。ユッシが戻ってきて、足元にうずくまった。ヴァランダーは急に暗い気分に襲われた。人生は引き返すことができないのだ、どんなに望んでも、過ぎ去った時代には決して戻れないのだ、たとえ一歩といえども過去に戻ることはできないのだという思いが胸を貫いた。

ベッドに横たわると、睡眠薬を半錠飲んだ。これ以上何も考えたくなかった。彼の寝室で寝ているモナのことも、少し前に庭ではっきり悟ったことも。

翌朝目が覚めると、驚いたことにモナはいなかった。いつもなら人の気配で目が覚めるのだが、彼女が起きて出て行ったことに気がつかなかった。キッチンテーブルに〝ごめんなさい。あなたが帰ってきたときに私がここにいて〟という置き手紙があった。それだけだった。本当は自分の振る舞いを謝りたかったとしても、それは書かれていなかった。結婚していたころ、このような小さな紙切れに彼女が書いた言い訳、謝りの手紙を数え切れないほどもらった。数えたくもないし、数えることもできないほどたくさんの許しを請う手紙を。

コーヒーを飲み、リンダに昨夜のことを知らせようかと思ったが、止めることにした。いま一番先にしなければならないのはイッテルベリに電話することだと思った。風の強い朝だった。冷たい北からの風、一時的に夏が停止したような感じだった。隣の羊が囲いの中で草を食んでいる。白鳥が数羽東に向かって飛んでいった。

ヴァランダーはイッテルベリに電話をかけた。相手はすぐに応えた。

「電話をくれたようだが、フォン＝エンケ夫妻は見つかったのか？」とイッテルベリ。

「いや。そっちはどうだ？　捜査は進んでいるか？」とヴァランダーは訊き返した。

「報告するに値するようなことはないね」とイッテルベリ。

「何も？」

「そう、何も。そっちはどうだ？」

ヴァランダーはボークウー島へ行ったこと、巨大なスチール製のシリンダーを見つけたことをイッテルベリに話すつもりだったのだが、急にやめることにした。自分でもなぜかわからなかった。少なくともイッテルベリだけは信じていいはずなのだが。

「報告するほどのことはない」とヴァランダーは答えた。

「それじゃまた」

イッテルベリと内容のない短い会話を交わしたあと、ヴァランダーはイースタ署へ向かった。その日彼はある暴力事件の証人として出廷する事件の準備をしなければならなかった。関係者全員が自分は無実だと言い張っていた。また、暴力の犠牲になって二週間意識がなかった被害者本人は何も憶えていなかった。ヴァランダーは事件現場に駆けつけた最初の警察官だったため、法廷で事件現場で見たことを証言する役割を受け持ったのだった。事件現場で見たことをすべて思い出さなければならなくなった。だが、彼自身が書いた報告書までなぜか非現実的に思えてならなかった。

突然リンダが部屋に入ってきた。時刻はちょうど十二時だった。

「突然の訪問があったでしょ」とリンダが言った。

ヴァランダーは広げた書類を脇に押しやって、我が娘を見た。顔が少し細くなった。少し体重も減ったようだ。妊娠前に戻りつつあるのかもしれない。

「ふん。お前もモナの突然の訪問というやつを受けたのか?」

「いいえ。ママが電話してきたわ。パパにとてもひどい目に遭わされたって」

ヴァランダーは驚いた。

「それはどういう意味だ?」

「ママはとても具合が悪かったのに、パパはほとんど家にも入れてくれなかったって。入れてくれたあとは、食べ物もくれず、寝室に閉じ込められたと言ってるわ」

「それは全部嘘だ。バアさんは嘘をついてるんだ」

「ママをそんなふうに呼ばないで」とリンダは声を荒立てた。

「お前がどう受け取ろうとかまわないが、とにかくモナは嘘をついている。おれはちゃんとあいさつして彼女を迎え入れ、家の中に入れて涙を拭いてやり、新しいシーツに取り替えてベッドに寝かせてやった」

「とにかくママは今度の相手に関しては嘘をついていない。わたし、その男に会ったのよ。まさに神経がおかしくなった男の典型のようなやつよ。どうしてママが好きになる男ってみんなおかしいやつばかりなのかしら」

「それはどうも」

「いやあね。パパのことじゃないわよ。でもほら、前のゴルフばっかりやってる男だって、今回の男といいとこ勝負よ。みんな変なやつばかり」

「問題は、おれに何ができるんだってことだ」

リンダは考え込んだ。左手の人差し指で鼻の根元を掻いている。親父そっくりだ、とヴァランダーは思った。初めて自分の父親と自分の娘が同じ癖を持っていることに気がついて、彼は突然笑いだした。リンダは驚いて目を丸くした。ヴァランダーが説明すると、今度は彼女が笑いだした。

「クラーラが車にいるの。ママのこと、ちょっと話したかったから寄っただけ。それじゃ、あとでまたね」

「クラーラを一人、車の中に置いてきたのか？」カッとなってヴァランダーが叫んだ。「どうしたらそんなことができるんだ？」

「友達といっしょよ。なんだと思ったの？」

部屋のドアの前で足を止めて、振り返って言った。

「ママには私たちの助けが必要よ」

「おれはいつだってここにいる。ただ、できればおれのところには酔っ払っていない状態で来てほしい。また、できれば、来る前に電話してほしい」

「そう？　あなたはいつもシラフ？　あなたはいつも人の家を訪ねる前に電話する？　いままで気分が悪くなったことない？」

そう言うと、答えも待たずにリンダは部屋を出て行った。ヴァランダーがまた報告書を手に取ったとき、電話が鳴った。

「おれは明後日から夏休みに入る」イッテルベリだった。「さっき言うのを忘れていた」

「ふーん。夏休みの間、あんたは何をする？」

「昔の鉄道整備員の宿舎がいまサマーハウスとして一般に貸し出されているんだ。その一つがヴェステロース郊外の湖の近くにある。そこで過ごすつもりだ。だがいま電話したのはフォン＝エンケ夫妻のことをおれがどう見ているかをあんたに話しておこうと思ってね」

「うん、聞こう」

「二人がいなくなったことについて、おれは二つの見方があると思う。おれの部署の同僚たちもだいたい同じ意見だ。あんたもおれたちと同じ意見かどうか、それが知りたい。いいか？　まずその一つは、二人は姿を消すことをいっしょに計画したという想定だ。だが、何かの理由で別々に消えることになった。この想定を肯定する理由はいくらでもある。もし姿を消す目的がアイデンティティを変えることだったら、まず彼が先にどこか人の知らないところへ行って、準備をして彼女が来るのを待つ。聖書の言葉を借りれば、椰子の葉とバラの花に満ちた道で彼女を待つというところだろうな。だが、もちろん、他の目的もあり得る。我々はいまそれがなんなのかを探っている。残る可能性はたぶん一つしかない。二人はなんらかの暴力、襲撃を受けて消された、殺されたということ。彼らがなぜそんな暴力を受けたのか、その理由を見つけるのは簡単ではない。それになぜ、夫婦いっしょではなく、バラバラに消されたのかもわからない。いま我々はこの二つの可能性しか考えられない。まったく光が見えない、手探りの状態だ」

「おれもだいたいあんたと同じ考えだ」

「人が失踪するときの、考えられ得る理由は何か、おれはこの分野のエキスパートに意見を訊いている。そして、我々の目的は一つしかないんだ」

「彼らを見つけること」

「そのとおり。いや、少なくとも、なぜ見つけることができないかその理由を知りたい」

「なんでもいい、何か手がかりはないのか？」

「それがゼロなんだ。もちろん我々が徹底的に話を聞かなければならない人物は一人いるんだが」

「フォン＝エンケの息子か？」

「ああ。それはどうしてもやらなければならない。フォン＝エンケ夫妻が自ら失踪を企てたのであれば、なぜ息子に何も話さず、ひどいショックを与えるようなことをしたのかその理由を知りたい。はっきり言って、それは人としてやっちゃいけないことじゃないか。我々の印象では、フォン＝エンケ夫妻は残酷なことをする人間ではなさそうだ。あんた自身知ってるだろう。会ったことがあるんだから。我々が得ているホーカン・フォン＝エンケの印象は常に好感を持たれる司令官、傲慢でない、賢い、公平な、いつも穏やかな人物だ。彼の印象で我々の聞いたもっとも悪いものと言えば、せいぜいたまに苛立っているようだったということぐらいだ。だが、たまに苛立つなんてことは、誰にでもあることじゃないか。ルイースの方だが、彼女は学生に好かれていた。無口だったというのが我々の聞いた大方の意見だ。だがおしゃべりじゃないことが嫌疑をかけられる理由とはならないのは知ってのとおりだ。いつだって、しゃべる人間だけでなく、聞く人間も必要だからな。とにかくこの二人が二重生活をしていたとは考えにくい。我々は欧州刑事警察機構《ユーロポール》にも念のため問い合わせた。おれ自身、パリ警察の捜査官、マドモアゼル・ジャルメインと話したんだが、うなずける話を聞いた。おれが夫妻の失踪についてまったく別の角度からアプローチする必要があると言うと、彼女も賛成してくれた」

ヴァランダーはイッテルベリの言わんとしていることを理解した。

「その話とは、彼らの息子ハンスの微妙な立場、だね？」

「そのとおり。もし夫妻に莫大な財産があれば、彼の関与を疑う必要性がでてくるのだが、それはないんだ。夫妻の財産はせいぜい百万クローナ、それにあのアパートの住宅権がたぶん七、八百万クローナというところかな。もちろん、人によっては大変な財産だと言うだろうが、いまのご時世で借金がなく普通に働いている人間ならこのくらいは平均的じゃないか。金持ちと言えるほどの額じゃない」

「ハンスとはもう話をしたのか?」

「少し前に、ハンスは財政監査機関との会合があるとかでストックホルムにやってきた。そのときに彼の方から連絡があって、おれ自身が電話で話をした。おれの印象としては彼の心配は本物で、いったい何が起きたのかまったく見当もつかないというのが正直なところじゃないかと思う。それともう一つ、知ってのとおり彼はかなりの高給取りだ」

「そうだ。ということは?」

「息子が犯人という線は弱いと思う。もちろん、これからもこの線を追ってはみるが、掘り下げても何も出てこないんじゃないか」

イッテルベリの声が突然遠くなった。ヴァランダーの耳に彼のコンチクショーという声が聞こえた。またイッテルベリが戻ってきた。

「明後日から夏休みに入る。が、この件についてはいつでも連絡してくれ」

「ああ、何かが起きたらな」と言ってヴァランダーは電話を切った。

イッテルベリと話し終わると、ヴァランダーは署の玄関ホールに行って腰を下ろした。イッテルベリとの会話を反芻した。

そのまま座り続け、モナのことを考えた。再会で彼は心底疲れてしまった。新しい要求を突きつけてきて、おれの生活を乱そうとしているように思えてならない。それだけはごめんだと彼女にはっきりわからせなければ、そして何よりリンダを味方につけなければ、と思った。モナを助けるのが嫌なわけではない。ただ、過去は過去で、もう彼女とのことは終わっているのだ。

ヴァランダーはそのまま署を出て坂道を下り、病院の反対側に陣取っているソーセージスタンドに行った。注文した紙皿から落ちたマッシュポテトの小さな塊を、早速カラスがやってきてつついた。

そのとき、急に何か大事なものを忘れたような気がした。仕事上持たされている拳銃か？ いや、そうではなく、何か他のものか？ いや、そもそも自分はここまで車で来たのか、それとも歩いてきたのか？

食べかけのソーセージとマッシュポテトの載った紙皿をくず入れに捨てて、あたりを見回した。車はない。ゆっくりと署に向かって歩きだした。およそ半分ほど歩いたときに記憶が戻ってきた。全身に冷や汗をかき、心臓の鼓動で鼓膜が破れそうだった。これ以上、医者に行くのをためらってはいられない。すぐにも医者と話さなければ。いったい自分の頭の中で何が起きているのか？

署に着くとすぐに以前一度診てもらった女医に電話をかけた。夏至の日から数日後に予約を入れてもらった。電話を切ってから、拳銃があるべきところにあるか、銃の保管庫に鍵がかかっているかを確かめた。

その後法廷で証言するための準備に時間を費やした。最後のファイルを読み終わったのは六時だった。帰り支度を始めたときに、ふとある考えが頭に浮かんだ。ホーカン・フォン＝エンケは最後に娘のシグネに会いに行ったときに、なぜあのバインダーを持ち帰らなかったのだろうか、ということ。その理由を推量した。まず、また来ると思っていたこと、そして、そのつもりだったのだが、何かが起きてそれが妨げられてしまったこと。

また机に戻り、ニクラスゴーデンの電話番号を探した。あの美しい声の外国人女性が応えた。

「シグネはいつもと変わりないかということを確かめたくて電話しました」とヴァランダーは言った。

「シグネの生きている世界では、ほとんど変化がないのです。私たちのように歳をとり、目に見えない動きがある世界とは別なのです」

「父親はもちろん訪ねてきてませんよね？」

「失踪したのではないのですか？　もう見つかったのですか？」

「いや、そうではない。ただそう訊きたかっただけです」

「父親は来ていませんが、シグネの叔父さんという人が昨日、私は非番だったのですけど、訪ねてきたようです。来訪者記録にそうありました」

ヴァランダーは息を呑んだ。

「叔父さん？」

「はい。グスタフ・フォン＝エンケとお名前が書かれています。午後にやっていらして、二時間ほど滞在したらしいです」

「いまの話は、確かなことですか？」

「なぜこんなことで嘘をついたりするでしょう？」

「そうですね。もちろんそのとおりです。もしその叔父さんという人がもう一度シグネに会いにきたら、私に知らせてくれませんか？」

相手は急に心配になったようだった。

「何か、おかしいのですか？」

「いや、そんなことはありません。それではまた」

ヴァランダーはそそくさと電話を切り、そのままじっと動かなかった。自分は間違っていない、と思った。フォン＝エンケ家の家族構成に関しては何度もしっかりと目を通している。シグネに叔父はいない。

シグネを訪ねてきたのが誰であれ、その男が偽名を使い、偽のアイデンティティを書いたことは間違いない。

ヴァランダーは家に向かって車を出した。それまでに感じていた不安がいま大きく胸に広がっていた。

18

翌朝は熱が出て、喉も痛かった。これは思い違いだ、そんなはずはないと思ったが、しまいに熱を測ってみると三十八度九分あった。仕方なく署に電話をかけて、病欠の手続きをした。その日はほぼ一日寝て、起きたときはキッチンテーブルに積み上げてある図書館の本に目を通した。

夜、シグネの夢を見た。ニクラスゴーデンに彼女を訪ねていった。部屋に入ると、そこに寝ているのはシグネではなく、誰か他の人間だった。部屋の中が暗かったので、電気をつけようとしたが、停電なのか、つかなかった。そこでポケットから携帯電話を取り出して、懐中電灯代わりにそれをかざした。弱い青白い光の中に浮かび上がったのは、シグネではなくルイースだった。しかもその顔はシグネそっくりだった。彼は恐ろしくなり、パニックに襲われ、部屋を出ようとしたのだが、ドアに鍵がかかっていて出られなかった。

次の瞬間、目が覚めた。朝の四時。スウェーデンの夏の朝はすでに明るかった。喉が痛みだした。熱があるようだ。そのうちにまた眠りに落ちた。数時間後目が覚めてから、見た夢を理解しようとしたのだが、どう解釈していいかわからなかった。ホーカンとルイースの失踪に関してはすべてが謎だった。

　ヴァランダーは起き上がった。喉にマフラーを巻きつけてパソコンの前に座り、ネットでグスタフ・フォン＝エンケという人物をサーチした。その名前の人物はいなかった。八時になるのを待って、イッテルベリに電話をかけた。確か明日から夏休みに入るはずだ。

　イッテルベリは今日はこれからじつに不愉快な尋問に出かけるところだと言った。新しい女に出会ったため、妻子を殺してその女といっしょになろうとした男の尋問だという。

「しかしさ、子どもまで殺そうと思うか？」イッテルベリは訊いた。「まるで昔のギリシャ悲劇のようじゃないか」

　ヴァランダーは二千年以上も前のギリシャ悲劇のことはあまりよく知らなかったが、一度リンダとマルメで『メディア』を見に行ったことがあった。面白いとは思ったが、そのあと劇場通いをするほど感激したわけではなかった。最後に見た芝居も、頻繁《ひんぱん》に芝居を観に行くきっかけとはならなかった。

　ここでヴァランダーはイッテルベリに昨日ニクラスゴーデンから聞いたグスタフ・フォン＝エンケのことを伝えた。

「この話、確かなのか？」

「ああ、確かにそう聞いた」ヴァランダーが答えた。「だが、グスタフ・フォン＝エンケなどという男は存在しない。イギリスで暮らしているホーカン・フォン＝エンケの従兄弟がいるが、その男はグスタフという名前じゃない。それ以外には親族はいないんだ」

「それは確かにおかしいな」

「あんたが明日から夏休みに入ることは知っている。あんたの代わりにニクラスゴーデンへ行ける人間はいるか？　男の特徴を訊いてほしいんだ」

「ああ、優秀な女性捜査官がいる。レベッカ・アンダーソン捜査官だ。まだ若いんだが、この種の捜査にはじつに抜け目がない。彼女に話しておくよ」

互いの携帯電話番号を確かめ合い、通話を終わらせようとしたとき、イッテルベリがちょっと待てと言った。

「なあ、やってもやっても終わらない、喉まで詰まってるこんなクソ仕事から逃げ出したいと思うこと、ないか？」

「ああ、あるね」

「なぜおれたちはそれでもこんな仕事続けていると思う？」

「わからない。責任感、かな。昔、おれには指導官がいた。リードベリという年配の捜査官だった。彼はいつもそう言っていた。責任だと。この仕事をやるのがおれたちの責任だと」

三十分後、レベッカ・アンダーソンが電話してきた。イッテルベリから聞いた事柄をヴァランダーに確認し、早くも午前中にニクラスゴーデンへ行ってみると言った。

ヴァランダーは朝食を済ませ、トイレに行った。トイレに水を流したとたん、溢れてしまった。詰まりを通すために、ゴムのキャップのついた棒でつついたが、一向に解決できなかった。腹立ちまぎれに便座を蹴り、イャルモに電話をかけた。イャルモは酔っ払っていた。できるとイャルモは言ったが断り、それから二時間以上もトイレの詰まりを直してくれる配管工をインターネットで探した。十二時近くになって、一台の車がヴァランダーの家の前に停まり、元気のいい若者が飛び降りた。若者の言葉はスウェーデン語もどきではあったが、何を言っているのかヴァランダーにはさっぱりわからなかった。ヴァランダーは何年か前にまるでイナゴの群れのようにヨーロッパの様々な国に入り込んで働きまくるポーランド人の配管工や大工の話を新聞で読んだことを思い出した。若者がトイレの詰まりを直すのに二十分もかからなかった。金を払う段になると、若者はいつもヴァランダーがイャルモに払っている金額の半分にも満たない額を請求した。

ふたたび本の山に戻った。

レベッカ・アンダーソンは二時ごろに電話をかけてきて、いまニクラスゴーデンに来ていると言った。

「少しでも早く知らせたいと思ったので。いまニクラスゴーデンの外のベンチに座っているんです。今日は素晴らしいお天気。いまいいですか？　何か書くものはありますか？」

「ああ、大丈夫だ」

「グスタフ・フォン＝エンケは年齢は五十歳ほど、スーツにネクタイのあらたまった格好、非常に丁寧《ていねい》な態度、髪は巻き毛の金髪、青い目。いわゆる標準語を話したそうです。つまり、あの、方言ではなかったということ。訛りはなく、外国出身者でもなかった。一つだけはっきり言えるのは、これが初めての訪問だったこと。シグネの部屋まで案内しなければ、部屋がどこにあるかわからなかったそうです。でも、係員は、シグネの叔父だという彼の言葉も訪問の目的も疑わなかったそうです」

「その男は何を言ったのだろう?」

「とくに何も。ただとても丁寧だったと」

「それで、部屋に入ったのか?」

「はい。私は二人の係員に訊きました。一人ひとり別に。シグネの部屋は男が入ってから何か変わったかと。二人とも何も変わりはないと言います。二人ともまったく迷いがありませんでした」

「それで、その男は二時間もそこにいたのか?」

「それは必ずしも正確じゃありません。異なる返事がありましたから。訪問者名簿への書き込みはそれほど厳密じゃないようです。たぶんその訪問者は一時間か、せいぜい長くいたとしても一時間半いたのではなかったかと思います」

「それで、そのあとは?」

「その男は帰りました」

「男はどうやってきたのか?」

「車です。当然そうだろうと私は思うのですが、従業員の誰も彼の車を見ていないのです。突然現れて、突然いなくなったと」

それ以上は訊くことがなかったので、礼を言って電話を切った。窓から郵便配達の黄色いバンが見えた。モーニングガウンを着たまま木靴をつっかけてメールボックスまで行った。イースタ局の印が押してある封書が一通あった。送り主の名前はローベルト・オーケルブロム。名前にかすかな覚えがあったが、どこで、どんな関係で知ったのかはわからなかった。キッチンテーブルに向かい、封筒を開けた。写真が一枚あった。男と若い娘が二人。男の顔を見てすぐに、いつどんな関係で出会った人間か、思い出した。二十年近くも前の痛ましい事件が頭に浮かんだ。一九九〇年代の初め、ローベルト・オーケルブロムの妻が残忍な手口で殺された。それは思いがけなくも南アフリカと関係のある事件で、ネルソン・マンデラ暗殺未遂事件にまで及んだものだった。写真の裏を見ると、書き込みがあった。〝私たちは元気に暮らしています。人生においてもっとも困難だったあの時代にあなたがサポートしてくれたことを私たちは決して忘れません。感謝を込めて〟とあった。

ああ、おれはこういう言葉が聞きたかったと思った。いろいろあっても、我々警察がしていることは多くの人々にとって意味があるのだと思い出させてくれる言葉。ヴァランダーはその写真を壁にピンでとめた。

翌日は夏至の前日、ミッドサマー・イヴだった。まだ気分は悪かったが、食べ物を買いに出かけることにした。人の多いスーパーで買い物するのは嫌いだし、そもそも買い物は大嫌いだったが、ミッドサマーを祝うパーティーのテーブルには必要なものすべてを揃えたかった。酒類に関しては、用意周到にすでに買い揃えていた。揃えたいもののリストを作ると、ようやく立ち上がり、買い物に出かけた。

翌日、喉の調子はかなりよくなり、熱も下がった。夜中に雨が降ったが、朝には晴れ上がり、いい天気になった。ヴァランダーは遠くの水平線を見て、外にパーティーのテーブルを用意しても大丈夫だと判断した。夕方五時にリンダとハンスとクラーラがやってきたときには、すべてが外に用意されていた。リンダはすばらしいわと父親を褒めてから、袖を引っ張ってそばに寄せた。

「もう一人、来るわよ」

「誰が？」

「ママ」

「それは困る。なぜ呼んだ？　このあいだのことをお前も知っているじゃないか」

「ミッドサマーを祝う日に、ママが一人でいるなんて、かわいそうだと思ったのよ」

「来たら、連れて帰ってくれ」

「心配しないで。ママを招いたことで、パパはいいことをしたと胸を張っていればいいじゃない」

「何時に来るんだ？」

「五時半と言っておいたから、もうじき来るわ」

「酔っ払わないように見張っていろよ。お前の責任だぞ」

「わかってる。でも、忘れないで。ハンスはママをいい人だと思っているってこと。それに、ママにも孫に会う権利はあるんだってことも」

ヴァランダーはそれ以上何も言わなかった。だがキッチンで、誰もいないときに、神経を鎮めるため強い酒をグラスで一杯ぐいと飲み干した。

モナがやってきた。初めはなにもかもがうまくいった。モナはパーティー用の装いをして、上機嫌だった。皆で食事をし、乾杯し、夏のよい天気を祝った。ヴァランダーはモナがごく自然に孫を抱き上げるのを見、その昔、彼女が同じようにリンダを抱き上げていたのを思い出した。だが、そんな平和は続かなかった。十一時ごろ、モナは昔自分がいかにひどい目に遭ったかを話し始めた。リンダは鎮めようとしたが、モナがどれほど飲んでいたか、じつは誰もわからなかった。もしかすると小瓶を持参してハンドバッグの中にひそませていたのかもしれない。ヴァランダーは最初は何も言わずに彼女の話を黙って聞いていた。だが、それにも限界があった。ついに彼は立ち上がり、テーブルをこぶしで叩いて、いい加減にしろ、出て行け、とモナに向かって叫んだ。リンダもまたまったくシラフというわけではなかったが、落ち着いてよ、ママはそんなにひどいこと言ってないじゃない、と叫んだ。だが、ヴァランダーはまったく見逃せなかった。モナと別れてから彼はずっと孤独を味わっていた。ようやくなんとかモナを忘れることができるようになると、今度は反対に彼女を責める気持ちになっていたからだ。モナが出て行ったためにおれはこんなに長い間相手も見つけられず一人でいたのだという怒りで胸がいっぱいだった。テーブルをあとにして、ユッシを連れて散歩に出た。

三十分後に戻ってくると、パーティーは終わっていた。モナはすでに車に乗っていて、ワイン一杯しか飲んでいなかったハンスが彼女を送っていくところだった。

「こんなふうになってしまって、残念だわ」リンダが言った。「素敵な夜だったのに。でも、もうわかった。モナのお酒はいつもこんな結果になるってこと」

「つまり、おれが正しいってことだな?」

「そう思いたかったら、思っていいわよ。ママを招《よ》ぶべきではなかったかも。でも、とにかくいまは彼女を放っておくことはできないわ。まさか、母親がアルコールでダメになるとは夢にも思わなかった」

そう言って、リンダはヴァランダーの頰を優しく撫で、二人は抱擁した。

「お前がいてよかった。おれにはどうしていいかわからなかったから」

「もうじきクラーラが一人で遊びにくるわよ。あと何年かしたら。時が経つのは早いから」

ヴァランダーは彼らを見送り、残された皿を洗い、ゴミを片付けた。終わったあと、彼は一年に一度か二度しかやらないことをした。葉巻を取り出して、庭で一服したのである。

外の気温がかなり下がってきた。子ども時代、マルメのリンハムヌ地区に住んでいたときのクラスメートたちのことが頭に浮かんだ。彼らはどういう人生を歩んだのだろうか? 数年前に確か卒業何十年記念ということで同窓会があったはずだ。だが、それには参加する気にならなかった。いま彼はそれを悔やんでいた。彼らの現在の姿を見ることは自分の人生を客観的に見ることにもなったはずだ。葉巻を置くと家に入り、一九六二年、彼が義務教育の最終学年のときのアルバムの入っている箱を探し出した。顔は憶えていた。名前もほとんど憶えている。

シーヴという女の子は、極端な恥ずかしがり屋だったが、算数の天才だった。ヴァランダー自身は上の段の左端《はし》に立っている。髪を短く刈り込んで、笑いとも単なる口を開けているだけとも見える表情。グレーのセーター、その下にフランネルのシャツを着ている。

今年おれたちは皆六十歳になる。おれたちの人生はゆっくり最後の段階に入っていく。違いがあったところで、その違いは大きなものではないのだ。

ヴァランダーはそのままそこに二時ごろまで座っていた。ちょっとの間遠くからエーヴェルト・トーベの曲が聞こえた。カッレ・シーヴェンス・ワールスの曲だったかもしれない。確かではなかった。そのあと家に入ってヴァランダーはすぐに休み、翌日の朝遅くまで眠っていた。目が覚めても起き上がらず、ベッドの中で図書館から借りてきた本に目を通していたのだが、突然ガバッと起き上がった。その本はアメリカの潜水艦について書かれたもので、中に一枚モノクロの写真があった。冷戦時代、アメリカの潜水艦は常にソ連のそれと競い合っていたとある。

ヴァランダーはその写真を凝視した。心臓の高鳴りを抑えることができなかった。間違いない。その写真は彼がボークウー島から持ち帰ったものと瓜二つだった。ヴァランダーは飛び起きて、履き古した靴などを入れておく物置の奥に隠しておいた例の大きなシリンダーを取り出した。

英語の辞書をそばに置いて、彼はその写真が載っている一章を一言も漏らさず理解しようと読み始めた。

それは一九七〇年代の初めアメリカ海軍の潜水艦の艦長だったジェームス・ブラッドリーについて書かれたものだった。ジェームス・ブラッドリーはソ連と競争する新しい手段を考えるため、ペンタゴンにある彼のオフィスでしばしば泊まり込みで仕事をすることで知られていた。ある晩、巨大なペンタゴンにほとんど人影がなくなった時間──もちろん警備員は別で、彼らは終始廊下を巡回していた──に、彼はあるアイディアを思いついた。それは非常に大胆なものだったので、当時のニクソン大統領の国家安全保障担当補佐官ヘンリー・キッシンジャーに直接話をしなければならないと彼は思った。当時、キッシンジャーに関しては一つの伝説があった。それは、彼はめったに人の話を五分以上聞かない、二十分以上人の話を聞いたためしはない、というものだった。だが、ブラッドリーがキッシンジャーに会って話した時間は四十五分だった。キッシンジャーとの会談から戻ったとき、ブラッドリーは金も必要な設備も必ず手に入ると確信していた。キッシンジャーは何も約束しなかったのだが、ブラッドリーは彼が非常に心を動かされたということがわかったからだった。

急遽、トップシークレットのプロジェクトのために原子力潜水艦ハリバットが使われることが決まった。それはアメリカ潜水艦の中でも最大級の潜水艦だった。その総重量、全長、設備、そして士官の数、乗組員の数を読んで、ヴァランダーは驚いた。その潜水艦は命令があれば一年中海の中に沈んでいることができるように設計されていた。ときどき新鮮な空気と食糧を補給するときに浮上するが、海上で食糧庫を満杯にするには一時間もあれば十分だった。だがこの新しい任務を遂行するためには、ハリバットは改造されなければならなかった。潜水夫たちがもっとも難しい任務を深海の海底で行うために、高圧室が必要になったからだ。

結論から言うと、ブラッドリーの考えついたアイディアは単純なものだった。ソ連は陸にいるスタッフとカムチャツカ半島のペトロパブロフスク・カムチャツキーにある基地から出航する弾道ミサイル搭載潜水艦が通信し合うために、オホーツク海の海中にケーブルを通していた。ブラッドリーの計画とは、そのケーブルに盗聴システムを取りつけようというものだった。

だがその計画には大きな問題があった。オホーツク海は総面積が百五十二万八千平方キロメートルの広大な海だ。どうやってソ連のケーブルの位置を特定できるのか？　その解決法はこのアイディアそのものがとんでもなく単純なのと同じほど単純なものだった。

ペンタゴンで夜な夜なこの問題を考えていたブラッドリーは、ある晩子どものころミシシッピー河沿岸で遊んでいたことを思い出した。その子どものころの記憶がこの問題を解決する鍵になった。河の沿岸には一定の間隔をおいて標識が立てられていた。それには〝船舶の係留禁止。水中にケーブルあり〟と書かれていた。ウラジオストックを除けばソ連の東側には大きな町はなく人口も非常に少ない。つまりそれは海中ケーブルが設置できるところはそれほど多くないことを意味する。ソ連にも標識はあるに違いない。

潜水艦ハリバットは出航し、太平洋を潜水して進んだ。そしてソ連の潜水艦の位置との距離をソナーコンタクトで測りながら、ソ連の領海まで到達することができた。だが、それからが一番危険なところだった。ソ連側に気づかれずにどうやって盗聴器をケーブルに取りつけることができるか？　何度も失敗を繰り返したのち、ついに彼らは盗聴器をケーブルに取りつけることに成功し、ソ連側が陸上から潜水艦艦長へ、またその逆方向へ話しかける声を盗聴することができたのだった。ブラッドリーはその功績のためにニクソン大統領から直に、その偉大な業績を祝福された。

ヴァランダーは庭に出た。風があったので外は少し寒かったが、風の当たらない隅を見つけて腰を下ろした。ユッシはとっくに家の裏側に走って消えてしまった。ブラッドリーの記述を読んだあと、いくつか明らかな疑問が残った。そのようなシリンダーがなぜスウェーデンの小島の漁師の物置の中にあったのか？　それがどうホーカンとルイース・フォン＝エンケと関係があるのか？　おれの想像の及ばない大きな問題だ、と思った。二人の失踪の後ろにはおれには想像もつかない大きな問題があると思われる。ここから先は協力者が必要だ。

少し迷ったが、まもなく決めて立ち上がり、家の中に入ってステン・ノルドランダーに電話をかけた。いつものように接続が悪かったが、なんとか話すことができた。

「いま、どこですか？」

「イェーヴレの外海だ。南西から少し風がある。雲が少し出ているが、素晴らしく気持ちがいいよ。君はいまどこ？」

「家です。こっちに来てほしい。見てもらいたいものがあるんです。飛行機ですぐにでも来てもらえますか？」

「それほど重要なことかね？」

「ええ、間違いなく。直接ではないかもしれませんが、これはホーカンの失踪と関係していると思われます」

「なるほど。そう言われたら興味が湧くね」

「もちろん私が間違っていることも考えられますが、そのときは明朝一番でそっちに戻ればいいですよ。交通費は私がもちます」

「いや、その必要はない。ただ、まだイェーヴレの外海にいるので、そっちに着くのは今晩遅くになってしまうが」

「到着時間を教えてください。迎えに行きますから」

ステン・ノルドランダーはストックホルム空港のアーランダに到着したところで電話してきた。時刻はすでに午後六時を回っていた。マルメ行きの飛行機に乗るのは一時間後だと言う。ヴァランダーは迎えに行く準備をした。まずユッシを家の中に入れた。忍び込む者がいれば、ユッシは吠えたてるに違いない。

飛行機は定刻どおりにマルメの空港に到着した。ノルドランダーは到着ホールの静かに開閉するドアからまっすぐに出てきた。二人は不気味なシリンダーの待つヴァランダーの家へ急いだ。

19

ステン・ノルドランダーはヴァランダーがテーブルの上に置いたスチール製のシリンダーを見るなり、その正体がわかったようだ。実際にはいままで実物を見たことがなかったのだが、スケッチや設計図や写真で見たことがあって、目の前にあるものの正体がすぐに認識できたらしい。

ノルドランダーは驚きを隠しはしなかった。ヴァランダーもまたこの期に及んでそれに気づかぬふりをしたりすることには意味がないと思った。ノルドランダーがホーカン・フォン＝エンケの親友だというのなら、ホーカンがたとえ死んでいるとしても、親友であることに違いはないだろうと思った。ヴァランダーはコーヒーを用意しながら、シリンダーがどんな経由で自分の手元に来たのかを話した。細部までは話さなかったが、男二人が漁船といっしょに写っている写真から割り出して、男たちの住むボークウー島へ行き、魚釣り道具の物置の片隅にこのスチール製のシリンダーを発見したという説明をした。

「イェーヴレの沖からわざわざ来るだけの価値があるものかどうか、わからないですが」と、話し終わって、ヴァランダーは言った。

「もちろんそれだけの価値は大いにある」ノルドランダーが言った。「僕は君と同じくらい面食らっている。これは模造品でもなんでもない。本物だ。どういうものか、僕はだいたいの見当がつくと思う」

すでに夜の十一時を回っていた。ノルドランダーは食事はいらない、紅茶と乾パンでいいと言った。ヴァランダーはパントリーの中を探し回ってようやくオート麦の乾パンを見つけたが、古くて半分砕けたものばかりだった。

「いまから話をしたいのは山々だが、じつは医者に止められているんだ。強い酒を飲むかどうかに関係なく、夜遅くまで食事したりドンチャン騒ぎはやめろとね。だからこの続きは明日にしよう。君がその写真を見つけたというホルダーを見せてくれ。今日のところはそれを見て寝ることにしよう」


翌日は風のない、暖かい日だった。鷹が空中で輪を描いている。ユッシがその動きにすっかり見惚れていた。ヴァランダーは早くも朝五時には起きて、ステン・ノルドランダーが起きてきて、話してくれるのを待ち構えていた。

七時半、ノルドランダーがゲストルームから出てきた。窓の外の庭と遠くの景色を見て、気に入ったようだった。

「スコーネは平坦でどちらかというと退屈な地形だと聞いていたが、ここはまったく違うね。なだらかな砂丘のようだ。そう言ってもいいだろう？　この向こうが海？」

「私もそんなふうに思うことがある。生い茂っている暗い森はときに怖くさえ感じられるもの。

このように全部がオープンだと、隠れるところがない。それがいい。人はときには隠れたいと思うものですが、世の中には隠れるのが常態になってしまう人もいますからね」

ステン・ノルドランダーはヴァランダーを意味ありげな表情で見た。

「君もそう思うのか？　ホーカンとルイースは我々の知らない理由で身を隠しているのだと？」

「我々警察が行方不明者を捜索するときは、まずそう考えるのが定石です」

朝食のあと、ノルドランダーは散歩に出ようと言った。

「朝は体を動かさなければならないんだ。そうしないと食べたものが消化できない」

ユッシが先に立って森の中に走っていった。興奮した犬の鼻はいつも何か面白いものを見つける。

「一九八〇年代の初めころ、ソ連は軍事的に本当に強大なのだと我々は思っていた」ステン・ノルドランダーは話し始めた。「十月革命記念軍事パレードはまさにそんな印象だったし、それこそ何千人もの軍事エキスパートがテレビの前に座ってクレムリン宮殿前を戦車や軍人たちが行進するのを凝視したものだ。頭の中には、『いまここで彼らが我々に見せているものの裏には何がどれほどあるのだろう？』という疑問が渦巻いていたはず。冷戦という言葉がまさに大真面目に語られていた時代だった。ソ連の崩壊まで、じつは十年も経たなかったのだが」

二人はドブ板が壊れているところまで来た。ヴァランダーは適当な板を見つけてきて穴を塞ぎ、二人は歩き続けた。

「そう、魔法が解けたのだ」とヴァランダーは話を受けて、続けた。「これは、先輩のリードべリ捜査官がいつも捜査の方向がまったく見当違いだったときに使った言葉ですよ」

「この話の場合、ソ連の軍隊は我々が思っていたほどには強力ではなかったということ。スパイを通して、あるいはU2機（アメリカ空軍の偵察機）、あるいはテレビの画像から得た情報を分析したり、推測したりしていた人々にとっては、それは考えられないことだった。ソ連の国防軍は、すべての面でもはや用をなさず、いや、ほとんど殻だけで中身はないことがわかったのだ。僕の話から、実際に強力な原子爆弾が存在しなかったと誤解してもらっては困る。原子爆弾はあった。だが、機能しなくなった官僚主義と、もはや自分たちのやっていることを信じなくなっていた共産党、そしてソ連経済全体が腐敗していたのと同じく、国防軍もまた衰退していたのだ。そしてそれはアメリカのペンタゴン、北大西洋条約機構《NATO》と同様、スウェーデンもしっかり受け止めなければならなかった。ソ連の熊はじつはキラキラ光るたくさんの提灯《ちょうちん》に過ぎなかったことが明るみに出たらどうなる？」

「東西が原子力を駆使して戦う地球最後の日がくるリスクが減る、とか？」

　ステン・ノルドランダーはその答えに苛立ちを見せた。

「いいかい、軍隊というものはそもそも決して観念的じゃないんだ。彼らは実際的なんだよ。能力のある総司令官や提督の背後には、必ずと言っていいほど優秀な技術者がいるんだ。〝地球最後の日〟は最大の現実的な問題ではなかった。何が最大の現実的な問題だったと思う？」

「軍事費、ですか？」

「そのとおり。主な敵国が存在しないとわかったとき西側諸国が軍備を拡張する理由などどこにある？　ソ連と同じほど強力な敵はそう簡単には出てこない。中国と、それにある程度はインドもソ連のあとに続いてはいたが。当時の中国は軍隊に関していえばソ連のスケールには到底及ばなかった。中国の戦力ははっきり言って兵士の数だけだった。戦争になったら飛んでくる弾を無数の兵士が体で受けるという戦い方だ。だが、そんな相手じゃ西側諸国が戦力を拡大し続ける動機にはなり得ない。ソ連との軍備競争に勝つために、より強力な武器の開発に力を入れてきたのだから。ソ連が張子の虎だとわかったとき、西側諸国にとって大きな問題が生じた。ソ連の熊は体調が悪くなって動けないと知るに至ったことをそのまま発表するのはまずい。森のお化けのトロルが太陽の近くに行かないように（真実が暴かれないように）注意しなければならなかった」

海が見渡せる小高い丘まで来た。そこに古いベンチが置いてあった。リンダがどこかのオークションでタダ同然の値段で買った木製のベンチで、ヴァランダーが手伝ってそこまで運んだものだ。いま彼はノルドランダーとそのベンチに座った。そしてユッシを呼んだ。ユッシは渋々やってきてヴァランダーの足元にうずくまった。

ノルドランダーは話し続けた。

「いま話していることは、まだソ連が実際に西側諸国にとって敵国だったときのことだ。我々スウェーデン人にとってソ連は長い間アイスホッケー試合でだけでなく、絶対に打ち負かすことができない強力な敵だった。我々は昔から敵は東からやってくると固く信じていたし、東の海すなわちバルト海で彼らがやっていることには最大の警戒を払わなければならないと信じていた。そのころのことだ、つまり一九六〇年代の終わりころだな、噂が流れ始めたのは」

ノルドランダーはあたりを見回した。立ち聞きしている者を警戒するかのように。シムリスハムヌへ向かう道路近くの畑から、麦を刈るコンバインの音が聞こえた。ときどき遠くの道路を走る車の音が丘の上まで伝わってきた。

「ソ連の巨大な海軍基地がレニングラードにあることは、我々も知っていた。そこ以外にも秘密基地がバルト海沿岸と東ドイツの要所にあることも知っていた。ソ連に対して最大限の警戒をしていたのはスウェーデンだけではない。ドイツもすでにヒトラーの時代からソ連を敵視していたし、ソ連もまたナチの鉤十字を排して赤旗を掲げてからもドイツは敵国だった。

レニングラードとバルト諸国の間のバルト海の海底に、重要な中でももっとも重要なシグナル通信のほぼすべてが通信可能なケーブルが渡されているという噂が広まり始めた。空中で通信シグナルが盗聴されるよりも、海中にケーブルを通す方が安全だとロシア人たちはみなしたのだ。いいかい、スウェーデンもこの件には深く関わっていたことを忘れてはいけない。スウェーデンの偵察機が一九五〇年代の初めごろに撃ち落とされたことがあるが、いまではその飛行機がソ連を偵察していたことを疑う者はいない」

「ケーブルはソ連製だったんですね?」

「それは一九六〇年代の初めごろで、ロシア人たちがアメリカと競い合うことができる、いや、アメリカを追い越せると本気で考えていたころ、ケーブルは海の中に取りつけられるはずだった。憶えているかい、ソ連の人工衛星スプートニクが宇宙を飛び回ったときの我々の驚きを。

アメリカではなくソ連がそれを成し遂げたことに対する驚きだった。ソ連は大口を叩いていたわけでなく、確かにその技術を持っていたわけだ。それは二つの大国がほぼ肩を並べた時代だった。シニカルな人間なら、ソ連はあの時代にこそアメリカを叩いておくべきだったと言うだろうよ。もし彼らが本気で戦争をしかけ、アメリカを制覇しようという気があったら、の話だが。とにかくことの始まりはこうだ。東ドイツの秘密警察の中に、過去に多くの勲章をもらった退役司令官がいた。その人物はロンドンで西側の豊かな生活を味わったあと、自分と同等の位のイギリス司令官にケーブルの存在を吐露したのだ。イギリス人司令官はそのニュースを高い値で好戦的なアメリカの友人たちに売りつけた。ただ、問題が一つあった。最新式のアメリカの潜水艦はバルト海のウーレスンド海峡を通り抜けることができないということ。そんなことをしたらロシア人にすぐに見つかってしまう。そこで、目立たない方法を使うことにした。そう、小型潜水艦の類だ。それだけじゃない。正確な情報がなかったのだ。ケーブルはどこに設置されているのか？　バルト海の真ん中か、それとも一番短い距離ならフィンランド湾からバルティック地方へ向かう方面か？　いや、もしかするとロシア人は大胆にもスウェーデンのゴットランド島近くにケーブルを通したのだろうか？　そこなら誰もケーブルがあるとは思わない。とにかくアメリカ人たちは探し続けた。もちろん彼らの目的はすでにカムチャツカ半島近くのどこかに備えつけてある通信ケーブルに盗聴シリンダーを取りつけることだった」

「それがいま私のキッチンテーブルの上に置いてあるシリンダーだと言うのですか？」

「それ、と言っても、一個とはかぎらない。いくつあるのかわからないのだ」

「いや、それでもこれはおかしな話だ。今日、ロシアはもはや超大国ではない。バルカン諸国は解放され、東ドイツは西ドイツに統合された。このような盗聴装置は本当なら冷戦記念館とでも言うべきところに納められている代物《しろもの》ですよ」ヴァランダーが言った。

「ああ、そう思って当然だね。僕はその疑問に答えることはできない。僕にできるのは、君の所有物となった代物が何であるか説明することだけだ」

二人は黙って散歩を続けた。ようやく一周して家の庭に戻ったとき、ヴァランダーは一番聞きたかった問いを発した。

「それで、この代物はホーカンとルイースとどう関係するんですかね?」

「わからない。どうも、ますます不可解になるばかりだ。君はこのシリンダーをどうするつもりなんだ?」

「ストックホルムの犯罪捜査課に連絡します。もともとフォン＝エンケ夫妻の失踪は向こうの管轄下の仕事ですから。そのあと彼らが公安《セーポ》や軍部とどう協力して捜査を続けるかは私の出る幕ではない」

十一時、ヴァランダーはステン・ノルドランダーをマルメの空港で見送った。空港の黄色い建物の前で別れるとき、ヴァランダーはもう一度交通費を支払わせてくれと言ったが、断られた。

「僕は何が起きたのかを知りたいだけだ。ホーカンは生涯僕の親友だったことを忘れないでほしい。いまでも毎日彼のことを考えている。ルイースのことも」

そう言うと、ノルドランダーは旅行カバンの持ち手を握りしめ、空港の建物の中に入っていった。ヴァランダーは車に戻り、家に向かって走らせた。

家に着くと、全身に疲れを感じた。また具合が悪くなったのだろうかと思い、シャワーを浴びることにした。

シャワーカーテンを引こうとして手を伸ばしたのが彼の最後の記憶だった。


目を覚ますと、そこは病室だった。リンダがベッドのフットボードの側に立っていた。ヴァランダーの手の甲にビニールの管がくくりつけられている。点滴だった。なぜ自分がこんなところにいるのか、彼にはまったくわからなかった。

「何が起きたんだ?」

リンダが説明した。まるで警察の報告書を暗記したものを読み上げるかのように、一つ一つはっきりと正確に話した。だが、それを聞いてもヴァランダーには何の覚えもなかった。ただ自分がここにいる疑問に対する答えにはなった。夕方六時ごろ、リンダは電話をしたが、ヴァランダーは応えなかった。それから何度か電話をかけたがやはり応えなかったので、居ても立ってもいられなくなり、ハンスが帰宅するのを待ってクラーラをハンスに預け、ルーデルップまで車を走らせた。ヴァランダーはバスタブの中に倒れて意識を失っていた。シャワーが流れっぱなしだった。救急車を呼んで病院へ運び、医者がヴァランダーに適切な処置を施した。医療従事者には彼がインシュリンショックの状態に陥ったということがすぐにわかった。血糖値が極端に下がって意識を失ったのだった。

「腹が減ったとは思ったんだ。それは憶えている。だが、何も食べなかった」と彼はリンダが説明し終わると言った。

「死んだかもしれなかったのよ」

リンダの目に涙が浮かんでいるのがわかった。もし彼女が家に来てくれなかったら、もし彼女が何か危険なことが起きたと察知しなかったら、自分はシャワーを浴びながら死んでいたのかもしれない。そう思ったとたん、彼は体が震えた。あのままタイルの床の上で裸で死んでいたのかもしれなかったのだ。

「パパはいい加減なんだから。いつかきっとそれが命取りになるわよ。クラーラのためにあと少なくとも十五年は生きてくれなきゃダメよ。そのあとは好きにしていいけど」

「しかし、どうして意識を失ったんだろう？　いままでだって血糖値が低くなったことは何度かあったのに」

「それはどうぞドクターに訊いて。わたしはパパの義務について話すから。とにかく、勝手に死んでもらっちゃ困るのよ」

ヴァランダーはただうなずいた。話すこと自体、かなり苦痛だった。なんとも不快な疲労感が身体中を覆っていた。

「この点滴に何が入っているんだろう？」

「知らない」

「いつまでおれはこうしていなくちゃならないんだ？」

「それも知らない」

リンダが立ち上がった。疲れ切っている様子だった。もしかするとずいぶん長い間おれのそばにいてくれたのかもしれないとそのとき初めてヴァランダーは思った。

「うちに帰ってくれ。もう大丈夫だ」

「そうね。大丈夫ね、今回は」

リンダは父親の上に顔を近づけ、しっかりと目を合わせて言った。

「クラーラもよろしくと言っているわ。おじいちゃんが生き延びてよかったたって」

リンダが帰り、ヴァランダーは病室に一人残された。目を閉じて眠ろうとした。目を覚ましたときには、これはすべて自分のせいではないと思いたかった。

だが、その日の晩、担当の医者がやってきた。その日は彼の非番の日だったにもかかわらず病室に来て、血糖値をいい加減に扱うことはもはやできない、命取りになると忠告した。ヴァランダーはハンセンというこの医者に二十年近くかかっていて、冷静で頑固なこの医者に適当な言い訳を言ってごまかすことはできないとわかっていた。ドクター・ハンセンは、このまま糖尿病と本気で向き合わなければ、次にこのようなことが起きたときは、まだそんな歳でもないのにお気の毒に、ということになると忠告した。

「私は六十歳だ。十分にそんな歳ではないか？」とヴァランダーは言った。

「それは一昔前の話で」と医者は言った。「いまは違う。確かに体は年取る。だが、いまではみんな六十歳から十五年、二十年は軽く生きますからね」

「それで、これから私はどうなるんです?」

「このまま明日までここにいて、私の同僚があなたの血糖値が正常になり、他に異状はないということを確かめたら、帰ってよろしい。そしてまた罪深い暮らしを続ければいいですよ」

「罪深い暮らし? 私が? そんなことはしていない」

ドクター・ハンセンはヴァランダーより二、三歳年上だったが、すでに六回結婚していて、イースタの町では別れた妻たちに慰謝料を払うために夏になるとノルウェーの病院に稼ぎに行っているという噂があった。そこは誰も行きたがらないフィンマルケンという北の最果ての町だとか。

「もしかすると、まさにそれこそあなたの暮らしに欠けてるものでは? あなたを元気にさせるような、少し罪深いこと。ちょっと羽目を外した犯罪捜査官というのも、ときにはいいものではないかな?」

じつはヴァランダーが本当に事の深刻さを理解したのは、つまり、どれほど死が近かったのかを理解したのは、ドクター・ハンセンが帰ってからだった。短い時間ではあったが、彼はそれまで一度も経験したことのないようなパニックと死の恐怖に襲われた。もちろん、仕事上の経験を別にすれば、である。だが、警察官として感じる恐怖と、プライベートな人間としての恐怖は別物だった。

このときもまた彼は、若いときマルメで巡査をしていたときにナイフで刺されたことを思い出した。あのときはナイフが心臓すれすれに刺されたのだった。いま、死がふたたび彼の首筋に息を吹きかけたが、あのときと違って、今回は自分自身が死への扉を開けたのだ。

その晩、病院で彼はいくつか決心をした。決心しながらも、きっと守るのは難しいだろうと思った。それは食事の習慣、運動、新しい趣味、孤独との新たな闘いに関するものだった。中でも重要なのは、本当に休養すること、仕事はしない、リンダの義父母となる人たちを探したりしないこと。本当に休むこと、体を休め、しっかり眠る、海岸を長い時間散歩すること、クラーラと遊ぶこと。

病院のベッドに横たわり、計画した。これからの五年間、スコーネ地方の海岸を実際に歩くこと。ハランズオーセンの端《はし》からブレーキンゲの境までだ。そう思いながらも、一方では自分はそんなことはきっとしないだろうと思っていた。だがそんな夢が生まれただけでも、たとえそれがゆっくりと消えてしまうにしても、良かったのだ。

数年前、彼はマーティンソンの家に食事に招かれ、そこで退職した高校の教師に会った。その男は有名な巡礼の道サンチアゴ・デ・コンポステラを歩いたときの話をしてくれた。話を聞いて彼は早速自分もその巡礼の道を歩きたいと思った。何年かかけて全行程を歩きたい。五年くらいかかるだろうか。実際彼は石をいっぱい詰めたリュックサックを背負って歩く練習を始めたのだが、案の定石が重すぎて、左足のかかとの骨にヒビが入ってしまった。巡礼の旅は始める前にそこで終わり。いまはもうかかとはすっかり治っているが、それはかかとに直接に打たれた痛い注射のおかげだった。しかしいまでも計画をよく練れば、スコーネの海岸をゆっくり歩くことは可能なのではないかという気がした。

翌日、退院し、家に帰ることができた。まず、今度もまた隣人に預けていたユッシを迎えに行き、今日は食事を作ってあげようかというリンダの申し出を断った。いまはリンダの手伝いなしに、自分でしっかり生活を立て直さなければならないと思ったからだ。まさに一人暮らしなのだから、その現実をしっかり受け止めて暮らさなければならないのだ、と。夏休みを無駄にせず、ちゃんと休むつもりだった。

その晩、ベッドに横たわる前に、ヴァランダーはイッテルベリにEメールを送った。体調のことは一切書かず、ただこれから休暇をとること、この間ずっと過労気味なのでホーカンとルイース・フォン＝エンケの捜索からは当分手を引くつもりであるとだけ伝えた。最後に、自分はいま初めて年齢と体力の限界を感じている、いままで自分はそれを感じたことがなかったが、確かに自分は四十歳ではない。過ぎた時は戻ってこないことを認めるしかない。自分は大多数の人間が信じるヘラクレイトスの言葉、〝万物は流転する〟という考えに共感する、と書いた。

文章を読み直し、送信のキーを押し、パソコンを閉じた。ベッドに入るとき、遠くで雷の音がした。

雷を伴う前線が近づいてきていた。が、まだ夏の夜の空は明るかった。

20

嵐をもたらす前線が移動したためヴァランダーはぐっすり眠り、翌朝八時ごろに目を覚ました。肌寒い朝だった。ヴァランダーは朝食を用意すると、トレーに載せて庭の白いテーブルに向かった。今日からの夏休みを祝って庭のバラを数本折ってテーブルを飾ったときに電話が鳴った。リンダだった。父親の具合を訊くために電話してきたのだ。

「一昨日《おととい》のことは警告だと思う。いまはもう大丈夫だ。電話はこれからはいつも手近に置くことにするよ」

「それを言おうと思って電話したのよ」

「そっちはどうしている？」

「クラーラは夏風邪みたい。ハンスは今週休みをとってるわ」

「自分の意志でか、それとも？」

「わたしの意志よ！　もはや従わないわけにはいかないんだから。わたし、彼に最後通牒を突きつけたのよ」

「最後通牒？」

「ええ、そう。わたしをとるか、それとも仕事をとるか、と。クラーラのことは別として」

ヴァランダーは食事を始めた。リンダはますます彼女の祖父、つまりおれの父親に似てきたと思いながら。同じようなきつい物言い、周りの人間に対する強硬な態度。そして表面下に隠されている激しい怒り。

ヴァランダーは両足を隣の椅子の上にあげ、背もたれに寄りかかり、あくびをして目を閉じた。ようやく夏休みが始まったのだ。

電話が鳴った。かまわずにおこうと思った。あとで留守電を聞けばいい、と。だが、結局両足を下ろして電話に出た。

「イッテルベリだ。起こしてしまったかな？」

「いいや。二、三時間前ならそうだったかもしれないが」

「ルイース・フォン＝エンケが見つかった。死んで」

ヴァランダーは息を呑み、それからゆっくりと足を下ろし、椅子から立ち上がった。

「あんたにまず知らせる方がいいと思ってね」とイッテルベリは言葉を続けた。「ま、あと一時間ほどはこのニュースを発表しないでおくことはできるかもしれん。フォン＝エンケの息子とあんたの娘さんに知らせてほしい。他に親族と言ったら、イギリスに住んでいるいとこ以外には誰もいないだろうね？」

「ニクラスゴーデンに娘のシグネがいる。少なくともあそこの経営者には知らせなければなるまい。それもおれが連絡しよう」

「ああ、おれもその方がいいと思う。もしあんたが断るなら、おれがやろうと思っていた」

「いや、いい。おれがやる。どういうことだったのか話してくれ」

「なにもかもがまったく妙な話なんだ」イッテルベリが話し始めた。「昨晩、ヴァルムドウーに住む認知症の女性が行方不明になった。その女性は前にも徘徊したことがあったらしく、GPSのような装置をつけて見つけやすいようにしていたらしいが、彼女はそれを自分で外してしまっていた。そこで大勢の警察官が手分けして徹底的に捜し始めた。そしてまもなくその老婦人を見つけた。そこまではよかったのだが、信じられないことに、捜索に当たった警官のうち、二人が行方不明になってしまったのだ。しかも彼らの携帯電話のバッテリーが切れているとかで、捜索隊は改めて捜索に出た。そしてまもなく彼らも見つかったのだが、その帰り道、捜索隊はもう一人、人間を見つけてしまったのだ」

「ルイースか?」

「そうだ。木々が伐採された殺風景な土地で。車が通れる道路から三キロほど離れた、あたりに何もない場所だ。おれはいまそこから戻ったところだ」

「他殺か?」

「いや、おそらく自殺だろう。外傷はない。薬を大量に飲んでいる。そばに空になった睡眠薬の瓶があった。もしまだ新しいものだったとしたら、百錠の睡眠薬を飲んだことになる」

「自殺以外にはいまのところ考えられないということか?」

「ああ、そう見える。もちろん、法医学的な検査の結果も見なければならないが」

「遺体はどんな様子だった?」

「横向きで、体を少し折り曲げた形で横たわっていた。スカート、グレーのブラウス、コート、靴は左右揃えて体のそばに置いてあった。他にハンドバッグもあった。中には紙と鍵が入っていた。動物が体を嗅ぎ回ったらしいが噛まれた跡はなかった」

「ヴァルムドウーと言ったな？　ヴァルムドウーのどの辺で見つけた？」

イッテルベリは説明した。そして図を描いてメールで送ると言った。

「それで、ホーカンの方は？」

「まったくわからない」

「ルイースはなぜそんな場所を選んだのだろう？」

「わからない。死んだ人間はどう見ても美しいものじゃない。枯れ草と古い木株ばかりの荒れた土地だったよ。地図はすぐに送る。何かあったら電話をくれ」

「あんたの夏休みはどうなった？」

「いまはこの件を扱うことが優先だ。夏休みを先に延ばすのはこれが初めてじゃないからね」

地図がまもなくメールで送られてきた。電話で人の死を知らせるのは嫌なものだ、そしてそれは警察官なら誰もが厭《いと》う嫌な仕事の一つだと思った。

死の知らせはいつだって間が悪い。歓迎されるときなどないのだ。

リンダの家に電話をかけた。自分の手が震えているのがわかった。応えたのはリンダだった。

「どうしたの？　さっき話したばかりなのに？　気分が悪くなった？」

「いや、おれは大丈夫だ。いま、お前は一人か？」

「ハンスがいまオムツを取り替えてるわ。言ったでしょ、わたし彼に最後通牒を突きつけたって」

「ああ、聞いた。いいか、落ち着いて聞いてくれ。座る方がいいな」

リンダは父親の声に真剣なものを感じた。彼が不必要な芝居を打つ人間ではないことは知っていた。

「ルイースが見つかった。数日前に自殺したとみられる。ストックホルムの連中が昨夜から今朝にかけて、ヴァルムドウー島の、木々が伐採された殺風景な土地で死んでいるのを見つけたらしい」

リンダは一言も言わない。

「これ、本当の話？」という声が、一瞬の間のあとに続いた。

「ああ、間違いないようだ。だが、ホーカンについてはまだ何もわからないままだ」

「恐ろしいこと」

「ハンスはどう反応するかな？」

「わからない。これ、百パーセント確実なのね？」

「確実でなければ、お前に電話をかけたりしない」

「いいえ、そうじゃなくて、彼女が自殺したってこと。彼女らしくないわ。自殺するような人じゃないから」

「いま、ハンスに伝えなさい。おれと直接話したいと言ったら、うちの電話にかけてくれと伝えてくれ。もしストックホルムの警察と話したかったら、担当者の番号を教えることもできる」

ヴァランダーが電話を切ろうとしたとき、またリンダの声がした。

「それじゃ、ルイースはいなくなってからいままでどこにいたっていうの？　なぜいま自殺したの？」

「その問いにはお前同様おれにも答えられない。とにかくせめて今回のルイースの発見がホーカンの発見につながるといいのだが。だが、それもまたあとで話そう」

ヴァランダーは電話を切るとニクラスゴーデンに電話をかけた。アルツール・シェルベリも外国訛りのある受付の女性も夏休み中でいなかったが、臨時雇いの受付の女性と話すことができた。シグネ・フォン＝エンケについては何も知らない様子で、ヴァランダーはまるで壁に向かって話しているような苛立ちを感じたが、今回の場合は相手が何も知らないことは幸いかもしれないとヴァランダーは思い返した。

受話器を置くが早いか、電話がなり、今度はハンスだった。興奮していて、泣いているようだった。ヴァランダーはハンスの問いに一つ一つ辛抱強く答え、何か新しい情報が入ったらすぐに伝えると約束した。そのあとリンダがハンスに替わった。

「彼はまだよく理解していないと思うわ」と低い声で言った。

「それはみんな同じだろう」

「それで、どんな方法で自殺したの？」

「睡眠薬だそうだ。イッテルベリは薬の名前は言わなかった。ロヒプノールかな？　確かそういう名前の薬があるはずだ」

「でも、ルイースは睡眠薬を飲む人じゃなかった。絶対に」

「睡眠薬は女性が自殺に使う手段だと言われている」

「もう一つわたしが変だと思うことがあるの」

「なんだ？」

「ルイース、本当に靴を脱いだの？」

「イッテルベリによると、そうだ」

「それ、おかしくない？　家の中ならわかるわ。でもこれから自殺しようとするときに、家の外で靴をわざわざ脱いだりするかしら？」

「どうだろう。おれにはわからない」

「イッテルベリはどんな靴だったか、言ってた？」

「いや。だが、それは、おれが訊かなかったからかもしれない」

「とにかく、わかったことはすべて私たちに教えてちょうだい」とリンダはだめ押しするように言った。

「おれがお前たちにすべては言わないとでも思っているのか？」

「ときどき忘れるじゃない。それって、もしかすると間違った思いやりかもしれない。新聞にはいつごろ出るのかな？」

「いや、もう出てるんじゃないか。テレビをつけてごらん。テキストテレビのチャンネルだ。

テレビのテキスト版がたいてい一番早い報道だから」

ヴァランダーは受話器を持ったまま、待った。すぐにリンダが戻ってきた。

「もう出てるわ。〝ルイース・フォン＝エンケ、死体で見つかる。夫は依然として行方不明〟と書かれてる」

「またあとで話そう」

ヴァランダーは家のテレビをつけた。テキストテレビではこのニュースが大きなスペースを占めていた。だが続報がなければ、このニュースはまもなく取り上げられなくなるはずだ。

その日の午後は庭仕事に精を出した。ホームセンターで値下げされた大きな剪定ばさみを買ったのだが、使い始めてすぐにまったく使えない代物《しろもの》であることに気がついた。

それでも枝が折れている庭の木を刈りこんだ。夏に木を剪定するべきではないということは知っていたが、かまわなかった。頭の中ではずっとルイースのことを考えていた。自分はルイースという人物についてはまったく知らないと言ってよかった。そもそもルイースのことで何を知っていただろう？　食事のテーブルの上で交わされる会話にかすかな笑いを浮かべて耳を傾けていたが、めったに自分の意見は言わなかった。ドイツ語の教師だった。もしかすると他の言語も教えていたかもしれない。それが何語だったか思い出せなかったが、家の中に入って手帳を見る気にはならなかった。

彼女は娘を産んだことがあったのだ。だが、まだ産院にいるうちにその子に重度の障がいがあると知った。シグネと名付けられたその女の子は一生涯施設の外では暮らせないとわかった。

その女の子はフォン＝エンケ夫妻の最初の子どもだった。母親はそのような経験にどのような影響を受けるものだろうか？　ヴァランダーは切れない剪定ばさみを手にしたまま庭を歩き回ったが、ルイースのことを思っても別段深い悲しみを感じはしなかった。死んだ人のことをとやかくいうつもりもない。ただ、ハンスとリンダの悲しみは理解できた。そしてクラーラ。彼女はこれで父方の祖母には会えないことになった。

ユッシが前足を片方上げて歩いてきた。ヴァランダーは庭のテーブルのそばにしゃがみ、眼鏡をかけて片手にピンセットを持って棘を引き抜いた。ユッシは嬉しそうに飛び跳ねて、また畑の方に走り去った。グライダーが一機ヴァランダーの屋根の上を低く飛んでいった。ヴァランダーはそれを目を細めて見送った。いまが夏休みだという気分にはどうしてもなれない。ルイースの姿がずっと目の中にあった。木々が伐採されて何もない山の中を通る小道の脇に横たわっている。そしてそのそばにきちんと揃えた靴が一足置かれている。

剪定ばさみを物置に投げ入れて、ブランコソファの上に横たわった。グライダーの姿はもう見えなかった。遠くでトラクターの音がした。国道を走る車の音が聞こえては消える。ヴァランダーは起き上がった。こんなことをしていても埒《らち》が明かない。ルイースの姿を自分の目で見るまでは、何も手につかない。もう一度ストックホルムへ行かなければならない。

ヴァランダーはその晩早速ストックホルムへ飛んだ。その前にいつもどおり隣人にユッシを預けに行った。隣人は親切な男だったが、もう犬を飼うのに飽きたのかなと少し皮肉っぽい口調で言った。空港に着いてからヴァランダーはリンダに電話をかけた。やっぱりね、と彼女は言った。きっとストックホルムへ行くだろうと思ったと。

「現場に着いたら写真をたくさん撮って。何かが変だと思うの」とリンダは言った。

「何もかもが変だ。だからおれは向こうに行くのだ」

機内では後ろの席の赤ん坊が一時間泣き通しだった。ヴァランダーはその間ずっと両耳を指で塞いでいた。ストックホルムに着くと中央駅の近くの小さなホテルにチェックインした。部屋に入ったとき、激しい雨が降りだしたのが窓から見えた。人々が小走りに走っていく。

ふと、これ以上孤独になり得るだろうか、と思った。雨、ホテルの部屋、おれはここにいる、六十歳。後ろを見てもおれの他には誰もいない。モナはどうしているだろう。彼女の孤独はきっとおれと同じほど大きいことだろう。大きいだけでなく重いはずだ。それもおれのよりもずっと。彼女が酒を飲むのはそれを忘れるために違いないのだ。

雨が止み、ヴァランダーは中央駅へ行ってストックホルムの詳細な地図を買った。それから電話で翌日一日のレンタカーの予約をした。夏は夏休みをとっている人間が多いためレンタカーの需要は多く、借りることができるのは予算オーバーの高級車だった。仕方がなくそれを借りることにした。その夜はガムラスタンで食事をした。赤ワインを飲み始めたとき、急に彼の頭に浮かんだことがあった。それはずいぶん前のこと、モナと別れたばかりのときに出会ったある女性のことだった。モニカという名前で、イースタには友人を訪ねてきたということだった。出会ったのは退屈なダンスパーティーだったが。ストックホルムでまた会って食事をしようと約束をした。実際に再会してレストランで食事を始めたとき、ヴァランダーは、これはまったく何かの間違いだと思った。何も話すことがない、まったく何も。沈黙したまま食事を続け、彼はぐいぐいとワインを飲み、ひどく酔っ払ってしまったのだった。いま、そのことを思い出し、あのときの女性はどうしただろう、あのあと良い人生を過ごしたのならいいが、と思った。レストランをあとにしたときは軽く酔いが回っていて、ガムラスタンの狭い通りを散策し、シェップスブロン橋にたたずんでメラレン湖を眺め、その後ホテルに戻った。その晩彼はまた海の中に駆け込む野生馬の群れの夢を見た。朝日が覚めるとすぐに血糖値を測ってみた。まあまあである。今日の始まりは良し、だった。

十時ごろ、ヴァルムドウーでルイース・フォン＝エンケが発見された場所に着いた。ストックホルム地方の天気は曇りで、厚い雲が街全体を覆っていた。迷った末にようやく現場に着いた。立ち入り禁止のテープの跡がまだ残っていた。雨が降ったあとで地面は濡れていたが、ヴァランダーには遺体があった部分を示すマークがすぐに見えた。

そこに立つとしばらく動かず息を殺し、耳を澄ました。最初の印象が一番大切なのだ。そしてゆっくりとあたりを見回していった。ルイースが発見された場所は浅い谷間だった。岩で囲まれていて地面は少し盛り上がっていた。人に見つからないようにそこを選んだとすれば、まさに適切な場所だった。

次に頭に浮かんだのは、バラの花だった。初めて未来の義母のことをヴァランダーに話したときのリンダの言葉である。「花を愛する人よ。いつも美しい庭を夢見ていたわ。緑の指を持つ女性よ」という言葉だった。リンダは間違いなくそう言っていた。ここは美しい庭からは程遠い。だからわざわざルイースはこの場所を選んだというのか？　死は美しいものではない、バラやよく手入れされた庭とはまったく無縁であることを示すために？　周りを歩き、立ち止まっては異なる方向から遺体発見の場所を眺めた。いまおれが車を停めているところからここまでの、この最後の部分を彼女は歩いたのだろうと思った。だが、そこまではどうやってきたのだろう？　バス、タクシー、それとも誰かが車で連れてきたのだろうか？

ヴァランダーは木々が伐採されて開けた土地の真ん中にある狩猟小屋に近づいた。階段は乾いてひび割れていた。注意しながら上った。タバコの吸い殻と空のビール缶がいくつか床に転がっていた。隅の方にネズミの死骸があった。狩猟小屋を下りて、また歩き続けた。これが自分自身の自殺だったら、と考えた。こんなに人里離れた寂しいところ、立ち木が一本もないような荒れた土地で、睡眠薬の瓶を傍らに。いや、待て。イッテルベリは百錠入りの睡眠薬の瓶と言っていたが、水は？　イッテルベリは水の瓶のことは言わなかった。水なしで百錠もの錠剤が飲み込めるものだろうか？　踵《きびす》を返して戻り始めた。自分がさっき残した靴跡の上に足を置きながら、何か見逃したものはないかあたりに目を配った。地面を見つめるのと同時に、自分の記憶も探り始めた。とくにルイースについて。優しく、善意をもって他の人間たちの話に耳を傾けていたあの静かな女性について。

そのときだった。自分はまったく何も知らない世界の縁に立っているのだとヴァランダーが気づいたのは。それはホーカンとルイースの世界で、彼自身はそれまで一度も足を踏み入れたことがない世界だった。言ってみれば、理解するには土台も知識もない何かの近くにいま自分はいるという感じだった。

ヴァランダーはその場を離れてストックホルムの町に戻った。グレーヴガータンに車を停めてアパートメントの建物の中に入った。人けのないフォン＝エンケ家の部屋の中を見て回り、玄関ドアの郵便受け穴から投げ込まれた郵便物に目を通し、あとでハンスが払うであろう請求書の類を別にした。まだ郵便物の転送がうまくいっていないようだ。郵便物の中に何か目を引くものがあるかと、一応目を通したが、何もなかった。アパートはこの間ずっと閉められていたため、空気が淀んでいて、頭が痛くなり始めた。いや、きっと前の晩の安いワインのせいだろうと思いながら、通りに面した窓を一つ、控えめに開けた。留守番電話機に目をやった。赤い光が点灯しているのは、録音されたメッセージがあるということだ。再生してみた。「マルタ・フルネリウスですけど、ルイース・フォン＝エンケは秋のドイツ古典文学読書会に参加するかどうか知らせてほしい」とメッセージがあった。その一件だけだった。ルイース・フォン＝エンケは読書会には参加しない、本を読むことはもう永久にないのだから、とヴァランダーは心の中で呟いた。

キッチンでコーヒーを淹れた。冷蔵庫を開けて、何か腐るようなものが入っていないかどうか、確認した。そのあと、大きなクローゼットが二つあるルイースの寝室へ行った。洋服はかまわずに、ずらりと並んでいる靴を全部取り出し、キッチンの調理台の上に並べた。数えてみると靴が二十二足とゴム長靴が二足あった。調理台の上だけでなく、水道の蛇口の脇の水切り台まで靴を並べた。拡大鏡を手に一足一足調べていった。足のサイズは大きい方で、靴はすべて高級品だった。ゴム長靴までヴァランダーでさえも知っているイタリアのメーカー製だった。自分が何を探しているのかはわからなかったが、リンダだけでなく彼自身もルイースが自殺する前に靴を脱いで、きちんと揃えてそばに置いたということが気になったのだ。確かに揃えておく方がキチンとして見えるが、なぜそんなことをする必要があったのかということだ。

靴全部に目を通すのに三十分かかった。そのあとリンダの携帯に電話した。ヴァルムドウーの現場に行ってきたと話した。

「お前は靴を何足持っている?」

「わからない。数えたことないわ」

「ルイースは二十二足、プラスいまストックホルムの警察にある一足だ。この数は多すぎるか、それとも少なすぎるか?」

「だいたいそんなものだと思うわ。着る服によって靴を替えるから」

「それが知りたかった」

「他には、話すことないの?」

「うん、いまはない」

リンダはもっと知りたがったが、ヴァランダーはそこで電話を切り、今度はイッテルベリに電話をかけた。驚いたことに、応えたのは小さな子どもの声で、そのあとイッテルベリの声に替わった。

「孫娘だ。電話に応えるのが好きでね。今日は仕事場に連れてきたんだ」

「邪魔はしないよ。一つ訊きたいことがあって、電話したんだが」

「いや、邪魔なんかしてないさ。だが、あんたも夏休み中じゃないのか？　おれは間違って憶えていたのかな？」

「いや、そうだ。おれも夏休み中だ」

「それで、訊きたいことというのは？　ルイース・フォン＝エンケの死に関して何か新しい情報があるかと訊きたいのなら、何もない。いまは法医学者の報告を待っているところだ」

ヴァランダーは水のことが知りたかった。

「二つ質問があるんだ。一つは、そんなに大量の錠剤を飲んだのなら、水はどうしたのかということ」

「半分飲みかけの一リットルの水のボトルがそばにあった。言わなかったかな？」

「聞いたかもしれないが、はっきり憶えていなかった。炭酸水のラムルーサか？」

「いや自然水のロカだったと思うが、確かじゃない。重要なことか？」

「いや、そんなことはない。もう一つは、靴のことだ」

「靴は遺体のそばにきちんと揃えておいてあった」

「どんな靴だった？」

「茶色のローヒール。新しいものだったと思う」

「あんなところに履いていくにふさわしい靴に見えたか?」

「うーん。かと言って、ダンスパーティーに履いていくような靴には見えなかったな」

「だが、新しいものだった?」

「ああ、そう見えた」

「そうか。訊きたいことはこれだけだ」

「法医学者からの報告が上がってきたらすぐに知らせるよ。だが、夏はなにもかもが遅くなるからな」

「そういえば、そっちではルイースがあそこまでどの交通手段で行ったと推測してるんだ?」

「わからない。それもいま調べているところだ」

「訊きたかっただけだ。それじゃまた」

ヴァランダーは静まり返った部屋の中で携帯電話を握りしめた。まるでそれが最後の一筋の藁《わら》であるかのように。茶色の新しい靴。ダンス用の靴ではない。考えに沈みながら、ゆっくりとルイースの靴二十二足を元の場所に戻した。

翌朝早く、彼はイースタに戻った。同じ日の午後、ホームセンターへ行って、この剪定ばさみはまったく使い物にならないと文句を言った。彼が騒ぎ立てることはめったになかったのと、売り場の主任がヴァランダーを知っていたので、もっといい庭用の剪定ばさみを差額を支払わずにもらい受けた。

帰宅すると、イッテルベリから留守番電話が入っていた。折り返し電話した。

「あんたの電話で心配になった。それで、あの靴をもう一度よく見てみた。昨日言ったとおり、まったく新品だったよ」

「わざわざ知らせてくれなくてもよかったのに」

「いや、靴のために電話したんじゃないんだ」イッテルベリが話を続けた。「ついでだからと思って、彼女のハンドバッグも見てみたんだ。するとバッグの中に大きな内ポケットがあったんだ。隠しポケットだな。そしてそこに興味深いものがあった」

ヴァランダーは耳を澄ました。

「紙だよ。書類だ。ロシア語の。それとマイクロフィルムも。何に関するものか、おれは知らない。だが、じつに興味深いものだったので、公安《セーポ》に知らせた」

ヴァランダーはいま聞いたことが信じられなかった。

「それはつまり、ルイースは秘密書類などを持ち歩いていたということか？」

「それはわからない。だがマイクロフィルムはマイクロフィルムだし、隠しポケットは隠しポケットだ。そしてロシア語もまた間違いようがない。あんたには知らせなければと思ったんだ。いったいこれはどういうことなのか、当分はあんたとおれの間だけにとどめておこう。何かわかったら電話するよ」

電話を切ったあと、ヴァランダーは庭に出た。また夏らしい暑さが戻ってきた。今晩は気持ちのいい夜になるだろう。

だが、彼は全身が震えていた。

第三部　眠れる森の美女の眠り

21

ヴァランダーはイッテルベリとの約束を守るつもりはまったくなかった。電話を切るとすぐにリンダとハンスに知らせることにした。家族を優先するか、スウェーデンの安全保障を優先するかに関して、彼にはまったく迷いはなかった。いまイッテルベリから聞いたことを一言一句違わずに伝えるつもりだった。それは娘家族に対する父親としての責任でもあった。

イッテルベリと電話で話してから、ヴァランダーはしばらく椅子から動かなかった。胸には、不気味な思いがあった。ルイース・フォン＝エンケはソ連のスパイだった？　この想定そのものがおかしい。ルイースのハンドバッグの中に奇妙な書類とマイクロフィルムが、それも隠しポケットの中に見つかったとしても、それだけで彼女がソ連のスパイとみなされるとは思えなかった。

だが、それならなぜイッテルベリはわざわざ電話してきてそう伝えたのか？　ヴァランダーは短い付き合いではあっても、イッテルベリに信頼感を抱いていた。確かなことでなければわざわざ電話してくるような男ではないと思った。

自分がいましなければならないことは一つだけだ。いま見つかったファクタを否定することは何の助けにもならない。イッテルベリが知らせてきたことをまともに受けなければならないのだ。あとでどのような真実が明らかになろうとも、イッテルベリが知らせてくれたことは間違いだったということではなく、結論が異なるものになればいいのだ。いや、そうでなければならない。

ヴァランダーは車に乗り込み、リンダとハンスの家へ急いだ。乳母車が木陰にあって、二人はブランコソファに座ってコーヒーを飲んでいた。

ヴァランダーは庭の椅子に腰を下ろし、イッテルベリから聞いたことを彼らに伝えた。ハンスもリンダも眉を寄せ、信じられないという表情で話を聞いた。話しているうちに、ヴァランダーの脳裏にヴェンネルストルムという名前が浮かんだ。およそ五十年ほど前にスウェーデン軍隊の大部分の情報をロシアに売り渡した大佐である。だが、ルイース・フォン＝エンケと長期間にわたって強欲さと悪意をもってスパイ行為を働いたヴェンネルストルムを結びつけることはどうしてもできなかった。

「おれが聞いたことはいま話したとおりだ。だが、そのような書類がルイースのハンドバッグの中にあったということにはなにかわけがあるに違いないと思う」

リンダは首を振った。まずハンスの顔を見、それから父親をまっすぐに見て言った。

「これ、本当の話なの？」

「おれは聞いたばかりのことを直接にお前たちに話すためにわざわざ来たのだ。本当の話でなければ、こうしてここに座っているはずがないではないか」

「そんなに怒らないで。でも、デタラメなことは言わないでほしいの」

ヴァランダーもリンダもここでまったく不必要なケンカをしていることに気がつき、気持ちを取り直した。一方ハンスは二人の苛立ちにも気がつかない様子で、呆然としていた。

ヴァランダーは彼を正面から見た。ショックですっかり落胆している。

「どうなんだ？　思い当たることがあるか？　なんと言っても三人の中では君が一番ルイースに近いわけだから」

「いや、まったくないです。僕は姉がいるということを先日知らされたばかりだ。そしていまはこれです。両親が知らない人になっていく気がする。まるで双眼鏡を反対から見ているような感じですよ。どんどん小さくなって、消えてしまいそうだ」

「思い当たることはないかね？　遠い昔のことでも何か記憶に残っていることは？　何かルイースから聞いた言葉とか、知らない人が訪ねてきたとか？」

「いや、ありません。ただ胸が痛いだけです」

リンダが彼の手を握った。ヴァランダーは立ち上がって、リンゴの木の下で乳母車の中で眠っているクラーラのそばに行った。蚊よけのネットの上を蜂が飛んでいた。ヴァランダーはそっとそれを追い払い、眠っている赤ん坊を覗き込んだ。リンダが乳母車の中で眠っている情景、モナが絶えず心配していたこと、そして自分は赤ん坊のいる幸せを感じていたことを思い出した。

また椅子に戻った。

「眠っているよ」

「モナは私が夜泣きする赤ん坊だったと言ってるわ」

「ああ、そうだったな。夜中に泣いているお前を抱き上げてあやしたのはたいていおれだった」

「それ、ママが言ってるのとは違うわ」

「モナは本当かどうかなどどうでもいいんだ。忘れてしまったことは都合のいい形で思い出すんだ。彼女が眠っているときにお前をあやしたのはおれだよ。二時間も眠れない夜もあった。そして次の日に働きに出るのもおれだった」

「クラーラはほとんど夜泣きしないのよ」

「それはいい子だな。お前が泣き止まない夜が続いていたころは、正直、こっちが泣きたい気分だった」

「それをパパが一人で頑張ったということ？」

「ああ。ときには耳栓を入れたもんだ。だが、お前を抱いて夜中に部屋と部屋の間をうろうろと歩いたのはおれだ。モナがなんと言おうと」

ハンスがコーヒーカップを乱暴にテーブルの上に戻した。コーヒーの飛沫がテーブルの上に飛んだ。父娘の話はまったく耳に入っていなかったらしい。

「いままで母はどこにいたんだろう？　そして父は？　父はいまどこにいるんだ？」

「そう言うあなたは何を考えてるの？　ルイースが死んだいま、正直なところ、まずあなたの心に浮かぶのは何？」

これを訊いたのはリンダだった。ヴァランダーは驚いて彼女を見た。同じ問いが頭の中にあったからだ。だが、リンダの方が先にそれを口にした。

「なにがなんだかわからない。父はどこかで生きているような気がする。母が死んで発見されたといういま、ますますその感じが強くなっているんだ」

次はヴァランダーが問いかける番だった。

「なぜだ？　君はなぜそう思う？」

「わからない」

ヴァランダーはもともとハンスがこの問いに簡単に答えるとは思っていなかった。フォン＝エンケ家の三人の関係は必ずしも等距離とは言えないような気がしていたからである。

ここでヴァランダーはふと思った。もしかすると、その等距離ではないというところに糸口があるのではないか？　フォン＝エンケ夫妻は互いをどこまで知っていたのだろう？　ハンスが両親のことをあまり知らなかったのと同じくらい、あの夫婦も互いを知らなかったのではないだろうか？　それともその反対に、息子のハンスとは距離をとりながら、あの夫婦は互いに深く結びついていたとか？

ヴァランダーの想像はそこまでだった。ハンスが立ち上がり、家の中に入っていった。

「コペンハーゲンの会社に電話をかけにいったのよ」リンダが言った。「パパが来たとき、ちようどそう決めたところだったの」

「決めた？　何を？」

「今日は休むってこと」

「お前の亭主は休むってことを知らないのか？」

「いま世界の株価はガタガタしているんだって。ハンスは心配しているの。だから、あの人、いつも働いているのよ」

「アイスランド人と仕事をしているのか？」

リンダの顔に警戒の色が浮かんだ。

「何が言いたいの？　皮肉？　あの人がわたしの子の父親だってこと、忘れないで！」

「ハンスがオフィスを見せてくれたとき、アイスランド人がそこにいたんだ。それを思い出して言ったんだが、それがどうして皮肉になるんだ？」

リンダはもういいと言うように手を振った。ハンスがブランコソファに戻ってきた。それから三人はちょっとの間ルイースの葬式について話し合った。ヴァランダーはいつルイースの遺体が法医学者のところから帰ってくるのかという問いに答えられなかった。

「しかし、妙な感じですよ。昨日僕は父の七十五歳の誕生日の写真を受け取った。撮影した人がいまになって送ってきたんです。少なくとも百枚はあると思う」

「それを見たい？」リンダが訊いた。

「いや、いまはいい」

ハンスは肩をすぼめた。

「写真は招待者リストとか、他の誕生パーティー関連の書類といっしょにしておくつもりだ。かかった費用の領収書などといっしょにね」

ヴァランダーはハンスがリンダに言う言葉をぼんやりと聞いていたが、突然ハッとしてハンスに訊いた。

「いまなんと言った？　招待者リストと言わなかったか？」

「ええ、全部整理してありますよ。父は役人でしたからね。誰が実際にパーティーに来たか、誰が断ってきたか、そして誰が返事もせずに無視したか、きちんと印をつけていました」

「なぜそのリストを君が持っているんだ？」

「なぜなら、父も母もパソコンで作業するのに慣れていなかったからです。僕は招待状を作るのを手伝った。パーティーのあと、参加者一人ひとりについての父のコメントも僕が書き入れることになってたんです。なぜそんなことをする必要があったのかわかりませんがね。ま、それもいまでは、必要なくなりましたが」

ヴァランダーは唇を噛んだ。考えるときの彼の癖だった。それから立ち上がった。

「その招待者リストというのを見せてもらいたい。写真も全部。お前たちは予定があるだろうから、よかったら、それを家に持って帰りたい」

「小さい子がいる人には予定なんかあってないようなものよ、パパは忘れたかもしれないけどね。もうじきクラーラが目を覚ましたら、この平和もおしまいよ。パパはもう家に帰る方がいいわ。それが一番だってこと、わたし、知ってるから」

ハンスは家に入り、すぐに今度は分厚いクリアファイルをいくつか持って出てきた。写真や人の名前のリストが見える。リンダはヴァランダーといっしょに車まで来た。遠くに雷の音が聞こえた。車のドアを開けようとしたとき、リンダはそれを阻むように立った。

「ストックホルムの警察の間違い、ということではないの？　これって、殺人じゃないの？」

「いや、それを疑う根拠がないらしい。イッテルベリはしっかりした捜査官だ。経験もある。見るべきものを見ているはずだ。少しでもおかしいところがあったら、調べているはずだ」

「見つけられたときの様子をもう一度話して」

「靴がきちんと揃ってそばにあった。ルイースは靴を脱いだ形で横向きに横たわっていた。衣服は乱れていなかった。つまり転がったりはしておらず、自分で横たわったと思われる」

「でも、靴を脱いで？」

「死ぬときに靴を脱ぐというのは、現代の我々の時代には消えてしまった昔の習慣じゃないか？」

リンダは苛立ったように首を激しく横に振った。

「それで、ルイースはどんな服装だったの？」

ヴァランダーは同じ質問を自分もしたことを思い出した。黒いスカート、白いブラウス、ブラジャー、パンティ、そして膝までの靴下。

リンダがまた首を振った。

「あり得ないわ。ルイースは絶対にニー・ストッキングなんてはかなかった。パンティストッキングをはくか、まったくストッキングをはかないかのどっちかだった」

「確かか？」

「ええ、もちろん。スキーにいっしょに行ったとき、厚いソックスをはいていたことがあったけど、それはまったく別の話ね」

ヴァランダーはこのことの意味を考えようとした。リンダが言っていることを疑う気持ちはない。いまのように確信があるように話すとき、彼女はたいてい正しいのだ。

「それに関して、おれはなんとも答えられない。お前の疑問をそのままストックホルムの警察に伝えよう」

リンダは脇に体をずらし、ヴァランダーが乗り込むとドアを閉めて言った。

「ルイースは自殺するようなタイプじゃないの」

「しかし、それでもおそらく彼女はそうしたんだろう」

リンダは黙って首を振った。ヴァランダーはこのことの意味をよく考えてというメッセージだと受け止めた。ここで話してわかるようなことではなかった。車にエンジンをかけて、走りだした。大きな道路まで来たとき、急に行先を変えた。イースタを背にしてトレレボリの方へ向かった。歩きたくなったのだ。モスビー・ストランド海岸まで来ると、トレーラーハウスが何台も停まっていた。他にもキャンピングカーが数台。ヴァランダーは車を道路端に停めて海辺まで降りていった。ここに戻るときはいつも、特別に美しいわけではない、取り立てて特徴もないこの海岸は、自分の人生の要《かなめ》の一つだと思うのだった。リンダがまだ小さいとき、よくこの海岸に遊びに来た。モナが離婚したいと言ったのもこの海岸でだった。そしてリンダから警察官になるつもりだと、すでにストックホルムの警察学校に合格したと聞いたのもこの海岸でだった。そして一番最近では、リンダから妊娠していることを聞いたのもここでだった。

そして、二十年近く前に、二人の男を乗せたボートが流れ着いたのもこの海岸だった。男たちは身体中に傷があり、名前も不明だったが、しばらくしてラトヴィア人だとわかった。ヴァランダーはいまでもそのボートがこの海岸のどこに流れ着いたか憶えていた。同僚の捜査官たちがボートの周りを取り囲んだ姿、冷たい風が吹いていたこと、そして鑑識が厳しい表情で、二人の男がどんな扱いを受けたか、溺れたのではなく、銃に撃たれて死んだのだと説明する姿も目に浮かぶ。

海岸を歩き始めた。じっと身動きせずに長いこと座っていたためこわばっていた体を少しずつほぐすように。頭にはリンダの言葉があった。だが、人は自殺するものだ。我々がどう思おうが、人は自殺するのだ、と彼は心のうちで呟いた。実際自分が知っている、決して自殺するとは思えなかったような人間が何人も自殺している。それもたいていの場合、念入りな計画をした上で、ためらいもなく。おれは何人、首を吊ってぶら下がっている人間をロープから下ろしたことか。顔をぶち抜いた人間の頭の破片を拾い集めたことだって、一度や二度じゃない。そして、自殺したと聞いても驚かないと語った家族も少なからずいた。

ヴァランダーは疲れ切るまで歩いた。車に戻ると運転席に座り、ハンスから預かった例の誕生パーティーの写真を一枚一枚見ていった。見覚えのある人間も多かったが、まったく初めて見る顔も少なからずあった。写真をまた袋に戻すと、車を出して家に向かった。この資料から何かを見つけるつもりなら、こんな車の中で見るのではなく、家でしっかり目を通さなければならないと思った。

夕方近くになって、ようやく彼は写真を持ってキッチンテーブルに向かった。ここからおれの捜査が始まるのだ、と思った。周到に用意された大規模なパーティーで誕生日を祝ってもらう本人とその妻。一枚一枚の写真をじっくり見ていった。どの写真にも食事が用意されているテーブルの様子が映っていたので、ヴァランダーは写真が食事の前なのか、食事の最中なのか、食後の光景なのか、およそ見当がついた。写真は全部で百四枚あった。きちんと焦点を合わせたものはなく、ピントがボケている写真が多かった。そのうちの六十四枚はホーカン、あるいはルイースが映っていて、十二枚は両方ともが入っているもので、そのうちの二枚は二人が視線を合わせているものだった。ルイースは微笑み、ホーカンは笑っていない。ヴァランダーは写真をおよその時間に分類した。そして、ホーカン・フォン＝エンケがどの写真にも笑顔はなく、深刻な顔をして映っていることに驚いた。ホーカンはいつもこのような厳しい顔をしている司令官なのか、それともそのあとおれと話すことを考えて深刻な顔になっているのか、とヴァランダーは考えた。それはわからないが、話をする前にすでに不安だったことが表れている、と思った。

一方、ルイースの方は終始笑顔だった。が、一枚だけ例外があった。写真を撮られていることに気がついていない瞬間の顔だった。唯一の本当の顔、いやそれとも単なる偶然だったのか？　そのあと、大勢が写っている写真数枚を見た。優しそうな、年長の人間たち。皆元気そうで裕福そうに見えた。ホーカン・フォン＝エンケの誕生日を祝った者たちに貧しい者はいない、とヴァランダーは呟いた。ここに集まったのは満たされた、幸せに見えるだけの余裕がある人々だ。

ヴァランダーは写真をそばに置いて、次に二枚の招待者リストに目を向けた。ゲストは百二名、アルファベット順に並べられていた。夫婦で参加している者たちが多かった。

一枚目のリストに目を通しているとき、電話が鳴った。リンダだった。

「どう？　何か見つけた？　興味津々よ」

「まだ何も新しい発見はない。ルイースは笑顔、ホーカンは難しい顔をしている。彼はめったに笑わなかったのか？」

「そうね。そういえばそうだったわ。でも、ルイースの笑顔は本物よ。彼女は愛想笑いをする人じゃなかった。人の笑いが本心からのものか表面の取り繕《つくろ》いなのか、彼女は見破っていたと思う」

「いま、招待者リストに目を通し始めたところだ。百二名だ。ほとんど全部、おれには未知の人々だ。アルファベット順で、アルヴェン、アルム、アッペルグレン、ベルンチウス……」

「あ、その人、憶えてる。ステン・ベルンチウスでしょ。海軍の高官。その人がホーカンとルイースの家の夕食に招《よ》ばれたとき、いっしょだったわ。なんとも嫌な夕食会だった。奥さんといっしょに来てた。その奥さん、小柄な人で、なんだかビクビクしていて、顔を真っ赤にしてやたらにお酒飲んでいた。でもその旦那はすごく嫌なやつだった」

「嫌なやつとは？　どう嫌なやつだったんだ？」

「パルメ嫌いで」

ヴァランダーは眉をひそめた。

「お前はハンスといつから付き合ってるんだ？　二〇〇六年からか？　パルメ首相が暗殺されてから少なくとも二十年は経っているはずだが？」

「そう。でも憎悪って長く続くものらしいわ」

「お前は二十年も前に暗殺されたスウェーデンの首相のことをいまでも激しい憎悪をもって話している席に、わずか二年ほど前に同席したと言っているのか？」

「ええ、いま言ったとおりよ。ステン・ベルンチウスはパルメのことをソ連のスパイだ、隠れ共産主義者《コミュニスト》だ、売国奴だとか言って、もうひどかったのよ」

「ルイースとホーカンはどうなんだ？　それに対してどう反応してた？」

「嫌なことに、少なくともホーカンは同意してたわ。ルイースはあまり意見を言わなかった。それより二人の興奮を鎮めようとしてた。とにかくその晩はほんと、とても嫌な晩になったのを憶えてる」

ヴァランダーは黙った。彼は、オーロフ・パルメ暗殺事件はスウェーデン警察史上最悪の、劇的な失敗とみなしていた。政治家としてのパルメのことは、あまり憶えていなかった。甲高い声、ときに決して友好的とは言えない笑いを浮かべる男という程度の記憶しかなかった。パルメの決定的な印象というものはなかった。パルメが首相を務めていたころ、ヴァランダーはまったくと言っていいほど政治に関心がなかった。自分の人生を軌道に乗せることと父親との不仲をなんとかしなければならないことに精一杯の時期だった。

「パルメは例の潜水艦がスウェーデンの領海をうろちょろしていたころ、首相だった。おそらくそれでパルメのことがその晩のテーブルを賑わせたんじゃないか？」

「いいえ、そうじゃないの」とリンダ。「私の記憶が正しければ、スウェーデンの国防力の低下はパルメが首相の時代に始まったとベルンチウスは言ってた。防衛力の減少は、パルメ首相だけに責任があると。ロシアがこれからもずっといまのようにおとなしくしているなどと思うのは大きな間違いだとも言ってたわ」

「ルイースとホーカンはどういう政治的な意見の持ち主だった？」

「二人とも超保守的だったことはいうまでもないことだけど、ルイースは政治に関わることすべてに軽蔑的な態度をとっていたわ。でも、本当はそうじゃなかったという気がする」

「つまり、彼女は仮面をかぶっていたということか？」

「ええ、もしかすると。それじゃ、何か重大なことが見つかったら電話してくれる？」

ヴァランダーは庭に出て、ユッシに餌を与えた。ユッシは毛が汚れていて疲れて見えた。犬と飼い主はいつのまにか似るようになると言われているが、本当かもしれないとヴァランダーは思った。もしそうなら、老いが自分にも迫ってきているということになる。おれはもうそこに到達しているのだろうか? 惨めなじいさんになり、どんどん力のない存在になるのか? ブルっと体を震わせてそんな思いを振り落とすと、ヴァランダーはまた家の中に入った。だが、ふたたびキッチンテーブルに向かったとき、こんなことをしてなんになるという思いがこみ上げてきた。招待者リストにも写真にも、姿を消した二人の行方を示唆するようなものは何もなかった。そう、まったく何も。二人に何が起きたにせよ、行方不明の理由は写真からも招待者リストからもうかがい知ることはできない。藁《わら》の山の中に針を探すという表現があるが、いまおれが探しているのは針ではなくて藁の山なのだ。

ヴァランダーはキッチンテーブルの上に広げた写真と招待者リストの紙を寄せ集めると、玄関の棚の上に置いた。これは明日リンダたちに返そう、そして死んだルイースと姿を消したホーカンのことはもう考えないようにするのだと自分の心に言い聞かせた。もう少し時間が経ったら、ハンスとリンダはきっとウステルユートランドにあるボーレン湖を眺め下ろすクリストベリ教会に行くだろう。そこに何百年も前からフォン＝エンケ家の墓があり、ルイースの亡骸《なきがら》もいずれそこに埋められることになる。ハンスはホーカンとルイースの両方から火葬は嫌だと聞いていると、そしてそれを記載した遺書があるとヴァランダーに話していた。ヴァランダーは読書用の椅子に腰を下ろし、自分はどうしてほしいかと考えた。家族の墓というものはない。どこの教会にも属していない。母親の遺骨はマルメのやすらぎの郷に埋められたし、父親の骨はイースタにある教会の墓地に埋めた。ストックホルムに住む姉のクリスティーナはどうしてほしいか、自分はまったく知らない。

いつのまにか眠ってしまい、ビクッとして目を覚ました。夏の夜の闇に耳を澄ました。眠りを破ったのはユッシの吠え声だった。ヴァランダーは立ち上がった。シャツが汗でびっしょり濡れていた。夢を見たに違いない。ユッシは理由がなければ吠えはしない。床の上を歩こうと足を伸ばしたとき、脚が固まっていることに気がついた。脚の筋肉をほぐしながら、ふたたび薄暗い夏の夜の暗闇に耳を澄ました。ユッシはもう吠えてはいない。ヴァランダーは玄関の外の階段まで出た。ユッシはすぐに飛び上がり、喜びの声をあげた。ヴァランダーはあたりを見回した。ときどき出てくるキツネだろうか。庭に出た。草が夏の匂いを放っている。風はない。静まり返っている。ユッシの耳の後ろを掻いてやる。お前は何に向かって吠えたんだ、と低い声で言った。何か動物がいたのか？ それとも犬もまた悪夢を見るのか？ 畑の端《はし》まで行って、目を細めて野原を見渡した。どこも暗い。が、東の方がかすかに明るくなりかけていた。時計を見た。一時四十五分。椅子で四時間近く眠っていたことになる。汗が冷えてシャツが冷たく感じられた。家の中に入り、ベッドに横たわった。だが、眠気がまったくなかった。「クルト・ヴァランダーはベッドに横たわって死について考えている」と声に出して言ってみた。これは本当のことだった。自分は本当に死について考えている。だがそれはいまにかぎったことではない。若いころ、心臓すれすれのところをナイフで刺されて以来、死はいつも身近にあった。毎朝彼は死が鏡に映っているのを見る。だがいま、眠れないとき、死はすぐ近くにあった。彼は六十歳、糖尿病を患っていて、太り気味で、健康に気を配らず、運動もせず、酒は飲みすぎ、食事時間は気まぐれで、しかもでたらめな食生活だ。ときどき思い出したように厳しい食事療法を実行しようとするが、守れたためしがない。いろいろ思い、暗闇の中で彼はパニックに襲われた。もはや猶予がない。劇的に生活を変えるか、今のまま暮らして早死にするか。七十歳まで生きようとするか、それともいまのように生きて、死がいつおれに襲いかかってもかまわんと覚悟するか。そのときは、クラーラは母方の祖父に会えなくなるということだ。すでにいまクラーラは原因不明のまま死んだ父方の祖母に会えなくなっている。

そのまま四時まで起きていた。死の恐怖はやってきては消えた。ようやく眠りについたとき、彼の胸には人生の大部分はもう決して戻らない、過ぎてしまったのだという悲しみがあった。

七時過ぎ、気分が悪く、頭が痛いまま目が覚めたとき、電話が鳴った。最初、応えないことにしようと思った。きっとリンダだろう。好奇心から電話してきたに違いないのだ。待たせておこう。もしいま電話に出たら、眠っていたのだということが彼女にはわからないだろう。だが、四回目の呼び出し音が鳴ったとき、彼はベッドを飛び降りて電話をつかんだ。イッテルベリだった。元気でエネルギッシュだった。

「起こしてしまったかな?」

「ああ、まあね。夏休みをとるつもりなんだが、どうもうまくいかない」

「短く言うよ。おれがいまつかんだ情報をあんたに知らせようと思ってね。法医学者の方から上がってきた報告書なんだがね。余談だが、法医学者の名前はアナヒト・インドヤンというんだ。これ、男の名前か女の名前かわからないだろ。女の名前だった」

「ふん、変わった名前だね」

「いまは我が国全体に変わった名前が溢れている、といったところだよ」イッテルベリがため息をつきながら言った。「もちろん、ネガティブな意味ではないさ。ただ慣れてないだけの話で、おれたちは慣れなければならないんだ、みんながみんなアンダーソンという名前じゃないということに」

「イッテルベリとかヴァランダーは珍しい名前だから大丈夫さ。たぶん全国に何千人もいる名前じゃないだろう」

「アナヒト・インドヤン。好奇心から調べたんだが、彼女はアルメニア出身らしい。彼女の書くスウェーデン語は完璧よ。とにかく、アナヒド・インドヤンはルイースの体内にあった薬の成分を分析したんだ。そして、不審な成分を発見したそうだ」

ヴァランダーは耳を澄ました。イッテルベリが書類をめくる音が聞こえた。

「薬の成分は簡単に言って睡眠薬であることは間違いないらしい。成分はほぼ確認できた。だが、正体がわからない成分が含まれているという。もっとはっきり言えば、彼女はルイースの飲んだ薬の成分すべてを明確にすることができなかった。もちろん、これで終わりじゃない。そして彼女は報告書の終わりにじつに興味深い観察を書き記しているんだ。ルイースの飲んだ薬は東ドイツ時代に使われていたものによく似ているというんだ」

「東ドイツ?」

「あんたはまだ、はっきり目が覚めてないんじゃないか?」

ヴァランダーは話がよくわからなかった。

「そう、東ドイツだ。スポーツの奇跡を起こしたということでひところ騒がれた。憶えているか？　優れた競泳選手や体操選手が次々に世界大会でメダルをとった。いまでは彼らがかつてないほど強力な薬を飲んでいたことがわかっている。東ドイツのスポーツの奇跡はじつはかつてない実験的な薬の効果によるものだったということは、いまでは誰もが知っている。秘密警察のシュタージとスポーツ団体は手を組んでいたということだ。彼らは経験を分かち合っていたわけだな。とにかくそれで、ドクター・アナヒトはそれは昔の東ドイツと結びつけることができる薬物かもしれないと言っているわけだ」

「東ドイツはもう二十年も前に消滅しているが？」

「いいや、完全に消滅したとは言えない。だが、まもなく消滅するだろう。一九八九年にベルリンの壁が崩壊した。その年ははっきり憶えているんだ。おれが再婚した年だから」

イッテルベリはここで黙った。ヴァランダーはいま聞いたことを考えた。

「変な話だな」としまいにヴァランダーは言った。

「そうだろう？　きっとあんたは関心を持つと思ったんだ。イースタ署に報告書をファックスしようか？」

「おれはいま休暇中だが、いいよ、署に取りに行く」

「また何かあったら知らせるよ。さあ、おれはこれから女房と森へ散歩に出かけるんだ」

ヴァランダーは電話を置き、いまイッテルベリから聞いたことを考えた。頭の中にはすでに一つ考えが浮かんでいた。これから自分がすることはわかっていた。

八時過ぎ、ヴァランダーは車を出し、北西に向かって走らせた。目標はフールの町外れ。すっかり朽ち落ちた館、いや、小さな家だった。

検印
廃止

訳者紹介　岩手県生まれ。上智大学文学部英文学科卒業、ストックホルム大学スウェーデン語科修了。主な訳書に、インドリダソン『湿地』『厳寒の町』、マンケル『殺人者の顔』『イタリアン・シューズ』、シューヴァル／ヴァールー『ロセアンナ』等がある。

苦悩する男 上

2020年8月28日　初版

著　者　ヘニング・マンケル

訳　者　柳《やなぎ》沢《さわ》由《ゆ》実《み》子《こ》

発行所　（株）東京創元社
代表者　渋谷健太郎

162-0814/東京都新宿区新小川町1-5
電　話　03·3268·8231-営業部
03·3268·8204-編集部
URL　http://www.tsogen.co.jp
精興社・本間製本

乱丁・落丁本は、ご面倒ですが小社までご送付ください。送料小社負担にてお取替えいたします。

ISBN978-4-488-20921-6　C0197